本书受"铜陵学院著作出版基金"资助

政治、权力与美学

民国以来的新诗教育研究

黄晓东 ◎ 著

中国社会科学出版社

图书在版编目(CIP)数据

政治、权力与美学：民国以来的新诗教育研究 / 黄晓东著. —北京：中国社会科学出版社，2015.6
ISBN 978-7-5161-6262-0

Ⅰ.①政… Ⅱ.①黄… Ⅲ.①新诗—诗歌研究—中国 Ⅳ.①I207.25

中国版本图书馆 CIP 数据核字（2015）第 123631 号

出 版 人	赵剑英
责任编辑	宋燕鹏
责任校对	邓雨婷
责任印制	张雪娇

出　　版	中国社会科学出版社
社　　址	北京鼓楼西大街甲 158 号
邮　　编	100720
网　　址	http://www.csspw.cn
发 行 部	010-84083685
门 市 部	010-84029450
经　　销	新华书店及其他书店
印　　刷	北京君升印刷有限公司
装　　订	廊坊市广阳区广增装订厂
版　　次	2015 年 6 月第 1 版
印　　次	2015 年 6 月第 1 次印刷
开　　本	710×1000 1/16
印　　张	15
插　　页	2
字　　数	242 千字
定　　价	56.00 元

凡购买中国社会科学出版社图书，如有质量问题请与本社联系调换
电话：010-84083683
版权所有　侵权必究

目　录

前言 ……………………………………………………………（1）

绪论 ……………………………………………………………（1）

第一章　民国时期的新诗教育 ………………………………（34）
　第一节　现代教育制度中的语文学科与新诗教育 …………（34）
　第二节　民国时期小学的新诗教育研究
　　　　　——以"北师大"馆藏教材为中心 ………………（40）
　第三节　民国时期中学的新诗教育研究
　　　　　——以《国文百八课》等教材为中心 ………………（47）
　第四节　民国时期大学的新诗教育研究
　　　　　——以朱自清等人的新文学讲义为中心 ……………（55）

第二章　1949年至1978年的新诗教育 ………………………（66）
　第一节　辛亥革命以来政治对文学教育的影响 ……………（66）
　第二节　"十七年"新诗教育及其与解放区新文学教育
　　　　　之关系 ……………………………………………（72）
　第三节　王瑶等人对新诗史的叙述及"文化大革命"
　　　　　时期的新诗教育 …………………………………（77）

第三章　新时期以来的新诗教育研究 ………………………（87）
　第一节　思想政治教育与中学新诗教育的关系 ……………（89）
　第二节　新诗史教学中难以突破的左翼文学史叙述框架 ……（95）

第三节　唐弢、黄修己等人对新诗史叙述的逐步调整 …………（101）
　　第四节　新的美学因素的融入及新诗教育对审美的重视 ………（109）

第四章　新诗教育中诗人与文本接受史个案研究 ………………（127）
　　第一节　"人力车夫"题材新诗文本解读史研究 ………………（129）
　　第二节　徐志摩《再别康桥》在新诗教育中的
　　　　　　"接受史"研究 ……………………………………………（139）
　　第三节　胡适新诗"尝试者"身份的生成及在教材中的
　　　　　　解读史 ………………………………………………………（149）
　　第四节　新诗教材中徐志摩文学史地位评价的变迁 ……………（160）

第五章　新诗教育对经典诗人及经典文本的塑造 ………………（169）
　　第一节　新诗教育与艾青"恒久的典范"地位的确立 …………（172）
　　第二节　穆旦的"被发现"及其"经典诗人"身份的塑
　　　　　　造 ………………………………………………………………（185）
　　第三节　新诗教育对余光中《乡愁》"经典文本"身份
　　　　　　的塑造 …………………………………………………………（192）
　　第四节　新诗教育与舒婷《致橡树》"经典文本"地位
　　　　　　的确立 …………………………………………………………（198）
　　第五节　梁小斌诗歌的地位与新诗教育之关系 …………………（205）

结论 ……………………………………………………………………（213）

参考文献 ………………………………………………………………（219）

后记 ……………………………………………………………………（230）

前　言

　　绪论部分首先介绍研究的对象与方法。研究对象主要为民国以来以课堂教学和教材为中心的新诗教育。所研究的教材主要包括民国以来的大中小学在新诗教育中所使用的书籍、讲义、讲授提纲等。研究方法主要为通过政治文化、权力话语的视角，来研究教材中的新诗文本如何入选、被阐释以及教材如何对新诗的发展史进行叙述。另外，通过具体的个案研究来分析政治和权力话语是如何影响到新诗教育中对文本、诗人、新诗史的评价，以及对经典诗人和经典文本的塑造。绪论部分还对新诗教育的研究现状和趋势做出分析，近年来，新诗教育研究一直是现当代文学研究的一个关注点，大量的硕士论文从不同的角度对新诗教育展开研究，这跟文学接受、文学传播的研究开始逐渐受到重视，并被作为一个新的学术生长点有极大的关系。本书的创新与意义主要体现在本研究以民国以来大中小学的新诗教材为中心，结合新诗发展史、新诗教育史及语文教育史等材料，从意识形态对新诗写作、新诗选篇、新诗阐释的影响这一视角，采用"知识与权力"等理论，对新诗教育进行宏观和个案研究。这种集中、综合的研究此前并未出现过，尤其是对民国以来大学的中文专业文学史教材及新时期以来"大学语文"教材中的新诗教育进行集中的研究，目前更未见到类似成果，而这些正是本书努力创新之处。

　　本书第一章主要集中研究民国时期的新诗教育。民国中小学的新诗教育研究主要以北京师范大学馆藏的民国小学教材，以及叶绍钧、夏丏尊主编的《国文百八课》等民国时期的中学教材为中心。民国早期的中小学语文教材中，新诗文本的选择尽量考虑到其在新诗史上的价值、地位和文学史意义，并照顾到各种诗歌写作的路向及不同的美学风格。但是民国晚期的中小学教材，由于时代和政党政治的原因，拥有相对较小的"自由度",并要遵从"教学大纲"的规定来编写,因此出现了"党化"教育的情况。而民国大学的新诗教育研究则以朱自清、沈从文、废名、苏雪林、王哲甫等人的新文学讲义为中心来进行。这些讲义在对新诗史进行阐释和建构的过程中,能够尽量如实记录新诗诞生、发展过程中的论争以及新诗流派的多元,政治并未使他们表现出更多叙述上的偏颇和有意的褒贬,包括对左翼诗人创作的叙述,尽管其中也透露出编者个人的"偏好"和不同的诗学理念。

本书的第二章主要研究新中国成立后 1949 年至 1978 年的新诗教育。首先,探讨了政治对文学教育的影响以及教育独立之重要性。其次,探讨了"十七年"大陆中学的新诗教育及其与此前的解放区文学教育之关系。最后,以王瑶、刘绶松等人的文学史教材为中心,探讨了"十七年"大学的新诗教育如何在教学大纲所规定的政治规范之内展开及其局限性。另外还简单分析了"文化大革命"时期的新诗教育。

本书的第三章主要研究"新时期"新诗教育及其所呈现出的一种渐进式的变化。"新时期"之初大学新诗教育中对新诗史的叙述仍然是一种左翼文学史的框架。但是随后唐弢、黄修己等人为代表的文学史写作就开始逐步对其进行调整,并力图恢复新诗史的原貌及其丰富的内容和多元的路向。"新时期"中小学的新诗教育由于政治原因以及对思想教育的重视,仍然延续了"十七年"时期的特征,直到 20 世纪末和 21 世纪才逐渐开始呈现出新的面貌,并且融入了新的诗歌美学因素,新诗在"新时期"的发展嬗变在其中也有所体现。

本书的第四章为新诗接受史的个案研究。该章主要从政治、权力的角度分析权力话语在新诗教育中对诗人、文本、新诗史进行阐释时所产生的影响。其中文本的个案分别选择了"人力车夫"题材新诗以及徐志摩的《再别康桥》。而新诗人接受史的个案,则选择了胡适的"尝试者"身份,以及徐志摩的新诗史地位。

本书的第五章主要研究了新诗教育对经典诗人及经典文本的塑造。其中新诗人选择艾青和穆旦为分析对象,而新诗文本则选择了余光中的《乡愁》、舒婷的《致橡树》以及梁小斌的诗歌地位为探讨对象。

结论部分对本书的研究内容进行了总结。同时也指出本研究将来的延伸性工作,其中既包括历史性的,如对解放区新诗教育的深入探讨;也包括对当下新诗教育的现状调查等。结论还指出了新诗教育要保持可持续性，必须解决好当下新诗发展的危机问题。另外，在当下的新诗教育中重视新诗"作法"的教学，对促进新诗教育应该是一种有益的尝试。

绪　　论

一　研究的对象与方法

　　新诗教育对新诗的传播、新诗经典的确立和新诗史的建构都起着不可忽视的作用。本书的研究对象主要集中在新诗教育中所使用的新诗教材上，因为教材是新诗教育的重要依据和参照。"教材"一词依据《现代汉语词典》的解释，指"有关讲授内容的材料，如书籍、讲义、讲授提纲等"[①]。因此，本书研究的新诗教材主要包括民国以来的大中小学在新诗教育中所使用的教学大纲、课本、讲义、教参等教学材料。当然，新诗教育作为文学教育的一部分，也是社会史中与政治、文明等紧密关联的社会文化的一部分。因此，教材之外的研究资料还涉及中国现当代社会史、现当代教育史、现当代语文教育史、中国新诗史等。

　　新诗教材从新诗出现之后就迅速参与到新诗的传播以及合法性的获取等进程之中。例如，从现在所能收集到的民国时期的中小学语文课本来看，早在1923年黎锦晖、陆费逵编辑的《新小学教科书国语读本》（中华书局）中，就选入了李大钊的《山中落雨》及周作人的《乐观》。而在民国十一年（1922）傅东华、陈望道主编的中学课本《基本教科书国文》（上海商务印书馆）中，也已经选入了周作人的《两个扫雪的人》、沈尹默的《生机》、刘半农的《一个小农家的暮》和刘大白的《渴杀苦》。而这正是胡适等人利用新文化运动所赋予的话语权，以及当时民国政府教育部强令从1922年元月起，"小学各科教材一律采用白话文，中学和大学教材中的文言内容也要相应渐次减少，与这些改革相适应的教材编纂工作也

　　[①] 中国社会科学院语言研究所主编：《现代汉语词典》，商务印书馆2002年修订版，第639页。

相应展开"这一机会,让现代白话文体中最为"弱势"的新诗进入现代语文教材,并将其与现代教育机制相结合,将新诗转化为"知识",再通过书写、考试等教学实践手段,最终使白话新诗得以不断的诵读、阐释、传播,从而逐渐确立起它的合法性。

当然,新诗进入教材之后,对中小学新诗教育来说,主要面对两个问题:一是哪些文本能够入选,入选的标准是什么;二是如何对这些入选的文本进行阐释。而在大学的新诗教材中则另外还存在着如何对新诗的发展史进行阐释这一问题,这其中要更多地涉及新诗发展过程中的思潮、流派等内容。如果只是上述这些问题也并不算过于复杂。但是,新诗诞生、发展和嬗变的过程却又与中国的现代化进程相伴随,而在这个进程中"救亡"和"启蒙"这两个主题交相变奏,政党政治和左右翼文学等实际问题又穿插其中。因此,如何从这些纷繁的因素中理出头绪并找到研究的关键性切入点?通过对大量新诗教材的梳理,我们发现其中一个核心问题即意识形态的问题,这个问题自始至终影响着新诗教育中对文本的选择和阐释。这也并不奇怪,因为新诗写作和近百年充满政治意味的历史进程相始终,是个人生活与社会现实的记录,是时代情绪与个人情感的传达。所以透视20世纪新诗史的一个重要视角就是政治对新诗写作和阐释的普遍影响,而政治对新诗教育和新诗教材的影响则是这宏大影响中的一个部分或者说是一种延伸。例如,我们以艾青与徐志摩的诗歌创作为例,简单分析一下政治对新诗写作的影响(这两位诗人的新诗文本多年来一直为各级学校的新诗教材所必选)。徐志摩一贯向往西方资产阶级社会自由民主的社会制度,幻想英美模式的"德谟克拉西"和建立一个"布尔乔亚式政权"。而艾青则由于个人出身及政治信仰等因素的影响,始终站在有产阶级的对立面,追随无产者而"革命"。这样,有着不同政治信仰的两个人在诗歌文本中都传达出各自的政治理想诉求以及阶级、政治的留痕。同时,政治对新诗艺术所产生的压抑性的影响在现代诗人身上也都有体现,徐志摩与艾青也概莫能外。因此,卞之琳就曾经认为徐志摩早期"情感的无关阑的泛滥的"诗作可能更有持久的艺术审美力:

> 我在今日,和过去许多人说过的不同,认为他生前出版过的三本诗集当中,《翡冷翠的一夜》并非他全盛时期的高峰,而是开始走的

下坡路，尽管其中和《猛虎集》以及死后别人为他编集出版的《云游》里的确有些更炉火纯青的地方，最可读的诗还是最多出之于他的第一个诗集。①

同样由于政治的原因，从艾青20世纪40年代开始的政治抒情诗中亦可看出其艺术个性的减弱。艾青诗歌的特色应该是：富有修饰词的繁复的句式的使用，具有绘画美的具体形象的细节性的刻画和饱含忧郁的诗歌情绪。但是艾青在1942年（尤其是1949年）之后的诗歌大多为句式简约、情绪舒畅、风格明快的时代颂歌，如《国旗》《呼喊》《十月的红场》《宝石的红星》等。从诗人新时期偶或的一点"沉思"中，我们仿佛再次看到了那个忧郁的灵魂：

土地是肥沃的/人是勤劳的/天在下小雨/人还在地里/……土地爱人/人也爱土地/但，我为什么这样不安/人民啊，请告诉我，/你还需要什么，/大地啊，/请告诉我/你还需要什么？/为什么……/为什么……/我的心还是这般忧郁？

——《沉思》②

由此可以看出，由于新诗写作本身就蕴含着政治的因素，这为日后人们解读文本中的政治因素，或者用政治的眼光来解读诗歌文本，都埋下了伏笔。抑或可以说，为人们寻找其文本中政治性质的"微言大义"提供了资源，尤其是在"政治挂帅"以及上纲上线的年代。再如，在《中国新文学大系》的几卷诗集的具有权威性的"序言"中，也可以看出朱自清、艾青、臧克家、谢冕等人在对诗歌文本选择及阐释时，所持有的或隐或显的政治视角，及政治所决定的对"大系"中诗歌文本的选择标准。如朱自清相对的自由主义立场，臧克家及艾青的"革命""斗争"立场及情绪化和意气用事，谢冕则是一种含蓄委婉的政治表达和力求公允、学理化的学术立场等。而这些自然也都会影响到不同时代政治风云变幻中的新

---

① 卞之琳：《徐志摩诗重读志感》，《诗刊》1979年第9期。
② 艾青：《艾青诗选》第1卷，四川文艺出版社1986年版，第399页。

诗教育，尤其是教材对诗人、文本的选择与解读及对新诗发展史的阐释。

当然，同时也要承认新诗的美学因素是支撑新诗合法性的重要保障，而这个使命是靠新诗史上的天才诗人来完成的。天才诗人的关键性作用必须得到重视。他们不仅使新诗得以奠基、发展、延续，而且为新诗史提供了大量富有美学内涵、得到交口称赞的诗歌文本，为新诗获取合法性作出了贡献，并为其得以进入新诗教育提供了保证，尽管这些天才诗人的写作往往也不可避免地抹上了浓淡不一的政治色彩。因此，"天才""政治""美学"基本可以概括新诗发展的主要进程。

在民国时期的新诗教材中，无论对文本的选择还是对其阐释都相对学理化并符合新诗史的实际。民国早期的中小学语文教材中，文本的选择尽量考虑到其在新诗史上的价值、地位和文学史意义，并照顾到各种诗歌写作的路向及不同的美学风格。例如，胡适、刘半农、周作人、徐志摩、闻一多、李大钊、冰心、朱湘、沈尹默、陈衡哲、陈梦家等人的诗歌文本在当时的课本中入选频率极高。像李金发等象征派的文本未能入选，可能更多的是考虑到相对于中小学文学教育的实际，其诗歌特征过于晦涩和"陌生化"，而在当时大学的新诗讲义中，李金发则是必须要被提到和论及的。

民国时期，朱自清等人在高校授课所编的新文学讲义，在对新诗史进行阐释和建构的过程中，能够尽量如实记录新诗诞生、发展过程中的论争以及新诗流派的多元，政治并未使他们表现出更多叙述上的偏颇和有意的褒贬，包括对左翼诗人创作的叙述。尽管其中也有编者个人各自的"偏好"。朱自清1929年春在清华大学开课，其所编的"中国新文学史研究纲要"，对新诗史的叙述最为细致和"面面俱到"，尤其是对新诗发生期的诗论及论争文章的解读，非常具有文学史家的眼光和史料价值。沈从文1930年上半年在中国公学开设的"新文学"课程内容为"新诗的发展"，他在讲义中为学生所提供的"史料"部分，力图通过材料来叙述新诗史的发生发展与嬗变。如"参考资料一"中，为"第一期后半期诗由文体的形式影响及于散文发展"；而"参考资料三"中，为"从尝试中求解放仍然成就于旧形式"；"参考资料四"为"第二期转入恍惚朦胧的几个作者的作品"；"参考资料七"则为"在文字中无节制的一些作品引例"。另外，在沈从文的新诗讲义中，还有"创作论"和"文本论",分别为:《论汪静之〈蕙的风〉》《论徐志摩的诗》《论闻一多的〈死水〉》《论焦菊隐的〈夜哭〉》《论刘半农〈扬鞭集〉》《论朱湘的诗》。这几个论述对象的选择也透露出沈从文本人的"新诗观",即他对当时不同的诗歌发展路向和审美风格的体认。因为徐志摩和闻一多、刘半农、汪静之代表的分别为格律化、自由体等不同的文体追求,以及各自不同的或现实主义或浪漫主义的诗歌主题和诗歌情绪。而其后废名1936年至1937年在北京大学开设的《现代文艺》课程的"谈新诗"中,则表达出他对徐志摩诗歌路向的大批判的态度。他在讲义中甚至对徐志摩的新诗拒绝专章论述,而只在论述其他诗人时捎带论及。废名认同和欣赏的是刘半农的自由体及其现实主义的风格,废名认为徐志摩为首的"新月派"的"出世",不仅阻碍了刘半农这一路诗歌的发展,而且还使新诗的发展走上了"邪路",最终也走向了"死路",废名认为刘半农式的自由体新诗以及对社会的写实的特色,才是新诗发展的正途。当然,废名的观点透露出的是他的诗学理念,基本与政治无关。苏雪林1932年在武汉大学开设的"新文学研究"课程的讲义"中国二三十年代作家"的第一编即为"新诗研究"。在苏雪林的讲义中,胡适、徐志摩是其高度评价的对象。她认为胡适对新诗的肇始有筚路蓝缕之功,而徐志摩则奠定了新诗的基础并使新诗获得了合法性。在苏雪林的新诗教学中,经常可见其独到的个人观点,但是却并不"出格"。讲义的内容主要为对诗人的创作历程的梳理,以及对诗歌文本的主题和艺术性作出有条理性的归纳。同时,该讲义亦未浸染多少政治的因素,她对当时最主要的具有代表性的诗歌流派及诗人悉数论及,未见有多少偏颇之处,并且富有学理性。这可能跟她要面对的教学对象或听众有很大关系,才导致其论述"中规中矩",有褒而无贬。因为,苏雪林去台湾地区后写作的《我所知道的诗人徐志摩》一文中,对几个主要新诗人的评价与她1932年授课讲义中的作比,则大相径庭。文中充满了个人化的观点,并指出了每个诗人的缺点,其中对胡适的评价是:

……况且诗之为物,"感情""幻想",等等为唯一要素,像胡先生那样一个头脑冷静，理性过于发达的哲学家，做诗人是不合条件的。①

对冰心的评价是：

　　冰心深受印度泰戈尔的影响，《春水》《繁星》两本诗集，以哲理融入诗中，句法又清隽可爱，难怪出版后风靡一时，不过她只能做十几字一首的小诗，而且千篇一体，从无变化，取径又未免太狭。②

对郭沫若的评价是：

　　郭沫若的《女神》，一意模仿西洋，并且不但多用西洋词汇，字里行间又嵌满了外国字，满纸饾饤，非驴非马。而且他的诗大都是自由诗，自命豪雄，实则过于粗犷……③

对其他"二流以下诗人"的评价则是：

　　至于那些二流以下的诗人像俞平伯、康白情、汪静之、成仿吾、王独清、钱杏邨……虽努力作诗，却都没有什么可观的成绩。④

不过，苏雪林对郭沫若的新诗一直都是不以为然的，在1932年的授课讲义中，她将郭沫若与蒋光慈、成仿吾、王独清、钱杏邨排在一起，只列在第五章，名为"郭沫若与其同派诗人"。在讲义的第四章"冰心女士的小诗"中，更是认为郭沫若一些"叫嚣性"的诗歌则连冰心的小诗都比不上的，等等。最后，王哲甫1932年在山西省立教育学院教授新文学课程时编写的讲义《中国新文学运动史》，按照新诗发展阶段的顺序推进叙述，同时也论及了当时众多诗歌流派中的代表性诗人。

---

① 沈晖主编：《苏雪林文集》第2卷，安徽文艺出版社1996年版，第327页。
② 同上。
③ 同上。
④ 同上。

相对而言，倒是内地民国晚期的中小学教材，由于时代和政党政治的原因，拥有相对较小的"自由度"，并要遵从"教学大纲"的规定来编写，因此出现了"党化"教育的情况。如要求在教学内容中融入国民党的"党义"，以及歌颂国民党的领袖等内容。但是教材中这方面的诗歌的文本并不多，具有代表性的也只有胡适的《四烈士冢上的没字碑歌》等文本。在民国时期共产党的"解放区"的新诗教材中，政治色彩则更为浓厚，政党革命史和歌颂领袖的诗歌文本出现的更多，如《毛泽东之歌》《朱德将军歌》《翻身歌》，等等。在"民国"时期的中小学也有教师自编新诗教材并出版，来补充教学材料不足的情况。例如，孙俍工曾编写《新诗作法讲义》（商务印书馆1924年版）供初中三年级使用，而胡怀琛也曾为中等教育的"艺术师范"短期班编写《新诗概说》（商务印书馆1925年版）。这些中学自编的新诗教材和当时高校的新诗讲义并不同，其中更多介绍的是新诗的基本知识，例如"诗歌的体式与范例""新诗与旧诗的分别"。上述自编讲义中甚至还包括新诗作法的教学内容，例如"新诗怎样作法"及"关于作诗应该读的书"等，写作教学的具体的内容包括对诗人个人的要求，如"感受力""想象力""完成自我语言的选择"，语言上则要求注意"文字的精练""比喻""象征""音节"等问题。

1949年之后，"十七年"中国大陆的新诗教育很大程度上延续了之前"解放区"新诗教育的特征。中小学的新诗教材中左翼诗人、革命领袖成为入选诗歌文本的主要作者，政党革命史则成为文本的主要内容之一。其他的例如右翼诗人的文本则根本无人选的可能。而且当时教材中对现代诗人及文本的选择一直具有极大的稳定性。按照当时"教学大纲"的规定，中小学教材中的诗人主要包括毛泽东、郭沫若、艾青、臧克家、何其芳、李季等。而文本则主要为毛泽东的"革命诗词"，贺敬之《回延安》、臧克家《有的人》、艾青《黎明的通知》等。多个版本的大纲中甚至具体规定了如何对入选的新诗文本进行规定性的解读。大陆中小学新诗教育中的这种情况甚至一直延续到了20世纪90年代。高校的新文学教材在1949年之后，也开始了对自胡适开始的新诗史的重新叙述和阐释。这些"史"的叙述同样为政治视角之下的左翼文学史，而新诗史上曾经与左翼对立的，与革命无关的诗人与流派，或者被忽视，或者被批判。大陆高校的第一本新诗"教学大纲"是 1951 年由老舍、李何林、王瑶、蔡仪四人应教育部的委托共同起草的《〈中国新文学史〉教学大纲》。"大纲"中对新诗史叙述的规范已经做出了具体的限定：

  学习新文学的目的：1. 了解新文学运动与新民主主义革命的关系；2. 总结经验教训，接受新文学的优良遗产。
  学习新文学的方法：1. 辩证唯物论、历史唯物论；2. 马列主义的文艺理论和毛泽东的文艺思想。
  新文学的特性：1. 新文学不是白话文学、国语文学、人的文学或者平民的文学；2. 新文学是新民主主义的文学。
  新文学发展的特点：1. 无产阶级思想领导的发展；2. 新文学运动的统一战线的发展；3. 大众化（为工农兵）方向的发展；4. 新现实主义精神的发展。
  新文学发展阶段的划分：1. 五四前后至新文学的倡导时期（1917—1921）；2. 新文学的扩展时期（1917—1921）；3. 左联成立前后十年（1927—1937）；4. 由"七七"到延安文艺座谈会的讲话（1937—1942）；5. 由"座谈会讲话"到"全国文代大会"（1942—1949）。①

因此，当时高校的新诗史教材虽然可以"一纲多本"，但是都不可能超越"大纲"的规定，稍有超越则会招致批判，王瑶的《中国新文学史稿》（开明书店、上海文艺出版社 1951—1954 年版）则是如此。"十七年"影响较大的几部主要新文学史教材除了王瑶的，还有张毕来的《新文学史纲》（作家出版社 1956 年版），丁易的《中国现代文学史略》（作家出版社 1955 年版）、刘绶松的《中国新文学史初稿》（作家出版社 1956 年版）。这些教材都在"大纲"的规范内对新诗史进行了阐释。这几部教材中的有些叙述极为"左"倾，对非左翼诗人由否定甚至最终发展为谩骂和人身侮辱。只有较早的王瑶的"史稿"反而显得相对理性和学理化。

---

  ① 该大纲具体内容见李何林《中国新文学史研究》一书，《新建设》杂志社 1951 年版，第 1—18 页。

而在"文化大革命"期间，为了进一步突出政治为中心，语文课也要进行"文化大革命"。当时有人把政治、语文、历史统合在一起，名为"政文课"，也有的把政治、语文、音乐、美术统合在一起，名为"革命文艺课"。"文化大革命"期间的有些新诗教材中的诗歌部分，除了古代的诗词，只剩下了"毛主席诗词"。

"新时期"以来，由于政治环境的变化，新诗教材也在发生着变化，但是这种变化是逐渐的和缓慢的。中小学的新诗教育如前所述，由于大纲的规定，以及对思想政治教育的重视，变化尤为缓慢。1991年8月，国家教委特自制定颁布了《中小学语文学科思想政治教育纲要》，突出强调语文教育要与思想政治教育相结合，这也是导致文学教育和新诗教育表现出持续"保守"姿态的一个重要原因。因此，"十七年"中小学新诗教育的现状以及新诗教材中所存在的选篇等问题，居然一直延续到90年代末。90年代末在社会各界要对中小学语文教学改革的强烈呼吁之下，中小学语文教材才开始正式实行"一纲多本"。而随着政治环境的进一步宽松和新诗史的发展及当代新诗写作中美学因素的嬗变，新的美学因素开始融入，新诗教材的篇目也开始发生较大的变化。这其中需要提及的是，1999年《星星》诗刊从一月号开始开设专栏，名为"下世纪学生读什么诗？——关于中国诗歌教材的讨论"，专门讨论中学语文教材中的新诗教育，时间持续了一年多。这是诗歌界、诗评界对当代的新诗教育所进行的一种持续的和强力的介入和干预。那些曾经被视为"反动诗人"、右翼诗人的文本，及至后起的"朦胧诗人"的文本、后新诗潮诗人的文本甚至港台诗人的诗歌文本逐渐开始进入中小学的语文教材。同时，"新时期"高校的新诗史教材也在逐步进行叙述上的调整。我们通过对唐弢、黄修己等人各自的新文学史教材前后版本的比较，就可以看出他们对新诗史上右翼诗人、非主流诗人、"为艺术派"诗人的评价逐渐地发生着改变，并开始恢复他们在新诗史上应有的地位和本来的面目，这其中主要包括胡适、周作人、徐志摩、李金发、冯至等人的新诗写作。唐弢1979年开始出版的三卷本的《中国现代文学史》（人民文学出版社）和1984年出版的"压缩版"的《中国现代文学史简编》（人民文学出版社），二者在新诗史中对胡适、徐志摩等人的叙述上就变化巨大，甚至可谓判若两人，后者对右翼及"反动"诗人明显开始了一种"拨乱反正"式的平反活动。上述这些变化同样表现在另一位文学史家黄修己1984年的《中国现代文学简史》（中国青年出版社）和1988年的《中国现代文学发展史》（中国青年出版社）中。

这样，和这些具有代表性的文学史著作一道，众多的文学史教材都逐渐开始还原新诗发展史原本丰富的内容与多元的路向。高校的新诗史教材在20世纪80年代后期基本完成了新诗史叙述上的"拨乱反正"。不仅如此，随着新诗潮的兴起，新的诗歌美学元素开始融入新诗创作，并不断发生变化。高校的教材逐步将这些新的诗歌现象与诗歌文本纳入新诗史的叙述，并参与到新诗的发展和新诗史建构的进程中去。1998年，当时的国家教委高教司也编辑出版了《中国当代文学史教学大纲》（高等教育出版社），对教材中1949年之后的新诗史及其叙述框架和规范作出了"限定"，其中"十七年"的诗歌教学从"新生活的颂歌"开始，代表诗人包括臧克家、田间、阮章竞等人。"十七年"诗歌的"主潮"为当时的"政治抒情诗"和叙事诗，前者的代表为郭小川、贺敬之，后者为李季、闻捷等人。另外"新时期"之前的新诗史叙述还包括"天安门诗歌"。该大纲中"新时期"新诗的教学要求从艾青以及曾卓、绿原等"归来的诗人"开始，然后是李瑛、张志民、雷抒雁等人的"现实主义诗歌"及其后崛起的"朦胧诗"。该大纲中安排的新诗教学的最后一个内容则是余光中、洛夫、郑愁予、纪弦、痖弦为代表的"台湾诗歌"。这本大纲的编写者为当时一些著名高校的著名教授和文学史家，编写的目的是"为了高等学校教学的需要"。这样，高校的新诗史教学的内容基本确立并被固定下来。上游高等学校的新诗教学情况的变化，自然又会影响到属于"下游"的中小学的新诗教育。

综上所述，将21世纪之前的新诗教材中存在的问题抽象出来，可以概括为政治与美学、政治与天才等方面，总之，政治的影响是其中最重要的因素。但是，20世纪90年代晚期直至21世纪以来，在政治环境逐渐变得宽松之后，新诗教育中存在的问题也发生了一些变化，"政治"这一关键词已经不足以解释21世纪前后新诗教育和新诗教材中产生的所有现象了。因此，本书前半部分拟使用政治视角对新诗教材进行宏观梳理，后半部分在对新诗教育中具有代表性的诗人、文本的阐释的变迁和经典化等问题进行个案研究时，拟换用"知识与权力"理论，因为这样更方便论述的进行和展开。同时也需要指出，新诗教育中本来就一直存在着话语权与阐释权的问题，而在决定这种"权力"及其变化的因素中，政治也只是其中一种，并且其影响力也存在着强弱的变化。总之，也正是这种话语和阐释"权力"的存在与变化，才导致了新诗的历史有时候会变得"任人打扮"。

具体而言，本书后半部分在新诗教育中"接受史"的个案研究中，从诗人及文本两个部分展开。诗人部分分别为：1949年之后"对胡适在新诗史上的地位及其'尝试'之功的评价之变化"，以及"徐志摩新诗史地位评价之变迁"。文本部分则分别为："徐志摩《再别康桥》评价之变迁"，以及"'人力车夫'题材新诗的解读史研究"。这些内容在新诗教材中解读的变化仍然是意识形态的影响。

在诗人及文本的"经典化"研究中，诗人部分为"艾青、穆旦经典诗人身份的建构"。当然这两位诗人建构经典身份的历程有很大的不同。艾青由于政治的原因经过了一个回环往复的过程，经历了"光荣的周期"，而穆旦的被经典化相对于艾青来说则是"一次性"的。文本研究部分则为余光中《乡愁》及舒婷《致橡树》经典文本身份的确立。这两个文本被经典化的历程同样差别很大，并且有着不同的决定因素。《乡愁》与"统一台湾""两岸统一"等政治主题关系很大，文本的美学价值倒在其次。《致橡树》的被经典化则与文本中新的美学因素的出现，及其中的"人格独立""女权主义"等思想的传达有关。而第一代"朦胧诗人"文本中的美学价值目前难以被超越，则更为其经典地位的稳固提供了保证。

需要再次强调的是，即使在"新时期"，对诗歌"经典"进行阐释的权力话语中，有些还是难以摆脱政治的影响，例如对余光中《乡愁》经典文本的塑造就很明显，政治有时确实可以继续左右新诗教育。同时，当下的新诗教育在基本疏离了政治的情况下，却一样可以塑造经典。因为，淡化了政治内涵的权力话语，一样可以通过权力主体在现代教育机制中所拥有的话语权，将诗人与诗歌文本变成"知识"，再通过介绍、诵读、书写、考试等手段，不断对诗人的人格精神与诗歌艺术进行阐释与塑造，从而最终确立其"经典"地位，穆旦在近些年的重新"出现"就是如此。1987年江苏人民出版社出版了关于穆旦的评论与纪念文集《一个民族已经起来——怀念诗人翻译家穆旦》，1997年另外一部纪念文集《丰富和丰富的痛苦》出版（北京师范大学出版社），两部文集基本完成了穆旦"英雄史"与"受难史"的建构。而王佐良、谢冕的《谈穆旦的诗》《一颗星亮在天边——纪念穆旦》等论文从穆旦的创作史、中国新诗发展史的角度着眼，并结合穆旦创作的语境，对其新诗创作作出了细致而又到位的分析。再加上1994年10月《20世纪中国文学大师文库·诗歌卷》的出版（海南出版社），其中穆旦又被排在20世纪十二位诗歌"大师"之首，排在穆旦之后才依次是北岛、冯至、徐志摩、戴望舒、艾青、闻一多、郭沫若、纪弦、舒婷、海子、何其芳等十一位"大师"。总之，这一切都为穆旦新诗史地位的建构以及最终进入大中小学的新诗教材并成为经典诗人奠定了基础。而能够拥有这种新形式的话语权的，就是当下的新诗界以及一些专业或非专业的新诗"研究者"。

二　研究的现状与趋势

20世纪90年代至2012年以来，从新诗的发生、发展的多个角度展开研究的博士论文有30多篇。与本研究相关的博士论文、博士后出站报告主要如下：

1.《中国现代新诗接受研究》（栾慧，四川大学，2007年）。该论文从"媒介革命与受众革命"开始，从新诗发生期读者的变化开始研究读者的接受反应。论文是按照时间顺序展开论述的，从新诗的诞生、发展时期、抗战时期一直到当代新诗的接受随着新诗的发展而发生的变化。有宏观研究，也有个案研究。例如，第六章"不同历史时期的不同接受"就是对徐志摩、艾青、李金发、穆旦的接受史所作的个案研究。这些都给本书的写作带来了一些启发，但是基本未以新诗教材为中心来论述新诗教育过程中新诗的接受。该论文很多部分带有新诗研究史论的性质。

2.《论穆旦诗歌艺术精神与中国新诗的历史建构》（易彬，华东师范大学，2007年）。该论文主要分为三个部分，第一编"论穆旦的诗歌艺术精神"，从穆旦的社会文化示范到穆旦的诗歌主题进行考察。第二编"论穆旦诗歌艺术精神与中国新诗的历史建构"和第三编"论穆旦的传播历程"，则属于穆旦的接受史和穆旦如何被塑造为经典内容的研究。该研究对新诗教育如何参与到对穆旦经典诗人身份的塑造中去，是有所启发的。

3.《中国新诗与政治文化》（张立群，首都师范大学，2006年）。该论文从中国新诗与政治文化之关系的角度展开研究。第一章研究了"政治文化视野下的中国新诗"，是从政治文化的角度研究诗歌创作及其文本。第三章研究了"政治焦虑之下的典型心态与人格命运"，这是从政治对新诗写作的压抑的角度展开论述。第四章从外来影响的角度研究了新诗"文化的交流与历史的汇合"。最后，第五章还研究了诗歌刊物与政治文化的关系。这对于政治文化对新诗写作与阐释的影响方面的研究，可以产生启发。

4.《当代新诗史写作问题研究》（霍俊明，首都师范大学，2006年）。该论文讨论的是新诗史的写作问题，其实也就是如何对新诗史进行叙述和阐释的问题。其中第一章考察的是"变动与差异中的新诗史写作问题"，也即新诗史写作与阐释中变化的问题。第四章讨论的是"当代新诗史写作的经典化问题"。考察的也是诗人及其文本如何被经典化，以及经典也处于变动之中这个问题，并且分别以穆旦和郭沫若为例展开研究。最后第五章研究的是新诗史如何建构，以几部新诗史为例展开考察。

5.《全球化时代的中国新诗危机及其所面临的艺术问题》（陈学祖，华东师范大学，2004年）。该报告研究了全球化时代及"后政治"时代新诗在艺术上出现的危机及危机的成因和出路。该研究重新回顾了百年新诗的历程，并回溯了发展中经历的诗歌艺术的嬗变与基本矛盾，主要包括传统与现代、自由与格律、内容与形式等。而后新诗潮写作中的价值虚无是其重要的弊病之一，解决危机的关键则要建立当下中国文学自身的价值取向和文学精神，确立自己的主题、形式、想象力、感情、智性追求，以及艺术表达上的策略等。

6.《"十七年"诗歌研究》（巫洪亮，福建师范大学，2011年）。该论文从"诗学资源""诗歌生产""诗歌争鸣"以及"诗歌经典"和"主体整形"这五个方面的问题入手来展开研究。切入"十七年"诗歌在生成与发展中的具体的现实，来深入探究当代诗人们为实现"新的人民诗歌"对既往已存的中外诗歌传统，实施自己审美超越的诗歌理想而采取的系统而复杂的文化策略与美学实验，以及在"十七年"这具体的诗歌实验中，这一理想得以实现的可能和限度。

7.《诗歌传播研究》（杨志学，首都师范大学，2005年）。该论文从传播范围的角度来划分诗歌的传播主要类型，并且按从小到大将诗歌传播依次划分为内向传播、人际传播、群体传播以及组织传播和大众传播这几种类型。其中的群体传播、组织传播和大众传播研究比较深入。大而言之，新诗教育研究其实也应该属于这后三种传播的范畴。

8.《中国现代文学学科之滥觞：以民国时期清华大学（包括西南联大）的新文学课程为核心的考察》（张传敏，南京大学，2006年）。该论文研究了民国时期高校的新文学课程。其中在课程中使用的讲义主要包括朱自清的《中国新文学研究纲要》，沈从文的《新文学研究纲要——新诗发展》，废名《现代文艺》课程的《谈新诗》，王哲甫的《中国新文学运动史》以及苏雪林的《中国二三十年代作家》等。这其中的大学授课所用的新诗讲义为本研究提供了一些可以使用的史料。

9.《群体性解读与想象——新诗教育研究》（林喜杰，首都师范大学，2007年）。该论文对中学的新诗教育进行了研究。该论文对中学新诗教育中阅读的文本、解读的依据等进行了梳理。其中研究的范畴涉及香港和台湾地区中学的新诗教育。

10.《中学语文教育与现当代文学》（杨海燕，山东大学，2011年）。该论文分为三个部分：第一部分为"文学教育与教材"，对"十七年""新时期""新世纪"的中学语文教材进行了研究。第二部分为"文学景观"，从政治等角度研究了文学教育的转型。第三部分从宏观到个案对中学语文教材中的知识分子和单个作家，例如鲁迅、赵树理、孙犁等人进行了研究。

11.《演变与反思：百年中小学文学教育研究》（黄耀红，湖南师范大学，2008年）。该论文在上篇梳理了中小学文学教育在现代的转型及在当代的发展；在下篇涉及了文学教育较深的层次，包括文学语言、文学审美、文学经典、文化根基等问题。

在21世纪以来的硕士论文中，直接以新诗教育为研究内容的几乎每年都有不少。但是范围大多限定在中学的新诗教学，大学的则未有涉及。这些论文中有的是做接受研究的，属于历史研究，主要是研究诗歌文本的接受史。也有对当下的新诗教育做现状研究的，例如以某所或某市的中学为例，采用对新诗教育中的文本、策略等问题进行问卷调查、抽样分析等。这些研究一般从一个小的角度切入，但有时候挖掘的还不够深入，甚至有些研究的内容与课题的标题中所标示的角度也不太符合。数量众多的关于新诗教育的硕士论文的出现，与近些年文学研究领域中文学接受、文学传播的研究开始逐渐受到重视，并将其作为一个新的学术生长点有着极大的关系。

三　研究的创新与意义

本研究以民国以来大中小学的新诗教材为中心，结合新诗发展史、新诗教育史及语文教育史等材料，从意识形态对新诗写作、新诗选篇、新诗阐释的影响这一视角，采用"知识与权力"等理论，对新诗教育进行宏观和个案研究。从上述视角切入进行深入研究，正是本书的努力创新之处。具体而言，即结合新诗教材展开政治对新诗选目及文本阐释之影响的集中研究，再以"权力"理论佐以意识形态分析等方法，对新诗教材中文本的解读史和经典化等问题进行深入研究，这种集中、综合的研究此前并未出现。尤其是对民国以来高校的中文专业文学史教材，及"新时期"以来"大学语文"教材中的新诗教育进行集中的研究，目前更为罕见。另外，本研究通过各个时期大量的教学材料（其中主要包括各级学校的教学大纲、语文教材、自编讲义、教学参考书等）及新诗史料和现代教育史料的梳理，可以看出，新诗文本及新诗史的阐释与经典化等过程，往往会为政治意识形态所左右，并且也常常为各种握有话语权者所左右。由此，在中小学新诗教材以及"大学语文"教材的新诗选篇中，需要做到尽可能遵从以"典范性"作为选择的标准，并对新诗文本进行合理的阐释。同时，新诗教育中要竭力摒弃各种非审美因素对其产生的不利影响。在大学中文专业的新诗教材对新诗史所进行的阐释中，要尽可能地避免非美学的以及超越新诗史实际之外的因素影响。对新诗史的叙述要实事求是，并尽可能还原其丰富性、复杂性与多元性。而在新诗史建构的过程中，对诗人与文本在新诗史上的实际价值与文学史地位的评判，既需要做到不忽视与无视，避免有意地加以贬抑，但也不要刻意去拔高。这也是本书所作的研究对新诗教育的现实意义之一方面。

四　政治文化与新诗创作及阐释之关系

李泽厚曾经在他的《中国现代思想史论》中，将一部中国现代史抽象概括为两个主题：启蒙与救亡。这两个时代主题其实都和政治紧密关联——启蒙是反帝反封建，救亡则是御侮图存。中国现代文学作为时代文化的一部分，受政治之影响自然不可避免。因此，现代作家柯灵1985年在文章中这样总结新文学与政治主题的关系："中国新文学运动从来就和政治浪潮配合在一起，因果难分。五四时代的文学革命——反帝反封建；30年代的革命文学——阶级斗争；抗战时期——同仇敌忾，抗日救亡理所当然是主流。除此以外，就都看作是离谱，旁门左道，既为正统所不容，也引不起读者的注意。"[①] 当下的一些学者则进一步突出政治对整个20世纪文学的影响，将20世纪概括为"非文学的世纪"，因为"政治文化思潮影响和制约着20世纪大多数年代文学的基本走向"[②]。而新诗由于文体的特征，同时又继承了中国诗歌抒情的传统，所以在政治的影响之下文学的功利性尤为突出，新诗艺术上的审美性与发展的自足性未能得到应有的重视，新诗的审美性与政治功利性的矛盾一直贯穿于新诗史。无论是在五四启蒙时代，抗战救亡时代还是"十七年"时期或"文化大革命"前后情况皆是如此。为了避免论述的空泛，这里选择徐志摩、艾青以及四篇诗集序言为对象，集中论述政治文化对新诗创作及阐释的影响。因为，政治文化对新诗教育的影响也是贯穿始终的。

（一）政治文化与新诗创作之关系

1984年，艾青在总结1927年至1937年这10年的新诗创作时，对徐志摩的评价只有短短几句话。他说："徐志摩具有纨绔公子的气质，写了不少爱情诗，他喜欢在女人面前献殷勤。他的诗，常以圆熟的技巧表现空虚的内容。"[③] 但徐志摩当然不是一个只会吟咏风月的诗人，他对社会的反应很敏感，思想也很活跃。因此，朱自清形象地把他比喻成"跳着溅着不舍昼夜的一道生命水"[④]。茅盾更是说"他是一个诗人，但是他的政

---

① 柯灵：《柯灵文集》第1卷，文汇出版社2001年版，第361页。
② 朱晓进等：《非文学的世纪：20世纪中国文学与政治文化关系史论》，南京师范大学出版社2004年版，第3页。
③ 艾青：《序言》，《中国新文学大系·诗集（1927—1937）》，上海文艺出版社1985年版，第619页。
④ 朱自清：《导言》，《中国新文学大系·诗集（1917—1927）》，上海良友图书印刷公司1935年版，第7页。

治意识非常浓烈"①。徐志摩在《猛虎集》自序中将自己的思想历程概括为一个曾经有单纯信仰而流入怀疑的颓废的人。而让他对信仰产生怀疑、幻灭并最终陷入颓废的重要因素之一就是政治。茅盾在他的《徐志摩论》中称徐氏是"布尔乔亚式政权"的预言的乐观的诗人。确实，徐志摩游历过欧美，并深受西方资本主义政治制度和民主自由理念的影响，他的信仰和追求是自由、爱和美。徐志摩经常在诗中鲜明地表达他的政治姿态，例如在冯玉祥将末代皇帝溥仪赶出紫禁城之时，他用口语写作了《残诗》，"关着，锁上；赶明儿瓷花砖上堆灰！别瞧这白石台阶儿光润，赶明儿，唉，石缝里长草，石上松上青青的全是莓！"词句之间对封建专制王朝的倾覆充满了嘲讽与快意。在《再不见雷锋》中，对杭州雷峰塔的倒掉，他写道："为什么感慨：这塔是镇压，这坟是掩埋，镇压还不如掩埋来的痛快"，诗中的"政治意识"亦呼之欲出。在《新月》的发刊词《我们的态度》中，针对政治观念与文艺主张上的分歧，他提出"我们先不问风是在哪个方向吹"。但是，最后仍然不可避免地在怀疑中走向了颓废："我不知道风，是在那一个方向吹，我是在梦中，在梦的悲哀里心碎！……黯淡是梦里的光辉"（《我不知道风是哪个方向吹》）。徐志摩对国内发生的政治事件喜欢发出自己的声音，传达自己的政治意识。对于国内1922年的直奉战争、1925年的"五卅"惨案和1926年的"三·一八"惨案，他在《自剖》一文中写道：

"五卅事件"发生的时候我正在意大利山中……等到我赶回来时……看得见的痕迹只有满城黄墙上墨彩斑斓的"泣告"……这回却不同……杀死的不仅是青年们的生命，我自己的思想也仿佛遭着了致命的打击，比是国务院前的断胫残肢，再也不能回复生动与连贯。自内战纠结以来，在受战祸的区域内，哪一处村落不曾分到过遭奸污的女性，屠残的骨肉，供牺牲的生命财产？……再说哪一个民族的解放史能不浓浓的燃着 Martyrs 的腔血？俄国革命的开幕就是二十年前冬宫的血景……爱和平是我的生性……记得前年奉直战争时我过的那日子简直是一团黑漆，每晚更深时，独自抱着脑壳伏在书桌上受罪，

---

① 韩石山、伍渔编：《徐志摩评说八十年》，文化艺术出版社2008年版，第211页。

仿佛整个时代的沉闷盖在我的头顶——直到写下了"毒药"那几首不成形的咒诅诗以后，我心头的紧张才渐渐的缓和下去。①

但徐志摩毕竟不是一个政治家，他的政治意识有时候也是一腔的书生意气。例如，1923年北洋政府教育总长彭允彝涉嫌构陷北平市财政总长罗文干，蔡元培是罗的密友，而且确信其不会受贿卖国，因此提出抗议。徐志摩为了声援蔡元培，对于这起事不关己的风潮，他写作了《就使打破了头，也还要保持我灵魂的自由》一文，说"我们应该积极同情这番拿人格头颅去撞开地狱门的精神"。徐志摩还有两首诗由于带有明显的政治倾向，一度被戴上了"反革命"的帽子，备受诟病，那就是收于《猛虎集》中的《秋虫》与《西窗》。《秋虫》创作于1927年秋，诗中的核心句传达出了他苦闷的情绪与心态——人们现在热爱的只是金钱，人间没有了爱情、廉耻甚至是人道。同时，各种政治思想和"主义"流行，结果"思想被主义奸污的苦"：

秋虫，你为什么来人间？人间早不是旧时的清闲……黄金才是人们的新宠，她占了白天，又霸住了梦！爱情：像白天里的星星，她早就回避，早没了影……还有廉耻也告了长假，他躺在沙漠地里住家；花尽着开可结不成果，思想被主义奸污的苦！这天太阳羞得遮了脸，月亮残阙了再不肯圆，到那天人道真灭了种，我再来打——打革命的钟！

诗中作者表达了对黑暗的社会现实的控诉，人间简直是暗无天日——"太阳羞得遮了脸，月亮残阙了再不肯圆"。《秋虫》与徐志摩的《〈新月〉的态度》一文一同发表于《新月》的创刊号上，将二者对照阅读，我们可以更好的理解诗人的思想。徐氏在文中指出，思想的自由要在"健康"和"尊严"的原则之下：

思想应该有自由，但是买卖毒药和身体是应该受到干涉的……我

---

① 谢冕主编：《徐志摩名作欣赏》，中国和平出版社1993年版，第346—347页。

们不崇拜任何的偏激,因为我们相信社会的纪纲是靠着积极的情感来维系的,在一个常态社会的天平上,情爱的分量一定超过仇恨的分量,互助的精神一定超过互害与互杀的动机……①

最后诗人对于"迷眩了眼""震聋了耳""闹翻了头脑",同时又难以辨认和评判的"标语与主义",他进一步强调反对"偏激"和"出奇"的思想与行为:

支离的,偏激的看法,不论怎样的巧妙,怎样的生动,不是我们的看法。我们要走大路,我们要走正路。我们要从根本上下功夫。我们只求平庸不出奇。②

徐志摩在上述的诗与文中表明了他提倡情爱的力量与互助的精神,反对各种新奇的思想与主义以及偏激、仇恨的情绪和互害互杀的行为。而在1928年写作的《西窗》中,诗人明确指出了他所反对的思想和主义——"普罗列塔利亚"(无产阶级),诗中充满了"隐喻"与"象征":

但这西窗是够顽皮的,它何尝不知道这是人们打中觉的好时光。拿一件衣服,不,拿这条绣外国花的毛毯,堵死了它,给闷死了它:耶稣死了我们也好睡觉!再有从上帝的创造里单独创造出来曾向农商部呈请创造专利的文学先生们,道是个奇迹的奇迹……青年的血,尤其是遭沸过的心血,是可口的:——他们借用普罗列塔里亚的瓢匙在彼此请呀请的舀着喝。他们将来铜像的地位一定望得见朱温张献忠的。绣着大红花的俄罗斯毛毯方才拿来蒙住西窗的也不知怎的滑溜了下来,不容做梦人继续他的冒险……西窗还是不挡着的好,虽则弄堂里的人声有时比狗叫更显得松脆。

在诗中,徐志摩反对俄国式的无产阶级革命及其思想输入中国,不要

---

① 宋原放编:《中国出版史料》第一卷下册,山东教育出版社2001年版,第6页。
② 同上书,第10页。

用"俄罗斯的大红方毯蒙住西窗",所以茅盾在《徐志摩论》中说徐氏"见了工农的民主政权是连影子都怕的"[①]。徐志摩的政治思想有一个转变的过程,在面对国内当时黑暗而又混乱的现实,他曾经在《自剖》以及《落叶》等文中提倡和赞美过俄国的无产阶级革命:"那红色是一个伟大的象征,代表人类史里最伟大的一个时期;不仅标示俄国民族流血的成绩,却也为人类立下了一个勇敢尝试的榜样。"[②]但是他在游历过苏联之后,在他的散文《欧游漫录》中表达了与前不同的观点:

> 一、说苏联的宣传是作伪。说苏联保存列宁的遗体是做宣传、做广告。
> 二、说莫斯科,集中你伟大的破坏天才,一手拿着火种,一手拿着杀人的刀,好叫千百年后奴性的子孙,多的来,不断的来,像他们现在去罗马一样,到这暗森森的雀山的边沿,朝拜你的牌坊。
> 三、苏联的革命者他们相信天堂是有的,可以实现的。但在现世界和那天堂的中间却隔着一座海,一座血污海。人类泅得过这血海,才能登彼岸。他们决定先实现那血海。[③]

是徐志摩在苏联亲身的见闻使他对这个红色国度的看法产生了变化,在他的《欧游漫录》之九《谒列宁遗体回想》一文中,对中国的革命也提出了警醒:

> 我不是主张国家主义的人,但讲到革命便不得不讲国家主义,为什么自己革命自己做不了军师,还得运来外国主义来策划流血?那也是一种可耻的堕落。革英国命的是克郎威尔;革法国命的是卢骚、丹当、罗珮士披亚、罗兰夫人,革意大利命的是马志尼、加利包尔提;革俄国命的是列宁——你们要记着,假如革中国命的是孙中山,你们要小心了,不要让外国来的野鬼钻进了中山先生的棺材里去![④]

---

① 韩石山、伍渔编:《徐志摩评说八十年》,文化艺术出版社2008年版,第201页。
② 林漓主编:《徐志摩文集》第2卷,海天出版社1998年版,第13页。
③ 陆耀东:《徐志摩评传》,重庆出版社2001年版,第103—104页。
④ 徐志摩:《徐志摩自传》,江苏文艺出版社1997年版,第169页。

而徐志摩心目中未来理想的社会则是他在散文诗《婴儿》中所说的"我们要守候一个馨香的婴儿出世"。他理想中的这个婴儿就是茅盾说的"一个英美式的,资产阶级的,德谟克拉西"。在这样一个"理想国"中,国民应该诗意地栖居在大地上,对此,他在《北戴河海滨的幻想》一文中有着具体的诗性的描画:

在远处有福的山谷内,莲馨花在坡前微笑,稚羊在乱石间跳跃,牧童们,有的吹着芦笛,有的平卧在草地上,仰看交幻的浮游的白云,放射下的青影在初黄的稻田中缥缈地移过。在远处安乐的村中,有妙龄的村姑,在流涧边照映她自制的春裙;口衔烟斗的农夫三四,在预度秋收的丰盈,老妇人们坐在家门外阳光中取暖,她们的周围有不少的儿童,手擎着黄白的钱花在环舞与欢呼。在远——远处的人间,有无限的平安与快乐,无限的春光……①

但是,这个"婴儿"终究如茅盾所言,"这'婴儿'不用说生产不出来,并且还没有怀孕,——永远不会怀孕的了!"②。徐志摩在失望和理想到处碰壁之际自然会坠入颓废,而《猛虎集》就是颓废的代表,他在序言中说"最近几年生活不仅是极平凡,简直到了枯窘的深处。跟着诗的产量也尽向'瘦里耗'"③。在现代中国,知识分子不可能超越政治和他所处的时代,正如徐志摩自喻"诗人也是一种痴鸟,他把柔软的心窝紧抵着蔷薇的花刺,口里不住的唱着星月的光辉与人类的希望,非到他的心血滴出来把白花染成大红他不住口"④。但是,政治的现实功利性一旦渗入诗歌写作之后,诗歌可能成为政治波折的一种留痕,诗歌的艺术性往往受到压抑。徐志摩在《猛虎集》自序中曾说自己因为受到生活和政治的重压,"觉得我已是满头血水,能不低头已算是好的了",因此诗歌写作也

---

① 谢冕主编:《徐志摩名作欣赏》,中国和平出版社1993年版,第266页。
② 韩石山、伍渔编:《徐志摩评说八十年》,文化艺术出版社2008年版,第201页。
③ 谢冕主编:《徐志摩名作欣赏》,中国和平出版社1993年版,第384页。
④ 同上书,第385页。

变成受难——"这中间自己的诗几乎没有一次不经过唐僧取经似的苦难的"①。而被诗人称为"情感的无关阑的泛滥的"早期诗作，可能更具有恒久的经得起时间淘洗的艺术性。徐志摩的学生、诗人卞之琳1979年就曾经指出徐氏最优秀的诗集应该还是第一部《志摩的诗》：

> 我在今日，和过去许多人说过的不同，认为他生前出版过的三本诗集当中，《翡冷翠的一夜》并非他全盛时期的高峰，而是开始走的下坡路，尽管其中和《猛虎集》以及死后别人为他编集出版的《云游》里确有些更炉火纯青的地方，最可读的诗还是最多出之于他的第一个诗集。②

因此，政治的现实性与功利性对诗人创作的艺术性往往产生一种压抑，导致的后果是诗人创造力和想象力的隐失，诗人甚至会因为政治的原因而隐没。诗人艾青就是如此。艾青的出身和生活经历与徐志摩不同。艾青地主家庭弃儿的身份使他一开始就持有人道主义的立场并站在有产阶级的对立面。他说："她（大堰河）把自己的女孩溺死专来哺育我，我觉得自己的生命，是从另外一个孩子那里抢夺来的，一直总是十分愧疚和痛苦。这也使我很早就感染了农民的忧郁，成了个人道主义者。"③ 1932年的《透明的夜》一诗中表现出诗人对农村充满了原始的力的各色无产者的赞颂：

> 油灯象野火一样，映出——从各个角落来的——夜的醒者/醉汉/浪客/过路的盗/偷牛的贼……"酒，酒，酒/我们要喝。"……"乘着星光，发抖/我们走……"阔笑在田堤上煽起……一群酒徒，离了/沉睡的村，向沉睡的原野/哗然的走去……夜，透明的夜！

艾青最初的政治活动轨迹是1931年九一八事变之后，在法国巴黎参加了"世界反帝大同盟"，1932年4月中旬在上海加入"中国左翼美术家

---

① 谢冕主编：《徐志摩名作欣赏》，中国和平出版社1993年版，第383页。
② 卞之琳：《徐志摩诗重读志感》，《诗刊》1979年第9期，第90页。
③ 骆寒超：《艾青论》，浙江人民出版社1982年版，第5、40页。

联盟",1932年7月被捕。他在国民党的监狱中写作的第一首诗就是上述的《透明的夜》。而艾青在1939年写作的《诗人论》里进一步明确了自己的政治理想和革命理念,它和《透明的夜》二者相互呼应与印证:"首先是要同情困苦的人群,了解他们灵魂的美,只有他们才能把世界从罪恶中拯救出来……只有他们在这世界上是唯一可以信赖的。罪犯、杀人的、不义者,诗人倒愿意和他们交朋友。"① 诗人进一步呼吁:

> 信任他们——那些跛行者、盲人、残废了的……那些穷人、负债者以及乞丐……那些卖淫的、窃贼、盗匪……信任一切不幸者,只有他们对世界怀有希望,对人怀有梦想;他们说:我们是人类从今天到明天的桥梁;我们从现在带记忆给未来,又从未来带消息给现在;我们是人类的镜子,从我们,人类可以看见自己的悲哀;我们也是人类的鞭子,我们的存在可以鞭策人类向辉煌的远方,美好的彼岸。②

上述讴歌无产者的这段话引自上海新文艺出版社1953年版艾青的《诗论》,1980年《诗论》由人民文学出版社再版时,对无产者的具体指认"跛行者、盲人、残废了的……那些穷人、负债者以及乞丐……那些卖淫的、窃贼、盗匪……"被作者删掉,"困苦的人群"被改为"人民群众",而"信任一切不幸者"被改为"信任一切为人类创造财富的人们"③。这里,作者在表述上有适应新的时代环境的考量,可能也包括对早年政治理念的些许反思。另外还需要指出的是,徐志摩在给英国人恩厚之(Leonard Elmhirst)的信中也表达了他对当时国内的无产者及其革命的态度,和同时代的艾青截然相反:

> 中国全国正在迅速陷入一个可怕的恶梦中,其中所有的只是理性的死灰和兽性的猖狂……今天是什么人掌权呢?无知工人,职业恶棍,加上大部分二十岁以下的少男少女。不是的,你不要把这账

---

① 艾青:《诗论》,新生活出版社1953年版,第198页。
② 同上书,第199页。
③ 艾青:《诗论》,人民文学出版社1980年版,第219页。

都算给俄国人……中国土壤肥沃的很，正适合革命来生根发芽：关键就在于此了。如果说俄国革命很成功地根除贵族和资产阶级，这里的革命也是以此为目的。共产党目前在这里最伟大的成就不但划分了阶级，共造成阶级仇恨……所有的价值都颠倒……打倒理性！打倒智慧！打倒敢作独立思考的人！这样的一个地方，当然不适宜我辈生活。①

对政治理念的理解以及政治理想追求的不同对诗歌的主题和艺术都产生了不同的影响。艾青的思想和写作是紧贴时代的。1937年夏，艾青在批评何其芳的《画梦录》时说"何其芳有旧家庭的闺秀的无病呻吟的习惯，有顾影自怜的癖性"②。1939年3月，在得知何其芳到了延安之后，艾青则说"现在听说何其芳已到了西北，衷心愿望这是《画梦录》作者的一种思想上的进步的表现"③。1941年3月，艾青也由重庆到达延安。针对新的环境，艾青一度和丁玲、王实味等人一样表达自我的感受，1942年3月，他在《解放日报》副刊《文艺》上发表了《了解作家尊重作家》一文，指出："作家并不是百灵鸟，也不是专门唱歌娱乐人的歌伎……希望作家能把癣疥写成花朵，把脓包写成蓓蕾的人是最没有出息的人……作家除了自由写作之外，不要求其他的特权……他们用生命去拥护民主政治的理由之一，就是就因为民主政治能保障他们的艺术创作的独立的精神。"④ 在毛泽东多次约谈艾青之后，艾青于1942年4月发表了《我对于目前文艺上几个问题的意见》一文，指出"文艺和政治是殊途同归的……但文艺并不就是政治的附庸物，或者是政治的留声机和播音器。文艺和政治的高度的结合，表现在文艺作品的高度的真实性上"⑤。但是1942年5月毛泽东的《讲话》发表之后，艾青则在《文艺与政治》一文中进一步说明："文艺服从政治，不是降低了文艺，而是把文艺无限地提

---

① 徐志摩：《徐志摩全集》第5卷，广西民族出版社1991年版，第538—539页。
② 娄东仁、晓菲编：《艾青散文》（上集），中国广播电视出版社1994年版，第344页。
③ 同上书，第346页。
④ 同上书，第356—357页。
⑤ 同上书，第358—359页。

高了。对于我们来说，艺术性与政治性不是相矛盾的东西，而是统一的东西。"① 在此之前艾青诗歌的主题和意象主要为监禁、流浪、土地、农民、苦难和革命等，诗歌主要的情绪是忧郁。而1942年之后在延安时期的"文艺与工农兵结合"的时代主题之下，艾青"要把诗贡献给新的主题和题材：团结抗战、保卫边区、军民合作、缴公粮、选举、救济灾民、整顿三风、劳动英雄和战斗模范等，使人们在诗里能清楚地感到今天大众生活的脉搏"②。例如，他在1942年9月的《向世界宣布吧》一诗中写道：

> 所有的人都被卷进了学习的狂潮，每个人向革命进行了自我批评；母亲一边喂奶一边发言；连"小鬼"也知道"平均主义"是"谬论"，六七十岁的老人坐在阳光下，戴着眼镜阅读着"整风文件"，而且不断地闭着眼沉思，反省自己的历史什么时候犯了什么偏向。③

1943年9月在欢迎劳动英雄的长诗《吴满友》中写道：

> 你是一个新农民，你过的是好光景；身体结实健康，腰上束着腰带，脸上闪着红光……你接受了礼物，又接受了敬礼，像采叶子一样自然，像娶亲一样快活，像选举一样严肃……问你吴满友："谁带给你好日子？"你说："毛主席！"你说没有他，你就活不成。你说他到哪里，你就跟他到哪里。④

再如《送参军》：

> 欢送的乡亲一大群，整整齐齐排两行，一边走，一边喊，一阵更

---

① 娄东仁、晓菲编：《艾青散文》（上集），中国广播电视出版社1994年版，第381页。
② 艾青：《诗论》，上海新文艺出版社1953年版，第3页。
③ 徐纶、韦夷主编：《延安文艺作品精编》（理论·诗歌卷），浙江文艺出版社1992年版，第181页。
④ 徐纶、韦夷主编：《延安文艺作品精编》（理论·诗歌卷），浙江文艺出版社1992年版，第184页。

比一阵响:"姊妹送弟,妻送郎,父母送儿到南方!""农民大翻身,老蒋活不成!""打到南方去,活捉贼老蒋!"①

上述诗歌只是艾青延安时期政治抒情诗的几例,另外还有歌颂时代和领袖的《毛泽东》和《时代》等作品。在此期间,他又分别写作了《父亲》和《少年行》,前者批评自己有产阶级的家庭以及"伪善"的父亲;后者则要和过去的我告别,自己要"去一个梦里也没有去过的地方",那里"人们过着神仙似的生活"。时代与政治环境给艾青诗歌艺术的影响不可忽视。构成艾青诗歌的特色如前所述,应该是富有修饰词的繁复的句式的使用,以及具有绘画美的具体形象的细节性的刻画和饱含忧郁的诗歌情绪。艾青在1942年之后的诗作中,上述艺术个性明显减弱,尤其1949年之后,他的诗歌大多是句式简约、情绪舒畅、风格明快的时代颂歌,如《国旗》《呼喊》以及《十月的红场》《宝石的红星》等。倒是从诗人偶或的一点"沉思"中,我们仿佛再次看到了那个忧郁的灵魂:

　　土地是肥沃的/人是勤劳的/天在下小雨/人还在地里/……土地爱人/人也爱土地/但,我为什么这样不安/人民啊,/请告诉我,/你还需要什么,/大地啊,/请告诉我/你还需要什么?/为什么……/为什么……/我的心还是这般忧郁?

——《沉思》②

艾青晚年在回忆自己的中学时代时说:"革命的风暴震撼着南方的古城。不知哪儿来的一本油印的《唯物史观浅说》,使我第一次获得了马克思主义阶级斗争的观念——这个观念终于和我的命运结合起来,构成了我一生的悲欢离合。"③

他1983年曾经这样总结自己的创作:"从一九三二年发表《会合》开始,到今天已度过半个多世纪了……有时,真像穿过一条、漫长、黑暗

---

① 艾青:《艾青全集》第1卷,花山文艺出版社1991年版,第731页。
② 《艾青诗选》第1卷,四川文艺出版社1986年版,第399页。
③ 艾青:《艾青诗选·自序》,《艾青诗选》,人民文学出版社1979年版,第4页。

而又潮湿的隧道，自己也不知道能不能活着过来，现在总算过来了。"①但是如艾青自己所言，他始终是忠于时代与生活的。诗歌就是诗人对时代与生活的记录，它不可能超越他所生活的时代。因此，整个一部新诗史是天才与政治的双重变奏，天才诗人的创作构成了新诗史的文本，但政治又始终对新诗的主题与艺术产生着影响，当政治处于弱势和政治环境相对宽松之时，写作的自由所带来的新诗的创造性就会表现出来。相反，当政治过于强势，诗人及新诗创作的艺术性就都处在隐没的边缘。

（二）政治对新诗史阐释与评价的影响

政治对新诗的阐释也会产生很显著的影响。这种影响主要取决于不同时代的政治规范以及阐释者对这一政治规范所持的立场，阐释者对阐释对象——单个的诗人、诗作、诗歌流派等——与政治规范之间的关系的把握与理解等诸多因素。由于政治原因而导致的在不同的时代对新诗阐释的变化，对于诗人、诗作与诗歌流派的文学史地位的评定及其最终能否被经典化都起着至关重要的作用。归根结底，政治对新诗的评价产生影响的重要原因就在于新诗发展的百年历程中与复杂多变的整个中国现代史的进程紧密联系，而现代史最主要的内容概括起来也就是民族救亡与政党政治。所以新诗的评价不可避免要涉及新诗的作者及文本内容与政党政治及其政治属性之间的关系等问题。例如，一个诗人是从属于左翼阵营还是自由主义阵营，是持无产阶级还是资产阶级立场等。具体到诗歌发展的内在矛盾上，就是诗歌主题与时代的关系是突出创作的主体性还是社会性，是为人生还是为艺术，是强调"小我"还是"大我"，诗歌内容是否和民族危机与政党政治互相关联等。政治对新诗阐释的这种影响一直持续到20世纪80年代"朦胧诗"潮流退去之后，因为当时整个社会对政治意识形态的控制趋于弱化，而文学也随之作出了"去政治化"的调整并力图与时代主题与政治氛围保持一致。因此，从新诗发展的第二个十年开始，即1927年至80年代这一时期政治对新诗阐释的影响最为显著。这种影响在今天也并未完全消除，例如，对于徐志摩等自由主义诗人反对无产者及共产党革命的政治观点到底如何评价？从政治立场的角度考察，他们是否仍然属于反动诗人？左翼诗人与自由主义诗人的地位与成就到底孰高孰低？

---

① 艾青：《我的创作生涯》，《艾青论创作》，上海文艺出版社1985年版，第43页。

这些问题由于当下仍然存在一定的局限性而导致话语空间也仍然较为有限，所以至今未有定评，偶有言之则政治倾向明显。因此本文选择几篇名家对新诗史发展的几个阶段所作的总结性"评价"为例，研究政治因素对新诗阐释的影响。这几篇断代性的代表性文献分别是朱自清、艾青、臧克家以及谢冕为《中国新文学大系·诗集》所作的"序言"或"导言"，前三人对1917—1949年新诗发展的这三个十年分别作出了评价，而1949年至"文化大革命"结束这一时段的评价则是由谢冕来完成的。

首先来看朱自清1935年为《中国新文学大系·诗集（1917—1927）》所作的《导言》。在这篇导言中，朱自清从文学史的角度对新诗最初十年的发展状况进行了较为客观的梳理。他首先从历时的维度分析胡适如何在黄遵宪等人已有的"诗界革命"的理论资源和创作实践的基础上进一步努力，推动白话诗朝着"自由体"的方向发展。然后从共时的维度分析了周作人的"说理诗"和冰心的"繁星体"以及郭沫若的"泛神论"与反抗精神，接下来谈及闻一多、徐志摩的格律诗探索，最后是李金发的象征派写作。朱自清最后得出了新诗前十年的发展主要分为"自由体""格律体"以及"象征派"的经典性结论。本篇导言写作之时徐志摩已经去世四年，但是朱自清并未像茅盾在《徐志摩论》中那样，对徐志摩的自由主义立场和对无产者革命的恐惧等作政治分析。在对李金发的象征派诗的评价上也未作贬低或批评，尽管象征诗派的写作在当时看来是"为艺术"而非"为人生"的。朱自清持论的标准和他本人的学者身份以及一贯的自由主义的立场基本相符合。

1984年，艾青对1927—1937年这十年的新诗历程作出了总结，在这篇不长的序言中，艾青与朱自清明显不同，他的政治姿态非常鲜明。在艾青的视野里"革命""左翼"和"为人生"的诗歌是主流，反之则是支流甚至是逆流。艾青先按时间顺序评价了"新月诗派"和"象征诗派"，认为"新月派"是1927年"大革命失败后，中国诗坛上出现的一股消极的潮流"[①]。而在突出了闻一多"爱国的一片挚诚"的同时，认为"徐志摩是具有纨绔公子的气质，他喜欢在女人面前献殷勤。他的诗，常以圆熟的技巧

---

① 艾青《序》，《中国新文学大系·诗集》，上海文艺出版社1985年版，第3页。

表现空虚的内容"①。对"新月派"朱湘的评价则是他"对人生怀有深刻的悲观,思想极虚无,早在一九二五年,朱湘就写了《葬我》一诗,到了一九三三年,终于投江自尽了"②。而"陈梦家也写了一首《葬歌》……他却写完了还活了二三十年"③。"新月诗派"在"陈梦家写《雁子》的时候,已经奄奄一息,到一九三三年闻一多写《奇迹》之后已不可能出现什么奇迹了"④。艾青认为"'象征诗派'是李金发从法国引进的",但他"比法国人他写的更难懂",但是"有的人仅仅因为难懂而喜欢它"⑤。在艾青看来,"新月诗派"对革命的态度决定了其在诗坛的地位,它是"反革命"的,因为"一九二八年'创造社'提出'革命文艺';《新月》月刊即提出'反对革命文艺'的口号,声明'反对无产阶级革命文学'"⑥。然后,艾青从"左联五烈士"开始,对"左翼"诗歌进行了认真的梳理,其中论及了"中国诗歌会"诸诗人以及湖畔诗社的应修人和冯雪峰,因为他们或是属于"左翼"或是后来成为无产阶级革命的一分子。艾青给予臧克家的评价较高,因为"他的诗里没有爱情和闲情""他的诗是根植于中国的泥土里的",而臧克家的立场也很重要,他"不属于任何派别"。艾青最后强调了自己的阐释标准:

> 若要划分流派,我以为不妨从"文学研究会"的"为人生"的文学和"创造社"的"革命文学"为一条线,到"新月派"和"象征派"为另一条线,这样的划分比较清楚。⑦

同时,他再次强调为艺术而艺术的口号是虚伪的,认为如果不通过革命和自我牺牲"就改变不了这个丑恶的世界",而最理想的诗歌的标准则是"通过最浅显的语言表现的深厚的、博大的思想感情的诗"。当然,最

---

① 艾青《序》,《中国新文学大系·诗集》,上海文艺出版社1985年版,第2页。
② 同上。
③ 同上书,第3页。
④ 同上。
⑤ 同上书,第4页。
⑥ 同上书,第6页。
⑦ 同上书,第14页。

能与这个标准相对应的就是艾青本人的诗。这篇序言里的很多观点，其实在艾青1980年发表于《文艺研究》的《中国新诗六十年》一文中早就提过。在这篇稍早的文章中，作者还是以"革命"为阐释的核心观念，革命诗歌是整个新诗史的主流：

> 中国革命的新诗，代替了旧诗而在文学的领域里取得了巩固地位之后，在这六十多年里，它一方面和各式各样的唯美主义、颓废主义进行了斗争，另一方面也和革命文学内部的概念化倾向、标语口号式的空洞叫喊进行了斗争。①

艾青革命的诗学观念与其左翼诗人的身份以及一以贯之的革命的政治理念密切相关。臧克家1990年为1937—1949年的新诗所作的总结性评价，延续了艾青的"革命"和"斗争"的政治理念并将二者作为自己的诗学关键词。这从他对于这12年中国现代史的叙述就可以看出：

> 前期，是中国人民抗击日本帝国主义侵略，终于获得胜利的八年；后期，是在中国共产党领导下进行轰轰烈烈的解放战争，国统区人民在国民党反动统治之下，争取和平，争取民主，争取解放的斗争浪潮汹涌澎湃的四年。②

因此在诗人臧克家的笔下，解放区的诗人是叙述的重点，因为他们是革命的或者是后期投奔革命的。这些革命诗人包括艾青、田间、郭沫若、柯仲平、何其芳、冯雪峰、光未然、袁水拍、马凡陀等，当然也包括臧克家本人。另外作者还提及了解放区后期的几个"民歌体"诗人，主要为李季、阮章竞和张志民，"他们是在中共的领导之下，通过学习马克思主义文艺理论和'讲话'，使思想感情和文艺观起了根本变化，作品面貌也

---

① 艾青：《中国新诗六十年》，《文艺研究》1980年第5期，第82页。
② 臧克家：《〈中国新文学大系1937—1949·诗卷〉序》，《臧克家全集（第十卷）》，时代文艺出版社2002年版，第518页。

为之一新"①。而在对一些对于革命而言身份稍显暧昧或者"斗争"不够明显的诗人,臧克家也通过强调他们的进步性和爱国精神,将他们纳入自己的叙述体系中来。戴望舒有的诗"反映了他对中国共产党领导的抗日民主根据地的向往,如《我用我残损的手掌》"②。再如卞之琳,"他1938—1939年留延安期间,曾去太行山区民主革命根据地访问。此行使他产生了诗集《慰劳信集》,诗集中的二十首诗歌颂了抗日战士和群众,情绪乐观"③。而"九叶诗人"之一的陈敬容的《力的前奏》,"预感到了革命风暴的必然来临。女诗人从自然界的律动,领悟到阶级斗争的风雷"④。从本文中我们看出臧克家的理论资源较为有限,他在论述中很少有对新诗作出艺术上的阐释,仅有的一点对单个诗人文学史价值和地位的判断也来自别人,例如闻一多、周扬或文学史家如唐弢、严家炎。臧克家写作此篇序言时已经85岁,再结合他个人生平、社会活动以及创作经历,就能理解他为何对这12年新诗作出偏重和突出其在现代史上的政治意义和革命性的阐释。

谢冕在1996年的序言对1949—1976年的新诗发展作出了概括。在这27年中,从社会活动到人们的日常生活,政治强势地横扫到了每一个角落,所以对政治进程进行描述自然无可避免。但是,作者在这篇长文中首先追求诗化的语言,文字显得精致、典雅。这样做也就有意地避免了一些激烈的政治言辞的出现,使文章整体显得温和又含蓄。例如对于共产党在大陆夺取政权,谢冕这样说:

> 从遥远的大西北传来的雄健的腰鼓声,敲醒以往沉睡的大地,抬头望天,竟是一片明朗的天际。人们相信:黑暗已经过去,春天已经到来,新生活也已开始。⑤

---

① 臧克家:《〈中国新文学大系1937—1949·诗卷〉序》,《臧克家全集(第十卷)》,时代文艺出版社2002年版,第526页。
② 同上书,第522页。
③ 同上。
④ 同上书,第526页。
⑤ 谢冕:《序言》,《中国新文学大系·诗卷1949—1976》,上海文艺出版社1997年版,第689页。

再如，对于歌颂共产党革命历程的一些抒情诗的写作，谢冕说诗人们"把眼光投向了红光闪闪的遥远，以此完成他对大时代的颂歌"。① 当然，在 20 世纪 90 年代的语境中，对于政治对文学的影响进行言说，基本上有了较为充足的话语空间：

> 中国新诗的这一阶段，受到中国特殊政局的影响，其中包括台湾海峡的阻隔，以及大陆的"大跃进""文化大革命"等的震荡，使完整的新诗生长出各具异趣的，同时又是非常畸斜而丰富的形态。新诗在这个阶段复杂的丰裕原是以全体中国人民的悲剧命运为代价的。②

在序言中，谢冕把台湾和港、澳地区的新诗写作也纳入了自己的叙述中，他认为"拥有一部完整的和综合的而不是零散的和切割的中国当代诗史一直是我们的愿望，但这愿望因长久的阻隔和断裂而变得陌生和遥远了"③。而这种叙述板块的采用，也是由于时代与政治环境的改变，以前存在的困难都不存在了，例如"理解的困难，还有沟通的困难，特别是历史造成的隔阂、误解以及资料的匮乏"④。对于这 27 年中政治对大陆新诗发展的纠葛与困扰，谢冕的分析有宏观的多层面的，也有微观的具体而细致的，前者如上述对诗歌整体以及政治文化因素的考察，后者如对政治环境的变化所导致的一律化的颂歌模式的要求，作家创作心理上的转变所进行的分析：

> 严重的形势摆在那些习惯于用自己熟悉的艺术方式表现熟悉的生活的那些诗人面前。他们中很多人来自大后方和"国统区"，他们几乎一无例外的面对他们感到陌生的诗的颂歌时代……但他们面前却横亘着一道难以逾越的鸿沟，他们还必须通过"思想改造"放弃旧习性，其中最重要的是要革除沿袭下来的那些个人化的习性。从个人写

---

① 谢冕：《序言》，《中国新文学大系·诗卷 1949—1976》，上海文艺出版社 1997 年版，第 695 页。
② 同上书，第 713—714 页。
③ 同上书，第 689 页。
④ 同上。

作改变到表达群体意识的、特别是歌颂现实的社会政治的立场上来，这是一个放逐自我并适应新的召唤的痛苦的过程。[①]

因此，政治对新诗史的阐释的影响既取决于政治规范对阐释者的约束，也取决于阐释者不同的意识形态的立场：朱自清基本上是一个持自由主义立场并积极投入新文学实践的知识分子，他在阐释中所受的政治羁绊最少；艾青和臧克家则始终秉持革命和斗争的政治理念；谢冕由于在对当代政治史以及当代新诗史的阐释中尽量保持一种冷静、客观的态度，因此他的叙述和文字显得温婉又含蓄，不像诗人艾青那样表现出过于情绪化和意气用事的特征。

[①] 谢冕：《序言》，《中国新文学大系·诗卷1949—1976》，上海文艺出版社1997年版，第690—691页。

第一章 民国时期的新诗教育

新诗教育是现代语文教育的一个内容,而现代语文教育又是中国现代教育中的一门学科。因此,首先有必要对现代教育、现代语文教育以及新诗教育这几个概念及其内容由大到小地进行梳理和厘定。这样可以更清楚地认识新诗在现代教育制度初步建立的阶段,如何借助新文化运动所给予的具有现代性的"权力话语",并借助现代语文学科的设立,从而进入大中小学的语文教材。在此基础上进一步研究在新诗入选教材的过程中,哪些因素参与到这个过程中来;其次研究新诗在语文课程中如何被教学和阐释,意识形态等因素如何主导着新诗的阐释与接受。民国时期的新诗教育研究将从小学、中学和大学三个层次展开。

第一节 现代教育制度中的语文学科与新诗教育

一 现代教育制度的建立

中国现代教育的萌芽和开端,按照郭秉文、舒新城以及周予同等人的观点,一致认为以 1862 年"京师同文馆"的设立作为标志。[①] 同文馆的现代特征主要表现为开始实行班级制授课,并且开设了众多实用性的现代课程。现代教育在中国出现的原因,一般认为是"外铄的而不是内发的,是被动的而不是自主的"[②]。即现代教育是晚清时期在西方殖民侵略势力的步步紧逼之下,在国家危亡存续的关头,政府为应付时局在被动情况下所进行的多项改革中的一部分。其时,面临变革的中国传统教育已经延续

[①] 周予同:《中国现代教育史》,福建教育出版社 2007 年版,第 8 页。
[②] 同上书,第 4 页。

了几千年。在此之前的传统教育有史可考的主要分为三个阶段：上古期（有史时代至战国）、中古期（秦到南北朝）和近世期（隋到清末同治元年）。在上古期，教育已经开始形成一种社会制度，但是实行贵族、庶民分途入学的双轨制；在中古期，学校制度和选举制度并行，以选拔官僚为主要目的；在近古期出现了一个大的转变，即学校制度降为科举制度的附庸。① 这一特点一直延续到晚清，并且成为晚清教育制度改革的重点。科举这一从隋炀帝开始的官僚选拔制度，到了晚清时期已经完全成为内容为考据之学的八股文考试制度，举国的学子皓首穷经地埋首于故纸堆中以求仕途。而废除科举考试，实行实用知识的教学已经成为适应新形势的必然趋势，即"中学为体，西学为用"。而"中体西用"的口号也是中国现代教育宗旨的萌芽。② 康有为1898年向光绪帝上书《请废八股试贴楷发试士改用策折论》，请求改革科举考试制度，在同年的"公车上书"中的《上清帝第二书》中再提改革科举的主张。但是推动教育改革的内驱力仍然不足。1901年，八国联军进犯北京，慈禧仓皇出逃，政府危机愈加严重。在此背景之下袁世凯、张之洞上书言明废科举新学校以培养人才的紧迫性，认为即使立刻停止科举，实行现代学校教育，学生也要十年后才能成材。如果再推迟十年停科举，则现代性的人才要二十年后才能出现。③ 在此情势之下，1905年8月，清政府正式决定停科举兴学堂。但是这时的教育宗旨是"忠君、尊孔、尚公、尚武、尚实"。学校系统也开始逐渐显现出现代的特征，1903年11月清政府颁布《奏定学堂章程》，出现了"癸卯学制"。即学校教育大致分为小学堂（包括初、高等小学堂）、中学堂（和师范及实业学堂并列）和大学堂。辛亥革命后的1912年，民国临时政府公布了《普通教育暂行办法》及《普通教育暂行课程标准》，对晚清的教育制度进行的修订部分为：一、初等小学允许男女同学；二、小学废止读经科；三、中学废止文实分科制；四、中学及初级师范的修业年限由五年减为四年；五、废止学校出身奖励。④ 同时，晚清的教育管理机构

---

① 关于中国传统教育的分期和特征，参见周予同《中国现代教育史》，福建教育出版社2007年版，第5页。

② 同上书，第13页。

③ 李杏保、顾黄初：《中国现代语文教育史》，四川教育出版社1997年版，第34页。

④ 周予同：《中国现代教育史》，福建教育出版社2007年版，第61页。

学部也改称为教育部,蔡元培任教育总长。在蔡元培的建议之下,政府提出了新的教育宗旨:"注重道德教育,以实利教育、军国民教育辅之,更以美感教育完成其道德。"① 这样,以学校教育为主的现代教育制度初步建立起来了。

二 现代语文学科的演变及语文课程的开设

中国现代语文教育的开端一般被定在 1903 年。这一年清政府颁布了由张之洞、张百熙、荣庆合订的《奏定学堂章程》。在此"章程"中规定了具体的学制(即癸卯学制)。另外,还规定在小学堂和中学堂除了仍然设置《读经讲经》课程之外,规定《中国文字》和《中国文学》为必修课程,这也就为后来的国文单独设科奠定了基础。该"章程"还具体规定初等小学堂学生在五年制的学习期间,必修课程《读经讲经》每周十二学时,《中国文字》每周四学时。而在学制四年的高等小学堂中,《读经讲经》课程仍然开设,并新开《中国文学》课程代替先前的《中国文字》课程,每周八个学时。到了中学阶段,之前的《读经讲经》改成《经学大意》,在五年制的修业期间仍然开设的《中国文学》课程,到了最后一年开始规定了具体内容为"兼讲中国历代文章名家"。在当时的文学科大学中设置的九门课程中也有"中国文学门"。另外,当时的师范和实业等学校中也广泛开设《中国文学》作为通习课程。由此,"有了学校系统和教学制度的保证,于是,和现代语文教育内容、规模、要求近乎一致的国文科,1903 年后在全国范围内逐步开设起来"②,当然语文教育要向现代彻底转型还有较长的一段时间。首先,如上所述,《读经讲经》课程一直存在,而且所占学时比重很大。因为,1903 年张之洞等人根据《奏定学堂章程》制定的《学务纲要》中进一步指出"中国之经书,即是中国之宗教""中小学堂宜注重读经以存圣教""若学者不读经书,则是尧舜禹汤文武周公孔子之道,所谓三纲五常者尽行废绝,中国必不能立国矣"③。其次,此时教材中的中国文学的内容也还都是文言为主的历代的

---

① 周予同:《中国现代教育史》,福建教育出版社 2007 年版,第 21 页。
② 李杏保、顾黄初:《中国现代语文教育史》,四川教育出版社 1997 年版,第 34 页。
③ 张隆华主编:《中国语文教育史纲》,湖南师范大学出版社 1991 年版,第 146 页。

文学名著。因此之后的白话文运动和国语运动，又推进语文课程向现代迈进一大步。晚清提出改革文言的陈子褒在《教育遗议》中说"开民智莫如改革文言"，裘廷梁在《论白话文为维新之本》中说："愚天下之具，莫若文言；智天下之具，莫若白话。"① 在当时一系列的倡议之下，白话报纸、教科书以及白话小说开始大量出现，据统计，"当时群众办的白话报纸有十多种，白话教科书有五十种，白话小说有一千五百多种"②。这为后来胡适等人发起的白话文运动奠定了基础。而现代语文教育还需要具备的条件是统一的国语，也就是全国语言和语音的统一。1882 年，卢戆章发明了切音字母，之后王照制定了"专拼白话"的"官话字母"的方案。在前人的基础之上，1918 年 11 月，民国政府教育部正式颁布了注音字母。同时，国语讲习所也开办起培训国语教师的活动来。1920 年 2 月，12 种标点符号及其用法颁布于世，1921 年教育部要求全国小学一、二年级的国文教材采用白话文，即废除文言，"国文"教材改为"国语"教材。而从 1922 年元月起，小学各科教材一律采用白话文，中学和大学教材中的文言内容也要相应渐次减少。另外，新的学制、课程标准也开始制定，与这些改革相适应的教材编纂工作也相应展开。在整个民国期间语文课程一直包括"国语"和"国文"。1950 年，中央人民政府将"国语"和"国文"合并为"语文"，出版了全国统一使用的教材《初中语文》和《高中语文》。此后，"语文"这一课程名称沿用至今。在民国时期大学的新文学课程中，授课者大多自编讲义，如朱自清、沈从文、废名、苏雪林、王哲甫等人就是如此，他们分别编写了《中国新文学史研究纲要》《新文学研究——新诗发展》《谈新诗》《中国二三十年代作家》及《中国新文学运动史》来讲授新文学的发展史。

三 新诗入选现代语文教材

新诗入选语文教材是多种因素作用和角力的结果。1918 年 1 月在《新青年》四卷一号上第一次刊出了胡适、沈尹默和刘半农三人创作的九首新诗，这通常被看作新诗诞生的标志。但这九首中只有沈尹默的四句短诗《月夜》

---

① 张隆华主编：《中国语文教育史纲》，湖南师范大学出版社 1991 年版，第 149 页。
② 同上书，第 150 页。

稍有诗味:"霜风呼呼的吹着,月光明明的照着。和一株顶高的树并排立着,却没有靠着。"此时的创作实绩还不足以为新诗奠定坚实的基础,更谈不上使新诗获得广泛认同。胡适自己也承认"只有国语的韵文——所谓'新诗'——还脱不了许多人的怀疑"①。也就是说,当时新诗自身也存在合法性的问题。但是此时胡适等人作为新文化运动的领导者,在中国向现代转型的过程中,他们拥有主导权和话语权。首先,是文化上的主导权。中国当时在内忧外患之下急于寻找出路,把矛头指向了传统文化制度,此时攻击和排斥文言和传统文学文化似乎就存在了合理性。尽管当时传统的古诗在艺术上的成就是新诗根本无法比拟的。其次,是充分利用现代文化中新的技术媒介,即大规模的印刷和出版业。例如在《新青年》等杂志上为新文学造势,提出"八事""人的文学"以及"活的文学"和"三大主义"等新的文学观念,并积极进行新文学的实践。最后,胡适等人掌握了教育制度改革的话语权,并将其转换为行政权,实行了一系列改革。例如教育模式的改革,首先是模仿日本模式,后来是模仿美国模式。照此,实行了学校系统包括学制和课程全面西化的改革。还模仿西方制订拼音方案以及标点符号,强令全国使用白话文进行教学。胡适《论新诗》一文也影响巨大,文中所提到的新诗作品,后来全部入选众多版本的语文教科书。尽管这和教材编写的商业化运营也有关系,因为要选入名家名作教材才有市场,但是胡适利用他的话语权为诗歌"名作""定位",这亦是不能忽视的重要因素。因此,必须承认是时代赋予了胡适等人话语权,就像胡适当年自引陈独秀所言:

> 常有人说,白话文的局面是胡适之陈独秀一班人闹出来的。其实这是我们的不虞之誉。中国近来产业发达,人口集中,白话文完全是应这个需要而发生而存在的。适之等若在三十年前提倡白话文,只需要章行严一篇文章便驳得烟消灰灭。此时章行严的崇论宏议有谁肯听?②

---

① 胡适:《谈新诗》,见欧阳哲生主编《胡适文集》第2卷,北京大学出版社1998年版,第133—134页。
② 胡适:《中国新文学运动小史》,见欧阳哲生主编《胡适文集》第1卷,北京大学出版社1998年版,第121页。

其中政治的巨变带来了文化与文学变革的机遇,胡适也认为这一点最重要:

> 此外,还有几十年的政治的原因:第一是科举制度的废除(一九〇五)。八股废了,试帖诗废了,策论又跟着八股试帖废了,那笼罩全国文人心理的科举制度现在不能再替古文学做无敌的保障了。第二是满清帝室的颠覆,专制政治的根本推翻,中华民国的成立(一九一一—一二)。这个政治大革命虽然不算大成功,然而它是后来种种革新事业的总出发点,因为那个顽固腐败势力的大本营若不颠覆,一切新人物与新思想都不容易出头……我们若在满清时代主张打倒古文,采用白话文,只需一位御史的弹劾就可以封报馆捉拿人了……当我们在民国时代提倡白话文的时候,林纾的几篇文章并不曾使我们烟消灰灭,然而徐树铮和安福部的政治势力却一样能封报馆捉人……然而一两个私人的政治势力也往往一样可以阻碍白话文的推行发展。幸而帝制推倒以后,顽固的势力已不能集中作威福了,白话文运动虽然时时受点障碍,究竟还不到烟销灰灭的地步。这是我们不能不归功于政治的先烈的。①

当然,胡适本人也承认新文学的局面"若没有'胡适之陈独秀一般人'至少也得迟出现二三十年"②,也就是说白话诗的"尝试"也要推迟。1933 年,在新诗已经在徐志摩等人的努力实践之下立稳了脚跟之时,胡适仍然表达了最初对新诗合法性的担心:

> 在那个文学革命的稍后一个时期,新文学的各个方面(诗、小说、戏剧、散文)都引起了不少的讨论。引起讨论最多的当然第一是诗……这是因为新诗的形式和内容都需要一种根本的革命;诗的完全用白话,甚至于不用韵……其革新的成分都比小说和散文大的多,

---

① 胡适:《中国新文学运动小史》,见欧阳哲生主编《胡适文集》第 1 卷,北京大学出版社 1998 年版,第 122—123 页。

② 同上书,第 123 页。

所以他们引起的讨论也特别多。文学革命在海外发难的时候我们早已看出白话散文和白话小说都不难得着承认，最难的大概是新诗，所以我们当时认定建立新诗的唯一方法是要鼓励大家起来用白话做新诗。①

而胡适等现代语文教育的设计者怀着此种隐忧，借现代语文课程强制使用白话文及新文学作品之机，使新诗最终被选入教材进行教育与普及也就顺理成章了。以今天的眼光看来，这就是"权力"对"知识"的渗透，也是"政治"对"学科"的主导。所以当时大学的新文学史教材对胡适的新诗进行介绍与阐释无可厚非，因为这些文本具有材料或史料性质。但是胡适的尝试之作20世纪30年代前后大量入选中小学语文教材还是有一种强制性意味，因为中小学课文应该具有典范性。

第二节 民国时期小学的新诗教育研究
——以"北师大"馆藏教材为中心

晚清时期在向现代教育转型的过程中开始出现了《国语》和《国文》教材，在此之前相当于小学语文教材的是蒙学课本。中国古代教育史上最早的蒙学课本是周朝编的《史籀篇》，流传时间最久的是汉朝编的《急就篇》。近代最流行的是《三字经》《百家姓》和《千字文》，俗称"三、百、千"。民国时期的小学语文教材，当下搜集完整颇有难度。究其具体原因，《小学语文教材简史》的作者李伯棠就曾指出："小学语文教材一贯被认为是'小儿科'而被人们忽视，所以残存的史料寥寥无几。另外在'文革'的'破四旧'中，近现代的语文教材更是遭受到一场空前的浩劫。"② 但是"新时期"对此领域的研究还是陆续展开着。据《民国时期总书目》所载，民国的小学语文课本和副课本国内几大图书馆共藏350套，有些已不完整，其中选入白话新文学的约150套。北京师范大学图书

---

① 胡适：《中国新文学运动小史》，见欧阳哲生主编《胡适文集》第1卷，北京大学出版社1998年版，第122—123页。

② 李伯棠：《小学语文教材简史》，山东教育出版社1985年版，第1页。

馆目录上记载馆藏 120 套民国时期的小学语文教材,但较为完整的只有 80 套左右,新学制之后的白话课本只有 50 套左右,范围覆盖"国统区""沦陷区"和"解放区"。本书主要针对这些教材中的新诗进行统计。① 其中新诗篇目统计大致如下:

教材	编者	出版情况	新诗篇目
《新小学教科书国语读本》(高小)	黎锦晖、陆费逵编辑	中华书局 1923 年版	《山中落雨》(李大钊),《乐观》(周作人)
《复兴国语教科书》(高小)	丁毂音、赵欲仁编辑	商务印书馆 1933 年版	《鸽子》(胡适),《四烈士冢上的没字碑歌》(胡适),《风》
《大众教科书国语》	中国教科书研究会编辑	大众书局 1934 年版	《春晓》(沈定一)
《复兴国语课本》(高小)	王云五、沈百英、宗亮寰、丁毂音编辑	商务印书馆 1935 年版	《上山》(胡适),《飞鸟和笼鸟》(陈衡哲)
《实验国语教科书》(高小)	国立编译馆编辑	上海商务印书馆、上海中华书局、上海世界书局等 1936 年发行	《希望》(胡适),《平民学校校歌》(胡适),《山中》(徐志摩),《罪过》(闻一多)
《修正高小国语教科书》	教育部编审会编	新民印书馆有限公司 1938 年版	《雁儿们》(徐志摩)
《小学北新文选》	林兰、陈伯吹编选	北新书局 1933 年版	《野草》(谢野晶子),《雨后》(郭沫若)
《高小国语》	东北政委会编审委员会编	光明书店 1947 年印行	《我是个贫苦的孩子》《松花江》
《初级国语读本》(初小)	魏冰心、朱翊新编辑	世界书局 1924 年版	《海边》《渔翁》《割稻》《卖花》《什么地方风景好》《什么时候风景好》《中华》《四时读书乐》

---

① 北京师范大学文学院语文教育研究所的闫苹教授,带领她的研究生已经将这些教材整理,由语文出版社 2008 年分别出版了《民国时期语文教科书评介》及《民国时期小学语文课文选粹》。本节新诗选目的统计参考了这两本书。

续表

教材	编者	出版情况	新诗篇目
《新撰国文教科书》（初小）	胡怀琛编辑	商务印书馆1925年版	《柳》
《新时代国语教科书》	胡贞慧编辑	商务印书馆1927年版	《古怪的窗子》《奋斗歌》《雪耻歌》《我们的时代》《我们的世界》《努力歌》《吊秋瑾诗》
《基本教科书国语》	沈百英编	商务印书馆1931年版	《春光好》《风在哪里》《你问我》《雨景》

从上述的新诗选目可以看出，新诗作为白话文的教学内容，是在1922年民国政府强制小学使用白话文编选教材和进行教学之后才开始进入课本的选篇。这些新诗在艺术上大多是粗糙的，例如胡适的《四烈士冢上的没字碑歌》和《上山》等作品。而这与首先考虑诗歌在风格和主题上要适应小学语文"以儿童为中心"的教学目标也有关系，既要突出语言的学习，注重文学的趣味性，又要尽量淡化激进思想的灌输。例如，民国十二年（1923）庄适、吴研因主编由商务印书馆出版的《新学制国语教科书》对诗歌的编纂要求就是："浅显的故事诗、新诗等，都声调和谐，自然有韵。"① 该课本中闻一多的《罪过》也只是一篇传达人道主义的叙事短诗，写一个卖水果的老农，挑着担子跌倒之后，不顾受伤，一面念着"都给压碎了，好樱桃"，一面担心"回头一家人怎么吃饭？"另外，民国时期小学新诗教育的规则一般是从第三学年，即高小开始学习新诗。因为新诗是文学作品，这样安排也是为了遵循教学的规律，即按照从文字到文学循序渐进的教育过程。

随着1922年新学制的颁布，国语开始以合法的身份正式进入教材。1923年吴研因起草的《新学制课程标准纲要小学国语课程纲要》规定，从第三学年起要开始"童话、传记、剧本、儿歌、谜语、故事、诗、杂

---

① 闫苹主编：《民国时期小学语文课文选粹》，语文出版社2008年版，第140页。

歌等的颂习"。1923年即出版了一些纯白话的国语教材。尽管当时也还存在着大量纯文言及文白混编的教材，但是新诗在教材中的比例和其他文体相比亦不低。这一点，以1923年庄适、吴研因编纂，由商务印书馆出版的《新学制国语教科书》为例即可看出①：

	第一册	第二册	第三册	第四册	第五册	第六册	第七册	第八册
童话	9	17	4		1	6		
物话			7	12	20	5	3	
故事	10	6	3	5				
寓言			11	4	8	12	12	6
笑话		4	5	3	3	3	2	2
传记			2	8	3	8	5	7
游记							5	3
小说							5	14
记叙文					1		1	3
书信文					2	1	1	2
剧本						2	2	2
歌剧							1	
弹词						3	2	1
短剧					2			
谜语	1	1	1	1				
新诗			2	2	2	3	7	5
故事诗	1	1	3	2		1		
对唱歌			2	2				
禽言诗				3				
诗歌							1	2
合计	34	31	47	48	49	49	50	50

---

① 闫苹主编：《民国时期小学语文教科书评介》，语文出版社2008年版，第136页。

在 1904 年晚清政府的《奏定高等小学堂章程》中，对当时的诗歌教学也作出一些了专门的规定，当然这个规定是针对古诗的教学而言的。"章程"中对小学生所读诗歌的篇目和诗人作出了建议的同时——即要求"辞旨雅正、音节和谐、有益风化"——另外还特地指出在课堂上不宜教授诗歌的作法，"学堂内万不宜作诗，以免多占时刻，诵读既多，必然能作，遏之不可，不待教也"①。这里关于不教"诗歌作法"的要求，无外乎还是清人蘅塘退士孙洙在《唐诗三百首》序言中所言的"熟读唐诗三百首，不会作诗也会吟"。在 1932 年民国政府制定的《小学课程标准国语》中，对课堂教学中的"诗歌"的种类作出了明确的划分，其中包括五类，分别为：儿歌、民歌、杂歌、谜语、诗歌，还对第五种"诗歌"特地作出限定，即"近人的所谓新诗和古人的白话诗"。其中对小学诗歌教学的篇数的规定为在小学的第一、第二学年，诗歌要学习 30 篇，在第三、第四学年要学习 15 篇，第五、第六学年为 10 篇，呈现出一种逐渐递减的趋势。而在诗歌的内容和主题上也有要求和建议，即"尽量使教材富有牺牲及互助的精神。凡含有自私、自利、掠夺、斗争、消极、退缩、悲观、束缚、封建思想、贵族化、资本主义化等意义的教材，一律避免"。而对于一些和国民党的党义相关的内容则又进行积极建议，其中对诗歌的建议性内容主要包括：（1）关于孙中山先生的故事诗歌；（2）关于国民革命的故事诗歌；（3）关于奋发民族精神的故事诗歌；（4）关于启发民权思想的故事诗歌；（5）关于养成民生观念的故事诗歌。1936 年的小学的课程标准规定，在"作业"一项的"读书"这一环节中，要求第五、第六学年进行诗歌的欣赏、演习、理解或吟咏；在"作文"这一环节则规定要进行"文艺文的试作"，这其中应该也包括新诗的作法。另外，对于诗歌文体的数量则只作出了大致的建议，其中低、中、高年级分别为 27 篇、15 篇和 10 篇。在 1941 年的《小学国语科课程标准》中，又以韵的有无来划分诗歌，规定教材中诗歌主要包括杂歌、新体诗和旧体诗等韵文。其中对"新体诗"的界定为"近人作的简短的语体诗"。而对小

---

① 这里有关晚清和民国时期小学的"学堂章程"和"课程标准"的内容，参见课程教材研究所编，何慧君主编《20 世纪中国中小学课程标准·教学大纲汇编》，人民教育出版社 2001 年版，第 3—61 页。本节里其他关于这一时期"课程标准"的引文不再注出。

学六年诗歌韵文的教材的篇数分别为40篇、35篇、25篇、20篇、15篇、10篇。这样，韵文的数量在"课程标准"中规定的篇数较此前也大为增加。在1948年的《国语课程标准》中，要求在第三和第四学年教学诗歌韵文的欣赏和吟咏。从以上对晚清以来的"课程标准"的大致梳理可以看出，其中对诗歌教育的要求逐渐呈现出一种变化，而晚清和民国时期的变化则是一种断裂式的。《奏定高等小学堂章程》中认为诗歌教育必须要"有益风化"的同时，还可以有"唱歌作乐、和性忘劳之用"。在民国早期的几个"课程标准"之中，国语教育包括新诗教育的目标逐渐开始定型，到1932年吴研因起草的《新学制课程标准纲要小学国语课程纲要》，"教学目的"表述为"养成发表能力，并涵养性情，启发想象力及思考力"。尽管在民国后期课程标准又加入了"爱国、救国"的内容，但那是暂时的，也是非正常时期的文学教育理念的一种临时性的变化。另外，从民国时期几个"课程标准"中，也能看出新诗逐渐在教材中获得了合法性。在1932年和1936年的"课程标准"中，对新诗的称谓之前还加上了"所谓"二字，为"所谓新诗"，到了1941年的"课标"中则开始正式称为"新体诗"。

下面举两例来具体考察民国小学教材中新诗的课堂教学①。在丁毂音、赵欲仁编辑的《复兴国语教科书》（商务印书馆1933年版）中选入了刘大白的儿童诗《秋燕》，全诗内容如下：

    双燕在梁间商量着："去不去？去不去？"
    他说："不要去！不要去！"
    她说："不如去！不如去！"
    最后同意了："一齐去！一齐去！"
    双燕去了，把秋光撒下了。

教学中对学生所提的"问题"是：（1）这首诗所含的主要意思是什

---

① 这里所举民国教材中新诗课堂教学的两例，分别参见闫苹主编《民国时期小学语文课文选粹》，语文出版社2009年版，第305—306页，第346—347页。

么？（2）哪些是值得欣赏的字句？

在朱翊新主编的《高小国语读本》（世界书局 1937 年版）的第二册第八课，选了一首新诗《假使》，全诗内容如下：

  假使我是一朵花儿，
  我希望早些开放；
  我要尽量表现我的美丽，
  还要尽量发挥我的芬芳。

  假使我是一只鸟儿。
  我希望歌声响亮；
  我要赞美自然界的风景，
  还要在天空里任意翱翔。

  假使我是一条小河，
  我希望源远流长；
  我要保持着荡漾的清波，
  还要灌溉那可爱的田庄。

  假使我是一颗明星，
  我希望大放光芒；
  我要使天文家增加思想，
  还要使航海家认识方向。

这首新诗教学中的"问题"包括三个部分，分别为"思考""仿造"和"列表"，引录如下：

  [思考] 假使你是一朵花儿，便要怎样？假使你是一只鸟儿，便要怎样？假使你是一条小河，便要怎样？假使你是一颗明星，便要怎样？

［仿造］仿造本诗的一首。

［列表］将本课四首短诗的意义，列成如下的表。

我假使是	希望	作为

总之，通过以上的梳理和考察，可以看出在晚清至民国时期的"课程标准"中，诗歌教育的理念有一个变迁的过程，而新诗在课标中合法性的获取也存在一个渐变的过程。新诗具体的教学手段也与晚清时期不同，民国时期开始进行新诗写作的教学，或者称之为"仿做"。另外，当时"解放区"的新诗教育也与其他地区，即"国统区"和"沦陷区"等存在着不同，这将在后面的内容——"十七年"新诗教育与解放区新诗教育的关系——当中再论及。

第三节　民国时期中学的新诗教育研究
——以《国文百八课》等教材为中心

据《民国时期总书目》记载，民国时期各类中学国文课本存世的共计约150套，教学参考书有85套左右。按照1922年教育部的新学制规定，初中和高中各为三年，即"六三三制"。而在语文教学上的一个特点则为初中阶段要重视国语，即白话和新文学的教学；而在高中阶段则尽量侧重文言和传统文学的教学。这一特点在胡适的《中学国文的教授》一文中就有强调：第一学年专读近人的文章，后三年应该多读古人的古文，这从众多教材的篇目中亦可以看出。另外，与小学新诗的教育不同，中学开始更加注重诗歌文学性、思想性甚至包括新诗创作理论的教育，例如，当时课本中就选入了傅东华《说诗》、叶绍钧《诗的源泉》及周作人《诗的效应》等

诗学文章。民国较有代表性的国文教材中新诗篇目如下[①]:

教材	编者	出版情况	入选新诗
《国文百八课》	夏丏尊、叶绍钧主编	开明书店民国二十四年六月初版	沈尹默《三弦》、《一个小农家的暮》、沈定一《十五娘》、刘延陵《水手》、刘大白《整片的寂寥》、蒋山青《盲乐师》、周作人《画家》
《初级中学教本国文》共六册	张弓编,蔡元培、江恒源校订	上海大东书局民国二十年版	谢婉莹《迎"春"》、沈尹默《生机》、胡适《威权》、余上沅《"爱的神呵"后篇》、冰心《假如我是个作家》
《现代初中教科书国语》（1—6册）	庄适编	上海商务印书馆民国二十年十月至二十二年十二月版	陈衡哲《运河与扬子江》、沈尹默《生机》《人力车夫》、胡适《十二月一日奔丧到家》《送叔永回四川》、刘大白《渴杀苦》
《基本教科书国文》（1—6册）	傅东华、陈望道编	上海商务印书馆民国十一年十二月至民国十三年二月版	周作人《两个扫雪的人》、沈尹默《生机》、刘半农《一个小农家的暮》、刘大白《渴杀苦》
《初级中学国文》（1—6册）	叶楚伧主编,汪懋祖选校,孟宪乘校订	南京正中书局民国十四年一月至民国十五年五月初版	朱湘《少年歌》、黄遵宪《军中歌》、林风《辽宁月色》、胡适《四烈士冢上的没字碑歌》、陈南士《谒墓》、刘大白《自然的微笑》、陈梦家《在蕴藻浜的战场上》、梁启超《志未酬》《马赛革命歌》
《新亚教本初中国文》共三册	陈椿年编,陈彬书校	上海新亚书店民国十二年版	胡适《威权》、刘大白《渴杀苦》、玄庐《十五娘》

[①] 本表部分参照了林喜杰的博士论文《群体性解读与想象》（首都师范大学,2007年）,第37页。

第一章 民国时期的新诗教育   49

续表

教材	编者	出版情况	入选新诗
《初中国文读本》	朱文叔编，舒新城、陆费逵校	中华书局民国二十四年版	沈尹默《生机》《人力车夫》、胡适《十二月一日奔丧到家》、陈衡哲《运河与扬子江》、臧克家《答客问》、冰心《赴敌》
《初级中学教科书·国文》	孙怒潮编	中华书局民国二十四年版	朱湘《少年歌》、林风《辽宁月色》、胡适《四烈士冢上的没字碑歌》、陈南士《谒墓》、大白《自然的微笑》、陈梦家《在蕴藻浜的战场上》、蓬子《被蹂躏的中国大众》、郭沫若《血的幻影》《巫峡的回忆》、徐志摩《一小幅的穷乐图》
《开明国文课本》	王伯祥主编	民国二十一年七月初版	周作人《小河》《两个扫雪的人》、沈尹默《生机》、陈衡哲《运河与扬子江》

在民国时期的语文教材中，1937年抗战之前编纂的，大多由于当时的环境相对较为稳定，干扰的因素较少，编纂者能够认真地按照新学制之后的"课程标准"的要求，同时从文学教育的角度出发，安排新诗的教学。以夏丏尊和叶绍钧合编的著名的《国文百八课》[1]为例，在教材的《编辑大意》中，编者首先明确了自己编写之目的，即要确立国文学科在现代教育体系中的合法性：

　　在学校教育上，国文科向和其他学科对立，不被认为一种科学，因此国文科到至今还缺乏客观具体的科学性。一扫从来玄妙笼统的观念。[2]

---

[1] 该套教材原打算编六册，共108个单元。但是由于抗战爆发，从1935年至1938年最终只编了四册，第四册抗战前即已编好。1985年该书由人民教育出版社重印简体版，删去了原有的《中国国民党之政纲》等文。

[2] 夏丏尊、叶绍钧合编：《国文百八课》第一册，开明书店1938年版，第1页。

而确立合法性的手段就是建立国文自身的知识体系和结构,以国文基本理论知识为纲,即大部分为文体的划分及其特征介绍。这在教材中称为"文话",之后用文选将内容填充起来,增强国文知识的可感性和趣味性。该套教材四册中共选入七首新诗,都是以"文话"将之串联起来。第一册的第十单元将沈尹默的《三弦》和刘半农的《一个小农家的暮》纳入"记叙和叙述"这一单元,即编者将这两首诗定性为叙事诗。第二册选入沈定一的《十五娘》和周作人的《画家》。《十五娘》被纳入"叙述的场面"这一"文话"中,而《画家》则被纳入"印象"这一知识体系,要求学生从这首诗中学会如何抓住印象并表达印象。如果说这些对新诗的介绍还未涉及对新诗特质的介绍,第三册则在第四单元开始介绍"诗歌的本质",并选入刘延陵的《水手》为例,从传统诗歌谈起说明什么是"诗意""诗趣"和"意境";以鲁迅的散文诗《秋夜》等为例说明"含有情操、情趣、想象的语言文字就含有诗的本质"。在第四册中,编者开始将新诗按照表达的方式分为"抒情诗"和"叙事诗"两类,分别选入了刘大白的抒情诗《整片的寂寥》和蒋青山的叙事诗《盲乐师》。同时,以陶潜的抒情诗《归田园居》及古代叙事体民歌《木兰诗》为对照,指出:"无论读者对自然景物,或是对人情世态,有动于中,发为歌咏,皆为抒情诗。"对于叙事诗的定义则是:叙述一件事情,不用普通的散文,而是用诗写出来的,叫作叙事诗……抒情诗所写的是作者对事物的主观的情怀,叙事诗所写的是事物本身的变迁和进展。编者这些深浅适宜的理论配以新诗文本实例,对于普及新诗及其创作理论都是颇具积极意义的。

再如上表中所载由张弓主编的《初级中学教本国文》,在选入多首新诗的同时,还收入多篇有关新诗的诗学理论文章。其中包括叶绍钧的《诗的泉源》,周作人《诗歌的效用》及沈泽明的译文《诗人》等。《诗的泉源》一文原载于1922年5月的《诗》第一卷第五期。叶绍钧在文中主要谈到自己对于"什么是诗人"以及"诗歌情感的来源"问题的看法。首先,他认为诗人不是独特的个体,写诗也不是必须和专门的一种职业:

"诗人"这个名字和"农人""工人"不一样,不配成立而用来指一种特异的人。世间没有除了"作诗""写诗"以外就无所事事的,仅仅名为一个"诗人"的人。"作诗"或"写诗"也和"吃饭"

"做工"不同,不是生活中不可或缺的事,不做就有感到缺少了什么的想念。换一句话说,这算不得一回事。

其次,他指出诗歌的泉源来自于生活,而没有人类就没有所谓的生活,没有生活就没有所谓的诗,所以生活才是诗的源泉。同时他把生活分为两种,一种是空虚的生活,一种是充实的生活。但只有充实的生活才是诗歌汩汩无尽的源泉:

> 空虚的生活是个干涸的泉源,也可说不成泉源,哪里会流出诗的泉来?因为它虽名为生活,而顺着它的消极的倾向,几乎退入于不生活了。惟有充实的生活是汩汩无尽的泉源。有了源,就有泉水了。所以充实的生活就是诗。这不只是写在纸面上的有字迹可见的诗啊。当然,写在纸面就是有字迹可见的诗。写出与不写出原没有什么紧要的关系,总之生活充实就是诗了。我尝这么妄想:一个耕田的农妇或是一个悲苦的矿工的生活比一个绅士先生的或者充实得多,因而诗的泉源也比较的丰富。我又想,这或者不是妄想吧。

而对于"空虚"和"充实"的生活所导致的不同的诗歌路向,作者对二者进行了比较,认为生活空虚的人其诗作的内容亦是空虚并徒具外形的:

> 因为生活充实,除非不写,写出来没有不真实不恳切地,决没有虚伪浮浅的弊病。丰盈澄澈的泉源自然流出清泉。所以描写工作,就表出厚实的力量。发抒烦闷,就成为切至的悲声;赞美则满含春意;咒诅则力显深痛;情感是深浓热烈的;思虑是周博正确的。这等的总称,便是"好诗"。好诗的成立不在乎写出的人被称为"诗人",也不在乎写出的人有了这写出的努力,而在乎他有充实的生活的泉源啊。
>
> 生活空虚的人也可以写诗,但只是诗的形罢了。写了出来的好诗既然视而可见,诵而可听,自然凝固为一个形。形往往成为被摹拟的。西子含颦,尚且有人仿效呢。所以到我们眼睛里的诗有满篇感慨,实际却浑无属寄的,有连呼爱美,实际却未尝直觉的;情感呢,没有,思虑呢,没有,仅仅具有诗的形而已。汲无源的泉水,未免徒

劳；效西子的含颦，益显丑陋。人若不是愚笨，总不愿意这样做吧。

叶绍钧这篇五四时期所作的文章明显带着从"为人生"的文学出发的特色，甚至持着人道主义的立场，并从阶级划分的角度展开论述。因为他认为，"一个耕田的农妇或是一个悲苦的矿工的生活比一个绅士先生的或者充实得多，因而诗的泉源也比较的丰富。"至于具体何为充实的生活，是否绅士的或"为艺术"生活就是空虚的生活，都未确切阐明，而且也显得过于主观性。当然，这种文艺思想和主张，从叶氏在编选《国文百八课》时所选的新诗篇目中亦能看出。例如，他所选的沈尹默的新诗《三弦》。胡适在《谈新诗》中曾称这首诗"从见解意境上和音节上是新诗中一首最完全地位诗"。这首诗叙述的是酷热的阳光下，破旧的大门里，低矮的土墙内，有人在弹三弦，门口却坐一着破衣裳的老人，双手抱头，不声不响。诗里描画的人是叶绍钧所关注的悲苦的社会底层的人。另外一篇选文《盲乐师》则是叙述一个城市里弹三弦的年老的盲乐师，他"走路艰难，两眼阉上，看到的只是茫茫的黑暗，走东到西，餐风饮露，他有时三两天吃不着一口米饭"。他"苟活偷生，受多少吆喝与打骂，他只得嘻笑着挨户放弦声"。这是一个生活在社会底层的受侮辱与损害的流浪在城市的老人。诗中还有一位"生有美秀的容颜，比玉还洁白，比花更鲜妍"的"大鼓娘"，但是她却"幼年父母双亡，零丁孤苦，却又给匪人拐骗，流落在他乡异县，经历了数不清的风险"。鼓娘同情老人，二人认为父女。但是，在诗的结尾大鼓娘死于兵乱，盲乐师亦哀伤而亡。对社会底层的"平民"的同情，是合乎五四时期的人道主义思潮及"平民文学"创作潮流的。还有两篇选文将视野转向了乡村，因为"乡土"几乎是五四作家早期创作中最重要的题材和对象。刘半农的《一个小农家的暮》叙述的是"小农家"日暮时分温馨的生活，"她在灶下煮饭，他从田里回来"。但诗的结尾亮出的主题却是："地上人多心不平，天上星多月不亮。"选文中沈定一的《十五娘》，原载1920年12月21日的《民国日报·觉悟》，朱自清在《中国新文学研究纲要》中将其与冯至和朱湘的叙事诗并列，称之为"新文学史上第一首白话叙事诗"。诗歌叙述了农民"五十"离开他的妻子"十五娘"去异乡垦荒，但是勇敢的"五十"却不幸被掘地的机器"榨成肉酱"。在测字先生告诉她"丈夫平安到了一个地方"之后,十五娘这个"满抱着希望的独眠人,睡在合欢床上,有时笑醒,有时哭醒,有经验的梦也不问来的地方。破瓦棱里透进一路月光,照着伊那甜蜜蜜的梦,同时也照着一片膏腴垦殖场"。五四文学中对乡土的关怀和"怀乡"情结还体现在所选的刘延陵的《水手》一诗中:

> 月在天上,船在海上,他两只手捧住面孔,躲在摆舵的黑暗地方。他怕见月儿眨眼,海儿掀浪,引他看水天接处的故乡。但他却想到了石榴花开得鲜明的井旁,那人儿正架竹子,晒她的青布衣裳。

因此,我们可以这样说,叶圣陶对现代诗歌的认识和理论阐发既体现在他的诗论《诗的源泉》中,也体现在语文教材新诗篇目遴选的标准之中。同时,也是和"五四"时期的文学思潮和社会思潮相契合的。

再来看周作人的选文《诗的效应》。这篇文章是周作人在"五四"退潮之后写作的,原载于1922年2月26日的《晨报副镌》,署名仲密。写作的缘起是针对他的学生俞平伯的文章《诗底进化的还原论》中的观点:"好的诗底效应是能深刻地感多数人向善的。"俞平伯的观点显然强调诗歌作为文学功利性的一面。但此时的周作人已经不像五四时期发表《人的文学》和《平民文学》时那样强调文学的现实性、阶级性以及文学对于启蒙的意义,他躲进了"自己的园地",并且认为:

> 诗的创造是一种非意识的冲动,几乎是生理上的需要,仿佛性欲一般……个人将所感受的表现出来,即是达到了目的,有了他的效应,此外功利的批评,说他耗废无数的金钱精力时间,得不偿失,都是不相干的话……真的艺术家本了他的本性与外缘的总合,诚实的表现他的情思,自然的成为有价值的文艺,便是他的效应……过于重视艺术的社会的意义,忽略原来的文艺的性质,他虽声言叫文学家作社会指导的先驱者,实际上容易驱使他们去做侍奉民众的乐人,这是较量文学在人生上的效应的人所最应注意的地方了。[①]

[①] 钟叔河主编:《周作人散文全集》,广西师范大学出版社2009年版,第521—522页。

可以看出，周作人在文中一再强调文学创作的"私人性"与独立性，提倡文学"为艺术"，反对"为人生"。周氏的对文艺的这种观点某种程度上和该套课本中的诗歌的风格倒是相适应的。尤其是冰心的新诗《假如我是个作家》，可看作是对周作人所说的"文学家不作社会指导的先驱者"角色的"呼应"：

  假如我是个作家，我只愿我的作品，入到他人脑中的时候，平常的，不在意的，没有一句话说；流水般过去了，不值得赞扬，更不屑得评驳……

  假如我是个作家，我只愿我的作品，在世界中无有声息，没有人批评，更没有人注意；只有我自己在寂寥的白日，或深夜，对着明明的月，丝丝的雨，飒飒的风，低声念诵时，能以再现几幅不模糊的图画；这时我便要流下快乐之泪了！

  假如我是个作家，我只愿我的作品，在人间不露光芒，没个人听闻，没个人念诵，只我自己忧愁，快乐，或是独对无限的自然，能以自由抒写，当我积压的思想发落到纸上，这时我便要流下快乐之泪了！

再如课本中所选沈尹默的《生机》和冰心的《迎"春"》也都可看作只是"独抒胸臆"的小诗，其中唯一一篇具有启蒙色彩的新诗是胡适的《威权》。这套最终由蔡元培校订的教材中，将叶绍钧和周作人的两篇观点截然对立《诗的泉源》和《诗的效应》并列（分别为第六册的第八、第九课），显示出编者持文艺观自由竞争的观点。而新诗理论与新诗作品教学的并行，在1930年代初新诗初步完成奠基的情况下，对于新诗进一步的普及与合法性的获取都具有积极的意义。这里附上当时中等教育初步的统计情况（截至1931年），以说明中学新诗教育大致的普及状况[①]：

学校类别	初级中学	高级中学	中学	中等师范学校	合计
学校数	1622	272	174	661	2555
学生数	88608	12787	58677	28893	188965

[①] 周予同：《中国现代教育史》，福建教育出版社2007年版，第123—124页。

最后，民国时期亦有中学教师自编专门的新诗教学讲义，以补课本内容之不足。例如，孙俍工就曾编写《新诗作法讲义》供初中三年级使用（商务印书馆 1924 年版）。胡怀琛也曾为中等教育的"艺术师范"短期班编写《新诗概说》（商务印书馆 1925 年版）。这两部专门的新诗讲义，更多地带有一种普及的性质，但其中还涉及新诗作法的教学，这是其一大特色。为确切了解当时的教学方法与内容，分别录其章节目录如下：

新诗作法讲义	内　　容
第一章 总论	（1）诗的起源（2）诗的意义（3）新诗的由来与趋势
第二章 诗人	（4）感受力（5）想象（6）完成自我
第三章 作法	（7）作法的必要（8）语言的选择（9）文字的精练（10）比喻（11）象征（12）音节
第四章 体式及其范例	（13）诗的种类（14）叙事诗（15）抒情诗（16）剧诗（17）散文诗（18）民谣

新诗概说	内　　容
第一章	人为什么要作诗
第二章	诗是什么
第三章	新诗与旧诗的分别
第四章	新诗怎样作法
第五章	关于作诗应该读的书
第六章	和作诗有连带关系的科学
第七章	中国诗学史的大略（上）
第八章	中国诗学史的大略（下）

第四节　民国时期大学的新诗教育研究
——以朱自清等人的新文学讲义为中心

中国现代大学创办的原因，现代教育家周予同认为："中国受了英法联军的刺激,才有专科学校的设立,受了中日战争的刺激,才有普通大学的创办。"① 从此中国的教育也由之前的"西艺教育"转为"西政教育"。这种转变也极大地影响到民国大学的制度、学科及课程。据周予同1933年统计,除专科学校外,中国当时的国立大学有15所,省立大学18所,已立案的私立大学有23所。民国时期大学的制度与学科课程受到各种因素的影响,也一直处于变化之中,颇为复杂。尽管1929年国民政府教育部《大学规程》规定国文为"共同必修课"②,但是及至20世纪40年代,新文学课程在大学中文系里仍然处于一种相对边缘化的地位。当然,这和新文学的"历史"较短,以及针对于教师的"因人开课""课随人走"都因素有关系。③ 1929年,朱自清、杨振声在清华大学分别开设"中国新文学研究"及"新文学习作"课程。此外朱、杨二人还被邀到当时的燕京大学和北师大等校讲授新文学课程,此后各大学开设的新文学课程也渐渐多了起来。④ 1939年之前的各大学主要开设的新文学课程及教材使用情况如下⑤:

课程开始时间	课程名称	开设学校	教师	讲义	材料来源	备注
1929年春	中国新文学研究	清华大学	朱自清	《中国新文学研究纲要》	朱乔森主编《朱自清全集》第8卷,江苏教育出版社1996年版	
1930年上半年		中国公学	沈从文	《新文学研究——新诗发展》	《沈从文全集》第16卷,北岳文艺出版社2002年版	
1930年秋	新文学研究	武汉大学				

---

① 周予同:《中国现代教育史》,福建教育出版社2007年版,第129、143页。
② 同上书,第134页。
③ 张传敏:《民国时期的大学新文学课程》,《新文学史料》2008年第2期。
④ 同上。
⑤ 本表中的民国时期课程参照了张传敏《民国时期的大学新文学课程》一文中的相关统计,《新文学史料》2008年第2期,第116页。另外废名《现代文艺》课程开设时间应为1936年下半年,据陈建军《写在〈废名讲诗〉出版之后》(见《诗刊》2007年第12期,上半月)。

第一章 民国时期的新诗教育

续表

课程开始时间	课程名称	开设学校	教师	讲义	材料来源	备注
1931年秋	高级作文（散文）	青岛大学	沈从文		国立青岛大学《本校学程指导书、规章制度及校历》	
1931年	新文艺试作	北京大学	冯文炳、徐志摩、周作人、余上沅等		马越：《北京大学中文系简史（1910—1998）》，北京大学出版社1998年版	开设与否待考
1936年下半年	现代文艺		废名	《谈新诗》	《谈新诗》，1944年北平新民印书馆印行	
1932年	新文学研究	武汉大学	苏雪林	《中国二三十年代作家》	《中国二三十年代作家自序》，纯文学出版社1983年版	
1932年		山西省立教育学院	王哲甫	《中国新文学运动史》	王哲甫《中国新文学运动史自序》北平杰成印书局1933年版	
	白话文学选、新文学概论	北平师范大学			北京师范大学校史编写组：《北京师范大学史（1902—1982）》，北京师范大学出版社1982年版	
	现代文艺	金陵大学			《私立金陵大学一览》，1933年刊印	
	中国现代文学		朱以书		中国第二历史档案馆藏《私立北平辅仁大学一九三七年度学科报告表课程表》	

续表

课程开始时间	课程名称	开设学校	教师	讲义	材料来源	备注
	现代文学 新文学研究	广州大学			中国第二历史档案馆藏《私立广州大学学科总则科目表及有关文件》	该课程为必修课

朱自清《新文学研究纲要》共分为八章，其中新诗的教学内容在"各论"部分的第四章《诗》。为确切了解朱氏新诗教学的内容与思路，录各章要点如下：

"各论"第四章：《诗》	内 容
一　初期的诗论	1）胡适的诗论，2）刘复的诗论《我的文学改良观》，3）《少年中国诗学研究号》中的诗论，4）俞平伯《诗底进化的还原论》，5）郭沫若的诗论
二　初期的创作	1）胡适的《尝试集》（1920年），2）初期的名作，3）郭沫若《女神》（1921年），4）康白情《草儿》，5）俞平伯《冬夜》（1922年3月）
三　胡先骕的旧诗拥护论	1）"声调、格律、音韵与诗之关系"，2）"文言、白话、用典与诗之关系"，3）"诗之模仿与创造"，4）"古典派浪漫派之艺术观与其优劣"，5）"中国诗进化之程序及其精神"
四　小诗与哲理诗	1）小诗的渊源，2）小诗的三派，3）小诗的影响，4）哲理诗
五　长诗	1）周作人、郭沫若、俞平伯，2）白采的诗——《羸疾者的爱》
六　李金发的诗	1）生的枯燥与疲倦（灰色），2）静寂—夜—死（灰色），3）阴暗的调子与悲哀的美丽，4）浑然的情感，5）联想与论理，6）自然的人化，7）细处见大，8）老旧的字句

续表

"各论"第四章：《诗》	内　容
七　新韵律运动	1）胡适说（见前），2）刘复说（见前），3）陆志韦说，4）赵元任《国音新诗韵》（1923年11月出版），5）俞平伯说，6）《晨报诗镌》的主张，7）陈勺水的"有律现代诗"，8）杨振声说
八　徐志摩与闻一多的诗	1）《志摩的诗》，2）《死水》，3）《新月诗选》
九　冯乃超等的诗	1）《红纱灯》（冯乃超作，载1927年2月《创造月刊》第一卷第六期），2）《我的记忆》（戴望舒）
十　读诗与唱诗	1）读诗的提倡——朱湘与浩徐（朱湘：《我的读诗会》，载1926年4月24日《晨报副刊》；浩徐：《新诗和读诗》，载《现代评论》第四卷第九十九期），2）唱诗
十一　其他的创作	1）革命诗歌，2）叙事诗，3）《忆》——俞平伯，4）臧克家《烙印》，5）卞之琳《三秋草》，6）"民间写真"——蜂子（1928年11月21日、26日《大公报》），7）仿作的歌谣

朱自清的新文学研究课程从1929年春在清华大学开设的时候，《中国新文学研究纲要》当时作为讲义印发给学生。据朱自清的学生张清常回忆，这门课当时在清华被安排在星期六的下午，"这个时间上课在当时的'大学堂'里是很稀奇的。平时就常有人缺课，何况在星期六下午！……何况这课是选修，更是听凭自便。出人意料的是选课听讲的特别多，只好安排在礼堂上课。一个学年从头到尾都是座无虚席。这个号召力可真大！"[①] 朱氏在当时的燕京大学和北师大也讲授过此课程。但是到1933年后就不再讲了，据朱的学生王瑶回忆，朱氏由于当时政治环境的原因，感受到了来自政治的压力。[②] 因为这门课程具有一种"当

---

① 张传敏：《民国时期的大学新文学课程》，《新文学史料》2008年第2期。
② 黄修己：《中国新文学史编纂史》，北京大学出版社1995年版，第30页。

下性"并过于趋时,跟现实的联系紧密。另外听过这门课的吴组缃回忆了朱氏的教学方式——"重在'启发式',重在调动学生的积极性,鼓励他们思考问题,而不是一味的灌输"①:

  朱自清给图书馆开列《纲要》课的必读作品目录。图书馆特将这部分书开架,供选修的学生使用。朱自清授课,往往事先通知后几周的计划,学生要在他讲课之前交上读书心得。朱每授课,总先援引这些作业中的不同观点。他称学生为"先生",说:"某某先生认为……",接着宣读该生作业中重要段落,最后才作总结,讲自己对该作品的评价,但亦并未作太多的发挥。②

  1922年朱自清的新诗就收入研究会诗集《雪潮》,1924年朱自清的诗文合集《踪迹》中亦收入大量新诗。但是,朱自清在授课时没有将自己的新诗创作写进讲义。据说当时曾有学生提出要求讲朱氏本人的作品,未被采纳③。

  沈从文1930年上半年在中国公学开设的"新文学"课程内容是新诗的发展,同年9月在武汉大学任教时出版了该课程的讲义《新文学研究——新诗之发展》。讲义由两部分组成,前半部分是编选以供学生参考阅读的新诗分类引例,后半部是作者6篇谈新诗的论文。④ 按讲义上的顺序分别为:

《论汪静之〈蕙的风〉》《论徐志摩的诗》《论闻一多的〈死水〉》

《论焦菊隐的〈夜哭〉》《论刘半农〈扬鞭集〉》《论朱湘的诗》

《沈从文全集》(北岳文艺出版社2002年1月初版)第16卷收入此讲义前半部分时,删去了大量诗歌的引文部分,仅存目录。前半部在列出80多部当时已经出版的新诗集之后,按照新诗的文体和艺术风格的特征,列出了七个部分提供给学生的参考资料,例如:

---

① 黄修己:《中国新文学史编纂史》,北京大学出版社1995年版,第30页。
② 同上。
③ 同上。
④ 沈从文:《沈从文全集》第16卷,北岳文艺出版社2002年版,第70页。

第一章　民国时期的新诗教育

新诗发展（参考材料一）

第一期后半期诗由文体的形式影响及于散文发展的标准引例：

《夜步十里松原》（原文略，下同）	郭沫若
《我是偶像崇拜者》	郭沫若
《菊》	俞平伯
《凄然》	俞平伯
《日观峰看浴日出》	康白情
《静》	朱自清
《玻璃窗》	沈玄庐
《庐山纪游》第三首	康白情

新诗发展（参考资料三）

从尝试中求解放仍然成就于旧形式中之作品引例：

《中秋》	胡适
《江上》	胡适
《山中即景》	李大钊
《想》	沈玄庐
《我愿》	刘大白
《高楼》	周作人
《台城种菜歌》	陆志韦
《墙边白梅……》	陆志韦
《梦得》	康白情
《忆江南》	刘半农
《巴黎街上卖曲谱的老人》	刘半农
《夏院》	朱湘
《雨前》	朱湘
《朝晴》	郭沫若

新诗发展（参考材料四）

第二期转入恍惚朦胧的几个作者的作品：

《骷髅上蔷薇》　　　　　　　　于赓虞

《憎》	于赓虞
《墓碣文》	鲁　迅
《松下》	李金发
《草地的风上》	李金发
《园中》	李金发
《从民间来》	高长虹

新诗发展（参考材料七）

在文字中无节制的一些作品引例：

《我飘泊在巴黎的街上》	王独清
《别了》	王独清
《鸭绿江上的自序诗》	蒋光慈
《血祭》	蒋光慈
《海的舞曲》	陈醉云
《江畔春宵》	
《离人底月》①	

废名1936—1937年在北京大学开设《现代文艺》选修课程，废名讲现代文艺首先讲的是新诗，讲了两个学期，直至"七七事变"而中断。另外，"每讲一章之前，他都要先写出讲义，交由北大出版组印出，然后发给学生"②。周作人则说废名"新诗的讲义每章由北大出版组印出之先，我都见过，因为废名每写好了一章，便将原稿拿来给我看，加上些意见与说明"③。废名在这段授课期间一共编写了12章新诗讲义。1944年整理后由北平新民印书馆出版，书名为《谈新诗》，由周作人作序。1946年抗战结束后，废名重回北大授课并续写了4章。1984年人民文学出版社将这16章合并，删去了早期版本中的序跋和附录，增加了《新诗问答一文》，仍然名为《谈新诗》。这本新诗讲义中的12个章节及1944年出版时目录

---

① 沈从文：《沈从文全集》第16卷，北岳文艺出版社2002年版，第75—83页。
② 陈建军：《写在〈废名讲诗〉出版之后》，《诗刊》2007年第12期（上半月）。
③ 周作人：《序》，见陈建军主编《废名讲诗》，华中师范大学出版社2007年版，第3页。

概貌如下①：

《谈新诗》
序（周作人）
一 《尝试集》
二 《一颗星儿》
三 新诗应该是自由的
四 以往的诗文学与新诗
五 沈尹默的新诗
六 《扬鞭集》
七 《鲁迅的新诗》
八 《小河》及其他
九 《草儿》
十 《湖畔》
十一 《冰心诗集》
十二 《沫若诗集》
附录怀废名（药堂）
跋（黄雨）

废名的新诗讲义在1946年之后续写的4章，1948年先后公开发表于《华北日报·文学》及《民国日报·文艺》。其原题分别为：

第十三章 十年诗草
第十四章 林庚同朱英诞的诗
第十五章 《〈十四行集〉》
第十六章 《关于我自己的一章》②

---

① 陈建军主编：《废名讲诗》，华中师范大学出版社2007年版，第1页。
② 据陈建军在《写在〈废名讲诗〉出版之后》［载《诗刊》2007年第12期（上半月），第111页］一文中所述，在1984年人民文学版的《谈新诗》中，第十五章1948年的原标题被改为《〈妆台〉及其他》，第十六章的原标题则被改为《林庚同朱英诞的新诗》。

苏雪林 1932 年在武汉大学开设的"新文学研究"课程的讲义"中国二三十年代作家",经整理后在台湾地区出版,名为《二三十年代作家与作品》(台北广东出版社 1979 年版)。1983 年 10 月改回原讲义名《中国二三十年代作家》再版(台北纯文学出版社),共分为五编。第一编即为新诗研究:

> 第一编:新诗
> 胡适的《尝试集》
> 《尝试集》之后的几位年轻诗人
> 五四左右几位半路出家的诗人
> 冰心女士的小诗
> 郭沫若与其同派诗人
> 徐志摩的诗
> 闻一多的诗
> 诗刊派朱湘的诗
> 新月派的诗人
> 神秘的天才诗人白采
> 颓加荡派的邵洵美
> 象征诗派的创始者李金发
> 戴望舒与现代诗派

王哲甫 1932 年在山西省立教育学院教授新文学课程时,根据讲义编成《中国新文学运动史》一书(北平杰成印书局 1933 年初版)。据作者自述,1933 年夏天,作者自山西赴北平的国立图书馆、燕京大学图书馆,以及东安市场及琉璃厂各书局,为编成该讲义寻获了大量的参考资料。另外讲义修改出版之时郑振铎和郭绍虞等人也提出了一些意见。王哲甫的讲义主要叙述了从"新文学的酝酿"到 1933 年这 15 年的新文学。他又将这 15 年的新文学创作分成两期,每期都按照诗歌、小说、戏剧、散文四种文体先后进行叙述。对诗歌进行叙述的章节内容大致如下:

第五章　新文学创作第一期 新　诗	第六章　新文学创作第二期 新　诗
1. 新诗的讨论时期	1. 新诗的演进
2. 尝试时期	2. 晨报副刊派的诗人 徐志摩、闻一多、刘梦苇、朱湘、于赓虞、蹇先艾、王希仁、饶梦侃、于成泽
3. 新诗作家 胡适、郭沫若、谢冰心、徐志摩、朱自清、汪静之、俞平伯、周作人、刘大白、康白情、刘半农、徐玉诺、梁宗岱、王统照	3. 创造社诗人 王独清、穆木天
	4. 其他诗人 谢采江、白采、卢冀野、李金发、焦菊隐、戴望舒、邵冠华、高长虹

　　在上述的四部新文学讲义中，朱自清无疑极具学术个性。他突出了当时的一些具有代表性的诗论的重要性，注重表现新诗发展中的新旧冲突（例如引入"胡先骕的旧诗拥护论"），强调"当代新诗"发展的"现场感"。另外，"朱自清是诗人，自己有过作诗的实践，所以对新诗格外关注，《纲要》虽然力图贯彻历史总结的眼光，但得失褒贬处处不脱诗家敏锐的感觉和分析，极少套话空话。有关诗歌的点评是《纲要》中最精彩的部分，读来特别有味，也能不时引出研究的思路"[①]。确实，"朱自清对诗歌一章介绍最为详尽，从胡适的《尝试集》到臧克家的《烙印》（1933年出版，表明朱自清随时将新出现的优秀作品列入《纲要》），均有评述。这一章实在可以作为一部新诗史的纲要供后人参考"[②]。除了朱自清、沈从文的讲义为纲要性，废名、苏雪林及王哲甫都在叙述新诗发生、发展的思潮的同时，都对具体的诗人及其诗歌文本进行了细致的分析。尤其是其中几位都兼具诗人身份，研究新诗自然具有自身的优势。这些新诗教育中具有学术性的新诗讲义的编写及对新诗发展史的梳理总结，对新诗"史"的合法性的最终获取具有重要意义。

[①] 陈平原主编：《现代中国》第一辑，第10卷，湖北教育出版社2001年版，第54页。
[②] 黄修己：《中国新文学史编纂史》，北京大学出版社1995年版，第35页。

第二章　1949年至1978年的新诗教育

第一节　辛亥革命以来政治对文学教育的影响

从辛亥革命成功至1949年10月民国政权在大陆覆亡这一期间，中国社会在国内外合力的作用之下发生了巨大的变化。与此同时，中国的教育亦在社会巨变的影响之下，从制度的建立到学科的设置都开始由封闭、传统逐渐趋向于开放和近代化。而对现代教育影响最巨的应该是政治因素，尽管经济、文化及人口等因素亦不可忽视。因为政治的变化和政权的更迭导致了教育宗旨不断地变更，而不同的教育宗旨又最终会影响到教育的制度、思想甚至包括具体课程的设置。例如，晚清政府为了避免自身的覆亡，在内外交困之际不得已提出了"维新"的口号并实行了教育的改革。但是其教育宗旨首要的仍然是"忠君"和"尊孔"，其次才是"尚公""尚武"和"尚实"。当时按照晚清《奏定学堂章程》的规定，在相当于文学教育的这一部分课程的设置中，小学三分之一的教学时间被安排为读经和讲经的课程，而中学读经讲经的时间也占到了总课时的四分之一。[1]在辛亥革命成功之初，政治的变化导致了教育制度的变化，晚清至民初教育总行政机构即由尚书领导的学部改为教育总长领导的教育部，而包括学制等问题在内的整个学校系统也都发生了变化。在民国临时政府新的教育宗旨中，以往的"忠君"和"尊孔"被删除，并废除读经讲经课，同时提出开设"国文"课程。教育宗旨在蔡元培的主持下改为"注重道德教育，以实利教育、军国民教育辅之，更以美感教育完成其道德"。其依据

---

[1] 李杏保、顾黄初：《中国现代语文教育史》，四川教育出版社1997年版，第37页。

是晚清的宗旨"忠君"与此时的共和政体已经不合,而"尊孔"的删除则被解释为其"与信教自由相连"。在袁世凯当政期间,教育宗旨又被改为"爱国,尚武,崇实,法孔孟,重自治,戒贪争,戒躁进"。据现代教育家周予同的观点,"法孔孟"是袁世凯为自己复辟帝制作思想准备。因此,政治始终主导着教育的改革与发展。1913年袁世凯发布"祀孔尊孔"的命令之后,在1914年的6月和12月袁氏政府的教育部分别两次命令学校和书局"国文教科书采取经训,务以孔子之言为旨归""国文教科书采取经训,以保存固有之道德"[①]。但是这种状况由于政权的再次更迭又发生了变化。

辛亥革命前后,现代意义上的政党和政党政治开始在中国出现,并一直主导着中国现代史的进程。而自1927年国民党和共产党分裂之后,在中国大陆的两党之争持续了二十多年,因此先后出现了"苏区""边区""解放区"以及"国统区"这样的政治板块。在此期间,两党也都一直注重加强意识形态的宣传,并将其渗透到两党各自的教育中去。而文学教育作为一种社会科学和一门基础教育学科,由于学科特征的原因所受到的影响相当显著,并由于政治地域的不同各自表现出相异的特征。国民政府在二十多年的执政期间一直提出以"三民主义"作为教育的宗旨,虽然几经调整并给予不同角度的阐释,其"党化教育"的特征一直颇为鲜明。1926年,广东国民政府的教育行政委员会拟定了《党化教育之方针、教育方针草案》。提出了"教育行政组织的改良及统一""义务教育的励行及其教育费的国库补助""外国人经营学校的取缔"等党化教育的14条纲领。[②] 1927年,国共分裂之后国民党加强推行"党化教育"。同年5月,国民党浙江省党部为贯彻党化教育,首先拟定并颁布了《党化教育大纲》,提出以国民党训练党员之法训练学生,变学生自己的思想为国民党的思想,接受国民党的指挥,以国民党党纪代替学校规章制度,以管党之法管教育;保存中国固有的"美德",建设忠孝仁爱信义和平之"新道德";学生的人生观应以"三民主义"为中心思想[③]。同年6月,教育行

[①] 李杏保、顾黄初:《中国现代语文教育史》,四川教育出版社1997年版,第51页。
[②] 董葆良等主编:《中国教育思想通史》第七卷,湖南教育出版社1994年版,第2页。
[③] 同上。

政委员会委员起草了《国民政府教育方针草案》，对"党化教育"的内容重新框定为 12 条，其中第 7 条为"学生运动应统一在党的指挥之下"①。"宁汉合流"之后，蒋介石明确指出党化教育就是"以党治国、以党义治国、以本党的三民主义来治中国"②。与此相应的行政措施是"民国政府颁布了《教科图书审查条例》《各级学校党义教师检定委员会组织条例》《检定各级学校党义教师条例》等，规定"全国各级学校之党义教师须一律受检""检定合格给予证书，证书有效期为二年。逾期后须重行检定"③。国民党的这些措施显然是涉及党争以及对当时教育的思想控制。例如，1929 年 3 月国民党的中宣部给中央秘书处的报告说："全国各学校教员编制之文学及社会科学讲义，影响学生思想行为至关重大。现在反动分子如共产党、国家主义派等，每每厕身教育界中，阳藉编选讲义为名，实行反动宣传之计，稍涉疏忽，隐患滋深。"④ 1929 年 4 月民国政府重新阐释自己的教育宗旨为：中华民国之教育，根据三民主义，以充实人民生活，扶植社会生存，发展国民生计，延续民族生命为目的；务期民族独立，民权普遍，民生发展，以促进世界大同⑤。此后尽管历经了抗战及国共的第二次合作，但是国民政府的党化教育色彩并未褪去，这一点从当时"国统区"语文教材的选篇中就可以看出。这些篇目中主要包括对国民党领袖孙中山、蒋介石、黄兴等事迹的记载和颂扬，也有对国民党政策的宣传与阐释。从下表所列几例可见一斑：

国统区语文教材	部分篇目
《分部互用儿童教科书儿童中部国语》，陈鹤琴编，上海儿童书局 1934 年版	《新生活运动》《七十二烈士》《孙中山先生》《我们的国父》

---

① 董葆良等主编：《中国教育思想通史》第七卷，湖南教育出版社 1994 年版，第 3 页。
② 同上。
③ 同上。
④ 同上书，第 4 页。
⑤ 同上书，第 1 页。

续表

国统区语文教材	部分篇目
《国语读本》，魏冰心等编，世界书局1934年版	《国旗歌》《爱护党旗的童子》《孙中山》《孙中山住在海边》《到中山陵》《孙中山小时候的故事》《中山先生小时候的好问》《中山先生的演讲》
《高级小学国语》，吴鼎主编，国立编译馆编，上海国立中小学教科书七家联合供应处1946—1947年版	《我们的领袖》《蒋主席的故事》《蒋主席的家信》《黄克强》《国父孙中山先生》《国父的少年时代》
《国文百八课》，夏丏尊、叶绍钧编，开明书店1935年6月版	《中国国民党之政纲》《欢迎国民党第一次全国代表词》（孙文）、《黄花岗烈士纪念会演说词》（陈布雷）、《北伐宣言》《废除不平等条约宣言》《谒孙中山先生故居》

至于"党化教育"在整个教材内容中所占的比例，分别以对民智书局1931年版的《高级小学国语教科书》第一册（共36篇）和第四册（共36篇）的统计为例，可以看得更为明晰[①]：

内容分类	党化	道德化	儿童化	其他
数量	7	14	12	3
百分比	19.4%	38.9%	33.3%	8.4%

主题	爱	新生活观	晨	党化选文	爱国	劳动	苦难	学业
所含篇目	1—4	5—7	10—12	13—15	16—19	20—23	24—26	27—36

对于民国时期实施的党化教育，有人言辞犀利地提出反对。当然这也说明了当时的知识分子拥有一定的话语言说的公共空间。例如，1928年2月《上海教育》杂志发表《党的教育》（署名"研者"）一文，反对在小学教材中实施"党化教育"：

[①] 闫苹、张雯主编：《民国时期小学语文教科书评介》，语文出版社2009年版，第253—254页。

我们看见许多学校,尤其是小学校,实施他们所谓的"党化教育"。他们的方法是:(一)课程中尽量采用党的教材,不但要想把全部的三民主义灌输给学生,叫他们生吞活剥,并且国语文中充满了革命伟人的伟大史传。常识课中尽装着国民党里的一切政纲。音乐必唱"革命之歌"。形艺也学"革命画报"。真正把党的一切当作日常功课了。(二)仪式上竭力模仿党的形式,纪念周不消说,就是寻常集会,也一定瞻谒总理遗像,恭读总理遗嘱。总理的遗嘱差不多和清朝八股时代童生们临考时恭默的《圣谕广训》一般。(三)墙壁间满贴着党的标语……血淋淋、恶狠狠、杀人放火的挂图,也常常悬挂在校舍之内。(四)学生们奔命于党的运动。今天什么游行,明天什么集会,后天什么演讲,凡是党的运动,不单中等以上学校的学生参加,有时小学生亦要参加。并且往往不是志愿的,是为罚钱为强迫的,学生真觉有疲于奔命之感。①

在民国时期确曾经出现过"教育独立"的思潮,而首先必须提到的是蔡元培。他在《教育独立议》的开篇即指出"教育事业当完全交与教育家,保有独立的资格,毫不受各派政党或各派教会的影响"②。他建议实施了大学区制,教育部只负责具体与中央政府有关的事项,而这些事项又是已经由教授组成的教育会议决定了的。1927年4月他又建议成立了"大学院",代替教育部的行政地位。但是他的主张受到了种种阻力。例如有人质问他"中华民国大学院"的牌子是否说明"大学院"是与民国政府平级的,是否教育独立必须独立于民国政府之外等。江苏中学校长联合会也反对蔡元培的大学区制,指出了所谓五大缺点并建议取消:

1. 经费分配不均,形成大学的畸形发展。2. 政潮起伏,各级学校均有横被牵连的危险。3. 评议会的组织,注重大学,忽视中学,

---

① 李国钧等主编:《中国教育制度通史》第七卷,山东教育出版社2000年版,第70—71页。

② 董葆良等主编:《中国教育思想通史》第七卷,湖南教育出版社1994年版,第47页。

而且受校长的操纵。4. 校长对于校务政务不能兼致各校公文往往拖延到三个月尚未批答。5. 大学屡起风潮，延及中学。①

军政部长何应钦等提出中华民国大学院在国民政府组织法上不合规定，应改为教育部，以求一致。1928年10月23日，国民政府明令改大学院为教育部。② 国民政府最终取消了大学区制，并改大学院为教育部，这样蔡氏教育独立的理想便以失败告终。与蔡元培同时主张教育独立的还有胡适。胡适认为政府对于教育的责任就是：提供教育经费的保障，和平的政治环境以及知识分子要拥有自由。

胡适还向蒋介石进言要求教育自由，建议政党不要干预教育：

（一）现任官吏不得作公私立大学校长、董事长；更不得滥用政治势力，以国家公款津贴所长的学校。（二）政治的势力（党的势力）不得侵入教育。中小学校长的选择与中小学教员的任聘，皆不得受党的势力的影响。（三）中央应禁止无知疆吏用他的偏见干涉教育，如提倡小学读经之类。③

而胡适对国民党的党化教育及对教育的干预和思想的控制也作了勇猛的抨击：

一个在野政客的言论是私人的言论，他的错误是他自身的责任。但一个当国的政党的主张便成了一国的政策的依据，便是一国的公器，不是私人责任的问题了。一个当国专政的政党的思想若含有不合时代的反动倾向，他的影响可以阻碍一国文化的进步。④

他们天天摧残思想自由，压迫言论自由，妄想做到思想的统一。

---

① 董葆良等主编：《中国教育思想通史》第七卷，湖南教育出版社1994年版，第45—46页。
② 同上书，第46页。
③ 胡适：《胡适的日记》，中华书局1985年版，第571页。转引自董葆良等主编《中国教育思想通史》第七卷，湖南教育出版社1994年版，第59页。
④ 董葆良等主编：《中国教育思想通史》第七卷，湖南教育出版社1994年版，第65页。

殊不知统一的思想只是思想的僵化，不是谋思想的变化。用一个人的言论思想来统一思想，只可以供给一些不思想的人的党义考试夹带品，只可以供给一些党八股的教材，决不能变化思想，决不能靠此"收革命之成功"。①

蔡元培、胡适等人提倡的"教育独立"在当时取得了一定的成效，这一点从当时的语文教材中亦可以看出。完全宣传党义的篇目只占很少的一部分，例如在著名的《国文百八课》中只有四篇左右（见本节第 39 页表格统计）。其余的选篇均为从文学教育的角度着眼所编选，"党义"仅为应景或完成政治任务的点缀。

第二节 "十七年"新诗教育及其与解放区新文学教育之关系

1927 年国共分裂之后，共产党在苏区、边区和解放区先后按照马克思的教育理论和教育理想进行自身的教育实践和探索。共产党人杨贤江在中国现代教育史上第一个运用马克思主义理论于 1930 年写成了《新教育大纲》一书。在该书中，他采用了马克思的经济基础决定上层建筑的理论，从而得出了经济决定教育的观点。同时，他还认为"教育与政治虽同是社会的上层建筑，但教育要受政治的支配"②，并且从阶级的观点驳斥了当时的教育独立或中立的观点，认为教育不可能完全超越政治，在阶级社会教育亦没有公正或机会均等可言。杨贤江还在书中批判了资本主义的教育，宣传和论述社会主义教育。③ 在"苏区"时期共产党将"教育为革命战争服务"作为教育的基本方针；提出"保障工农群众优先享受教育的权利"；坚持"教育要与生产劳动相联系"；以马克思主义（共产主义）教育工农群众并且发动群众走多种形式办教育的道路。④ 抗战时期毛泽东在"抗日救国十大纲领"中提出"要实行抗日救国的教育"。1938 年，毛泽东在陕甘宁边

---

① 董葆良等主编：《中国教育思想通史》第七卷，湖南教育出版社 1994 年版，第 65 页。
② 同上书，第 384 页。
③ 同上书，第 385 页。
④ 李国钧等编：《中国教育制度通史》第七卷，山东教育出版社 2000 年版，第 267 页。

区教育会议上所作的《教育与战争》的演讲中，进一步重申"用教育来支持抗战。目前的抗战是规定一切的东西，我们的教育也要听抗战的命令，这就叫做抗战教育"①。毛泽东后来在他的《新民主主义论》和《论联合政府》中都提出了"新民主主义时期"的教育方针。从苏区到解放区，共产党的教育方针及政策始终是以马列主义为指导，其根本特点是"把教育与政治斗争的需要密切结合，使教育成为革命的一个部分"②。

北师大图书馆馆藏了几套"解放区"当时使用的语文教材，从教材的选篇可以看出编纂过程中对马列主义教育方针的遵循以及对革命和政治斗争的配合③：

解放区语文教材	部分篇目
《国语课本》，晋察冀边区行政委员会教育处审定，新华书店晋察冀分店发行1946年6月版	《发扬民主作风》《大队人马回来了》《劳动英雄甄春儿》《槐树庄选英雄》《毛主席这样爱咱们》《毛泽东之歌》《列宁的故事》《冀中宋庄之战》《地雷的故事》
《高小国语》，东北政委会编审委员会编，东北书店印行1947年版	《毛主席少年时代》《杨靖宇将军和孩子们》《斗倒地主大翻身》《恶霸地主翻把》《苏联的农民》《债主》《土地还家》《耕者有其田》《中国人民领袖毛主席》《孩子的仇恨》《朱德将军歌》
《国语课本》（初小），东方明等编，晋绥边区行政公署教育处审定，晋绥边区新华书店1948年版	《翻身》《共产党》《解放军》《毛泽东》《送公粮》《土地改革》《大翻身》《旧社会》《来到光明的世界》《翻身歌》《朱德将军》《歌唱毛泽东》《晋绥边区》《不识字真困难》
《国语课本》（初小），德俯、刘松涛等编，华北人民政府教育部审定，新华书店1948—1949年版	《王二小》《哥哥参军》《朱德总司令》《工人农人》《毛主席像》《帮助军属》《捉老蒋》《列宁的少年时代》《白求恩》《翻身谣》《红军到了杨家洼》《朱德的扁担》《长工当了教师》
《新编高级小学国语读本》，德俯、刘松涛等编，华北人民政府教育部教科书编审委员会修订，华北联合出版社1948—1949年版	《苏联的小朋友》《毛主席爱小孩》《列宁的外套》《人民解放军要渡江》《毛主席看伤兵》《马克思和恩格斯》《刘志丹同志的小本本》《毛主席的结论》《新小放牛》《报告学校开展生产运动的信》

---

① 李国钧等编：《中国教育制度通史》第七卷，山东教育出版社2000年版，第280页。
② 同上书，第297页。
③ 本表中解放区小学语文教材的选篇，参见闫苹、张雯主编的《民国时期小学语文教科书评介》（语文出版社2009年版）第四章《中央苏区和抗日根据地的国语教科书》（第456—486页）。

而从"解放区"教材中对具体的课堂教学的设计,也可以看出当时的政治对教育的影响。以下通过"解放区"课本中的几例来考察。在1947年由东北政委会编审委员会编写的《高小国语》(东北书店出版发行)的第二册第八课中,选入了四首古代的"悯农诗",其中有四个供学生讨论的问题,有三个问题是涉及"土地"和"土地革命"问题的,只有一个是讨论诗歌本体问题的,现引录如下:

[讨论]

(一)我们吃的饭,每一粒都从辛苦得来。但这是谁的辛苦?谁的血汗?有地主的没有?

(二)农人春种秋收,打下粮食很多,但是他们还是饿死了,粮食哪里去了?

(三)这些诗里所写的农民的穷苦,究竟是什么原因造成的?地主剥削农民的方法,主要是什么?

(四)古诗和新诗有什么不同?这四首诗里有哪些字是押韵的,找找看。

再来看同一教材第二册第二十二课中的一首歌颂革命领袖的新诗《朱德将军歌》。课堂教学中也设计了四道讨论题。同样,其中有三个是分析歌颂领袖的主题,第二个还涉及政党政治,也即国共党争。第四个才关于诗歌的文体。其后的练习题也设计为歌颂革命领袖。现引录如下:

[讨论]

(一)朱总司令在什么地方表现出来是顶天立地的大英雄?

(二)朱总司令吃苦耐劳的精神好不好?我们应该学习他吗?国民党的官又是什么样呢?

(三)朱总司令革命奋斗数十年是为了什么人?这种伟大的革命精神值得我们钦佩效法吗?

(四)这一首歌的韵在哪里,找出它来。

[练习]

试把朱总司令在井冈山上艰苦奋斗的事实，写成一段故事。

最后，来看这套教材的第二册第二十七课，选入的是"秧歌"《新观灯》，内容是反映 1940 年代末的国共内战。"秧歌"的全场主要为婆婆、儿媳、孙子的独唱与合唱，其中的每个唱段都为押韵的四句，某种程度上具有新诗的特征。该课的教学设计同样带有浓厚的政治气息和"时代特征"，现引录如下：

[说明]

（一）这是一段秧歌。

（二）四大家族，是国民党官员蒋介石、宋子文、孔祥熙、陈立夫四家。他们四家是中国反动的头子，全国最大的剥削者，内战的罪魁，是美帝国主义的走狗。老百姓的钱，都进到四家腰包里去了。中国人民的爱国自卫战争，就是要打倒四大家族，消灭这些最大的剥削者。

[讨论]

（一）四大家族都是些什么人？他们是干什么的？

（二）他们和美国有什么关系？他们为什么把几万万财产都存到美国去？为什么和美国订卖国条约？

（三）他们这些财产从哪里来的？应不应该归还老百姓？

1949 年中华人民共和国的成立是当代中国政治的一个转折点。但是其文学教育与"解放区"的文学教育之间存在着很大的延续性。尽管民国时期小学的国语和中学的国文此时开始被合并为"语文"，并一直延续至今，但是当时教材的编纂思想和选篇原则仍然强调和遵循了"解放区"的注重思想政治教育这一要求。民国时期教材编纂中实行教材自编然后送教育部审定的制度，此时也改为全国的中小学一律使用固定的统编本，不得再使用自编本。1950 年 6 月由中央人民政府出版总署编审局出版了全国统一的语文课本《初中语文》及《高中语文》。1950 年 9 月人民教育出版社成立之后中小学语文教材从此一直由该社负责出版,这种情况一直延续到新时期。中学语文教材中对新诗篇目的选择除了毛泽东等人"领袖诗词"外,表现为注重"左翼"诗人的诗作;内容上则注重对共产党领导的"革命"及"革命历程"的回顾。而在"新民歌运动"和"大跃进"时期,新诗的选篇出现了过于趋时、着重表现当下生活并抒发时代情绪的特征。从1950年至"文化大革命"之前的中学语文教材中的新诗篇目的大致统计亦可以看出这一特点:

语文教材	新诗篇目
《初中语文课本》（人教社1950、1951年版）	《给我以火》（艾青）、《采煤》（王景椿、厉春蛟）、《打夯歌》《青青的棵子》（民歌）、《三黑和土地》（苏金伞）、《有的人》（臧克家）、《生活是多么的宽广》（何其芳）
《高中语文课本》（人教社1953、1954年版）	革命烈士诗四首：《口占一绝》（李大钊）、《就义诗》（杨超）、《狱中诗》（恽代英）、《南京书所见》（李少石）、《生活是多么广阔》、《河》（何其芳）、《蝶恋花·游仙·赠李淑一》《念奴娇·昆仑》（毛泽东）
《初级中学课本文学》（人教社1956、1957年版）	民歌：《口唱山歌手插秧》《泥瓦匠》《一个巧皮匠》《永远跟着毛主席》《红旗一展天下都红遍》《洪湖渔歌》,《天上的街市》（郭沫若）、《母亲》（殷夫）、《我想起了陈涉吴广》（郭沫若）、《乡情》（蒋光慈）、《黎明的通知》（艾青）、《老马》《有的人》《春鸟》（臧克家）、《发现一句话》（闻一多）、《王贵与李香香》（节选）（李季）、《长征》（毛泽东）、《回延安》（贺敬之）、《延安与中国青年》（柯仲平）、《我为少男少女们歌唱》（何其芳）、《寄给顿河上的向日葵》（袁水拍）,外国诗歌：《寄西伯利亚》（普希金）、《西利西亚的纺织工人》（海涅）、《为了你,啊,民主!》（惠特曼）、《两亩地》（泰戈尔）、《党和列宁》（马雅可夫斯基）
《高级中学课本文学》（人教社1957年版）	民歌：《口唱山歌手插秧》《泥瓦匠》《一个巧皮匠》《永远跟着毛主席》《红旗一展天下都红遍》《洪湖渔歌》《母亲》（殷夫）、《乡情》（蒋光慈）、《我想起了陈涉吴广》、《诗的宣言》（郭沫若）、《黎明的通知》《春》（艾青）、《老马》《春鸟》（臧克家）、《发现》《一句话》（闻一多）、《王贵与李香香》（李季）

续表

语文教材	新诗篇目
《初中语文》（人教社1958年版）	《永远跟着毛泽东》《红旗一展天下都红遍》《天冷冷不了热心》《一挖挖到水晶殿》《我来了》《赞群英》《花园修上九重天》《真正英雄看今天》《炮艇像把刀》《西江月井冈山》（毛泽东）《唱得长江水倒流》《布谷鸟》《指路灯》《钢钎响叮当》《平地兴建钢铁厂》《为啥云上红旗飘》《不下不强求》《雷达兵歌谣》，毛泽东诗词：《如梦令·元旦》《清平乐·六盘山》《长征》，《回延安》（贺敬之）、《俄罗斯》（涅克拉索夫）、《两亩地》（泰戈尔）、《渔夫和金鱼的故事》（普希金）
《高中语文》（人教社1958年版）	毛泽东诗词：《蝶恋花·游仙》（赠李淑一）《沁园春·雪》《水调歌头·游泳》，民歌四首：《心心向着共产党》《我们说了算》《铁打的汉》《今朝英雄胜百代》
《初中语文》（人教社1963年版）	毛泽东诗词：《蝶恋花·游仙》《念奴娇·昆仑》，《国际歌》，革命烈士诗四首：《口占一绝》（李大钊）、《就义诗》（杨超）、《狱中诗》（恽代英）、《南京书所见》（李少石），《回延安》（贺敬之）、《天上的街市》（郭沫若）
《高中语文》（人教社1963年版）	《水调歌头·游泳》（毛泽东）、《长江大桥》（郭沫若）、《送瘟神二首》（毛泽东）、《难忘的春天》（李季）

第三节 王瑶等人对新诗史的叙述及"文化大革命"时期的新诗教育

　　1949年之后为了高校开设新文学史课程的需要，1951年老舍、李何林、王瑶、蔡仪四人应教育部的委托共同起草了《〈中国新文学史〉教学大纲》。王瑶等人按照大纲各自编写了自己的新文学史讲稿并出版。这种一纲多本的情况延续到了1956年，1956年之后教育部开始组织编写通用教材。下面梳理王瑶、刘绶松等人在新文学史教材中对"新诗史"的叙述。1951年的"教学大纲"对当时新文学史叙述规范已经作出了限定，因此当时新诗史叙述的框架不可能溢出此范围[①]：

　　[①] 1951年的《〈中国新文学史教学大纲〉初稿》被李何林收入了他的《中国新文学史研究》一书，该大纲的具体内容见李何林《中国新文学史研究》，《新建设》杂志社1951年版，第1—18页。

学习新文学的目的	1. 了解新文学运动与新民主主义革命的关系；2. 总结经验教训，接受新文学的优良遗产。
学习新文学的方法	1. 辩证唯物论、历史唯物论；2. 马列主义的文艺理论和毛泽东的文艺思想。
新文学的特性	1. 新文学不是白话文学、国语文学、人的文学或者平民的文学；2. 新文学是新民主主义的文学。
新文学发展的特点	1. 无产阶级思想领导的发展；2. 新文学运动的统一战线的发展；3. 大众化（为工农兵）方向的发展；4. 新现实主义精神的发展。
新文学发展阶段的划分	1. 五四前后至新文学的倡导时期（1917—1921）；2. 新文学的扩展时期（1917—1921）；3. 左联成立前后十年（1927—1937）；4. 由"七七"到延安文艺座谈会的讲话（1937—1942）；5. 由"座谈会讲话"到"全国文代大会"（1942—1949）。

当时编制的这份大纲受到意识形态的影响主要表现在强调新文学是新民主主义文学，而不是白话国语文学及人的文学和平民文学，另外突出新文学的无产阶级领导，新文学的大众化和工农兵方向。而在新文学的分期方面的两个节点1921年和1942年，突出了中国共产党的成立及毛泽东的"讲话"，这种划分当下一般不再采用。王瑶《中国新文学史稿》的上册1951年9月由北京开明书店出版，下册1953年8月由上海新生活出版社出版。王瑶在1953年版的内容提要中说明该书为作者"前后在清华大学及北京大学讲授《中国新文学史》一课程的讲稿"。该讲稿按照时间编年及文体分类对现代文学史进行叙述，其中新诗的专章分别为：第二章《觉醒了的歌唱》（1919—1927），第七章《前夜的歌》（1928—1937），第十二章《为祖国儿歌》（1937—1942），第十七章《人民翻身的歌唱》（1942—1949）。王瑶对1919—1927年的诗歌是这样总结的：从人道主义的同情和劳工神圣的歌颂开始，接着写出了多量的爱情诗，以后又是浪漫色彩的感伤和浪漫色彩的革命；就诗的题材说，这是五四以来第一时期中

的大致的倾向，这里面深深地刻着时代的烙印。① 他在对五四之后八年的新诗史的叙述中，没有使用启蒙以及民主、科学等关键词，他使用了"正视人生"这一"为人生"的文学视角，也提到了人道主义及个性解放，今天看来这些在一定程度上与五四时期的社会思潮和文学思潮的实际相符合。同时，作者也没有否认胡适、周作人等人在新诗的开创及发展过程中所作出的贡献，并且从艺术的角度较为客观地讨论了新月派以及徐志摩、闻一多、朱湘等人的创作，而以李金发为代表的象征派诗作也没有被作者忽略。因此，从王瑶叙述的内容和框架来看，朱自清在新文学大系"导言"中对新诗第一期的总结对王瑶的影响不可忽视。在1951年大陆特定的时代背景之下，王瑶也在第二章用专节《反抗与憧憬》来叙述和突出"革命诗歌"及诗歌中歌颂俄国的"十月革命"等内容，因为"随着党领导的人民革命运动的蓬勃发展，以及对革命文学的进一步提倡，新诗中出现了更为强烈的反抗黑暗现实，憧憬美好生活的声音"②。作者的叙述线索从蒋光慈的诗集《新梦》中的《莫斯科吟》《哀中国》开始，一直到瞿秋白的《赤潮曲》"唱出了无产阶级迎着澎湃的赤潮觉醒战斗的心声"③。随后谈到了在共产党直接领导的《中国青年》杂志上发表了大量"革命诗歌"的诗人刘一声及其诗作《革命进行曲》和《誓诗》等。作者对革命诗歌也作出了"虽然缺少艺术的锤炼，写得不够形象，而偏于政治口号的呼喊，但其战斗的激情确实是饱满的"这样的客观的评价。王瑶对1928—1937年的新诗创作的评价，首先谈到的是紧贴现实、关注现实的蒋光慈及中国诗歌会诸诗人，之后谈到了与时代有些不太合拍的"新月诗派"和"现代派"诗人。最后，王瑶认为臧克家的诗是"新的开始"，因为在当时大家都要求新诗歌的情况下，"较之一般的空洞的形式追求和过于注重内容的公式化诗篇来，他的诗歌即使不能算就是理想的诗歌，也应该算是'新的开始'吧！"接着作者在"新的开始"的主题下论述了艾青和田间的新诗写作。作者将臧克家和艾青的诗歌创作，作为中国诗歌会和新月派及现代派风格之外的一路，这和今天新诗史对这10年的

---

① 王瑶：《中国新文学史稿》上册，上海文艺出版社1982年版，第95页。
② 同上书，第82页。
③ 同上书，第84页。

评价基本没有大的出入。王瑶认为好的诗歌应该是"进步的内容加上成功的形式"：

> 诗形虽然解放已久，但诗人们对诗的表现方法却还在不断地摸索试验中。其中比较成功的表现方法都是和诗的内容分不开的，诗人为自己所要歌唱的题材找到了适当的表现形式……在当时曾对读者发生过一些良好影响和起过相当作用的作品，那就不只在内容上是进步的，形式上也是比较成功的。必须是一首诗，它才会发生诗的作用。①

抗战时期及国共四年内战期间的新诗史，王瑶以1942年毛泽东"讲话"的发表为界分成两个部分来叙述。前一部分（1937—1942）在"民族解放的旗帜下"框架内展开，后一部分（1942—1949）则限制在"沿着《讲话》指引的方向"框架内。这一点也充分表明了意识形态对20世纪50年代新文学史写作的影响。对"讲话"之前五年的新诗，王瑶将民族解放战争和灾难深重的土地作为重点，谈到了艾青、臧克家也谈到了卞之琳、冯至以及当下被称为"七月诗派"的以《七月》杂志为中心的诗人，甚至以不小的篇幅谈到了老舍的诗作及其长诗《剑北篇》。对1942年至1949年新诗的叙述，由于主题的限定，其主要内容之一是"工农兵群众诗"，讲述"翻身"群众对阶级仇恨的诉说，对解放区和领袖的歌颂，对蒋统区腐败讽刺等，其形式主要包括快板体及民歌体等。而对于工农兵诗歌创作中存在的问题王瑶也较为中肯地提出了自己批评和建议：

> 形式多数是采用了民间歌谣或唱本的现成格式，因此语言上也有一些现成的套语，如"叫一声""不由人""想当年""恨只恨""听我言""表一表"，以及"解放好、解放妙"之类；这些形式的套用，的确发生了帮助群众迅速掌握表达工具的作用，但如果忽略了创造，就使人感觉不够新鲜了。②

---

① 王瑶：《中国新文学史稿》上册，上海文艺出版社1982年版，第238—239页。
② 同上书，第624页。

张毕来的《新文学史纲》是其1949—1953年在东北师大讲授新文学史课程的讲义。最终只在1955年出版了第一卷，叙述了1918—1928年新文学的发展。作者突出了对郭沫若《女神》的分析，作为陪衬提到了刘半农的新诗《相隔一层纸》《人力车夫》《女工的歌》等作品，肯定了其中的民主主义和人道主义。但是批判刘半农五四以后"慢慢变得老成持重起来，后来还做过一些帮闲的工作"。同时也提到了刘大白早期的《田主来》等作品，肯定了其现实的进步意义，但是批评刘大白"在五四后也沉默了"。作者还谈到了闻一多的爱国主义及艺术上的唯美主义，但批评闻一多"在1927年革命失败之后就钻进书斋去了，直到晚年才又高扬爱国主义"。张氏关于胡适对新诗的尝试是这样评价的：一、把旧文学中的带些个性解放要求的诗词改装一下，名之曰白话诗词。这些白话诗词，不但思想感情不是新的，连表现方法也几乎完全没有新的因素。二、胡适另外一种作品是庸俗而虚伪的资产阶级老爷式的人道主义思想感情的作品，如《人力车夫》。张氏还举例批评了俞平伯的新诗《春水》及冰心的《假如我是一个作家》，认为五四初期的知识分子"一般都还没有看出中国民主主义革命以十月革命为榜样的根本特征。他们同封建主义与帝国主义有千丝万缕的联系，虽然也反封建，但是是胡适样的反封建，不愿说明劳动人民苦难的根源，不愿看见起而斗争的劳动人民"[①]。张氏对许多所谓的小资产阶级新诗人的创作从阶级分析的观点出发上纲上线，说康白情的《女工之歌》歪曲工农兵群众，通过工人之口歌颂资本家。还认为刘半农的《一个小农家的暮》是"作者凭主观幻想在创作，把中国当年农村现实中的生活歪曲成封建文人空想中的'田家乐'去了"，而朱湘的《还乡》不是一个士兵的还乡，"其实是失魂落魄的小资产阶级知识分子的还乡，当时固然没有工农红军的英雄可让作者歌颂，但是当时的士兵的苦处和心情也不会是作者所想象的这样"。徐志摩的新诗在张氏看来其内容是"为封建势力撑腰，替资本主义反动文化做宣传工作"。他还认为徐氏"那些为形式而形式的诗，其实并不是没有内容，不过他的内容不外堕落反动的思想情绪罢了。"对于徐氏的《一小幅的穷乐图》及《残诗》张氏也从阶级对立的观点出发，认为徐氏"对于穷苦人在死亡线上的挣

---

① 张毕来：《新文学史纲要》，人民文学出版社1985年版，第91页。

扎，徐志摩正瞧得高兴呢""对于极端反动的封建王室的倒台，徐志摩以极端依恋的心情哀悼"。对于李金发和戴望舒的诗还是从政治和阶级的立场出发，认为他们"模仿外国诗生造中国的'十四行'，写出些谁也看不懂的东西"。李、戴和徐志摩一道，"这批作家是形式主义向右发展的典型代表"，还认为李金发的《弃妇》谁也看不懂，其实是在"胡闹"。同时张氏也从阶级站队的角度认为蒋光慈、瞿秋白、邓中夏等人的文艺观点及其新诗创作是值得肯定的。因此，张氏基本未从文学艺术的角度及其实际来分析新诗在初创期的发展，其观点的时代局限性是显而易见的。

丁易的《中国现代文学史略》1955年由作家出版社出版。该书的"内容说明"中提到"本书作者曾在国内各大学讲授'中国现代文学史'多年，这部'中国现代文学史略'就是他几经修改的讲义稿"。该书与张毕来的《新文学史纲》一样，以文艺运动和文艺斗争为主线并贯穿始终，内容突出了左翼文学和鲁迅，因此对新诗叙述的内容主要是在文艺运动和斗争中提到，并没有按照文体进行专章叙述。作者在第七章第三节"五四前后的现实主义诗歌和戏剧"中谈到了白话诗运动，强调"白话诗在一开始就执行了反帝反封建的斗争任务，而成为当时文化革命的一翼"。新诗在丁氏看来也因此具有了现实主义的特征，但是他绝口不提胡适对新诗的尝试之功绩，而是一上来就批评胡适在《人力车夫》一诗中是"坐在车子上来同情人力车夫的"，而刘半农比胡适要进步了一些，"是坐在毯子中申诉了劳动者的痛苦"，但是刘半农"只是站在小资产阶级人道主义的立场予以同情而已"，与刘半农具有相似性评价的诗人还有康白情和刘大白。在丁氏看来，徐志摩和沈从文一道，他们的政治态度和文学主张都是反动的，"新月派"则被冠上了"买办资产阶级"的头衔，说"他们在北伐战争以前，依靠帝国主义仰承北洋军阀鼻息反对共产主义，北伐后，他们又投靠了新主子蒋介石反动政府，反对革命文学"。而对徐志摩诗歌思想和艺术也是从诗人的政治、阶级立场的角度出发进行分析，这里不再举例。而蒋光慈、胡也频和殷夫则被归入革命作家的队伍加以叙述，中国诗歌会也是在革命诗歌运动的标题下加以论述。对艾青诗歌的评价基本未作艺术上的分析，只提到其诗歌情绪的忧郁。而对艾青在延安时期的新诗评价，也是从主题进步的角度叙述，认为"在《毛泽东》诗中歌出对于人民领袖的热爱，在《向世界宣布吧》歌唱了边区人民生活的幸福美满,在《十月祝贺》诗中表示了对苏联反法西斯战争的必然胜利的信心。在这些诗中,一种比较健康的情感逐渐成长起来,过去的那种个人的忧郁伤感的情调是被清洗干净了"[①]。

刘绶松编写的《中国新文学史初稿》1956年由作家出版社出版,其影响较同时代丁易、张毕来的文学史著作要大。刘氏将1917—1927年这十年的新文学以1921年中国共产党的成立为标志,分成两部分进行叙述。在1917—1921年的新诗史中,刘氏强调和突出了郭沫若《女神》的意义,认为《女神》是新诗的奠基之作,相当于鲁迅的小说之于中国现代小说史的意义。同时他还指出郭沫若虽然不是中国的第一个写新诗的人,却是中国第一个新诗人。紧接着在"其他诗人的作品"一节中开始谈论胡适对新诗的尝试,但是刘氏认为胡适的政治立场是一个改良主义者,因此其在新诗方面的主张也是改良主义的,而且改良只限于体裁与形式。同时强调胡适的新诗在内容上多是宣扬个人主义和自由主义的思想,而且还存在着很浓厚的属于没落阶级的腐旧的意境和情调。与当时很多文学史一样,刘氏也认为胡适的《人力车夫》是一首反动的诗,它是以对于劳动人民浅薄的同情为幌子,但骨子里却充满了毒素。它所起的是模糊阶级意识、缓和阶级斗争的反对作用。而胡适的《人力车夫》和鲁迅的《一件小事》之间的差别"实在是不可以道里计量的"。同样是从革命和阶级的角度出发,刘氏认为李大钊的《欢迎独秀出狱》这种诗是胡适《尝试集》任何一首诗都不可比拟的。而对于刘半农新诗的评价却又多为肯定,其依据则是鲁迅在《忆刘半农君》一文中曾经正面评价过刘半农"是《新青年》里的一个战士,他活泼、勇敢,很打了几次大仗",因此刘半农在本时期新诗的主张和创作方面也就具有了这种活泼、勇敢的精神。对于徐志摩和新月派的评价是在"两股逆流——'新月派'和'现代派'的诗"这个标题下展开的,认为徐志摩和新月派努力提倡格律诗的原因是"以貌似完整的格律形式来粉饰和遮盖诗的空虚的内容"。而且就是这空虚贫弱的内容在刘氏看来也是会给读者以"毒素"的,因为陈梦家曾经写过这样两句诗:我挣碎了我的心胸掏出一串歌——血红的酒里渗着深毒的花朵。在"为了生活和战斗而歌"这一标题之下,讨论了郭沫若、蒋光慈、

[①] 丁易:《中国现代文学史略》,作家出版社1955年版,第353页。

艾青、臧克家、田间和蒲风等人的新诗创作。而对抗战时期以及20世纪40年代"解放区"诗歌创作的叙述也几乎和上述几部文学史的内容相似。今天，有人这样评价上述几部文学史，而用来总结其中对新诗史的叙述同样适用：

> 这些论著都特别注重运用社会主义现实主义的标准来衡量作家作品，用阶级分析方法考察文学历史现象，表现出浓厚的政治化色彩……受当时苏联比较僵化的研究模式的影响，在急用新学的情况下，就很容易产生教条主义的生硬的毛病。所以这几部文学史都有生搬硬套马列词句、用政治分析代替艺术评价和以论代史，以现实原则强行剪裁历史等弊病，都程度不同地表现出粗暴的"政治沙文主义"。①

"文化大革命"时期所谓的文学教育已经完全沦为了政治教育以及政治斗争的附庸。当然这种变化其实也是逐渐积累起来并具有延续性的，从解放区的"把教育与政治斗争的需要密切结合，使教育成为革命的一个部分"，到1951年中学语文的指导思想被明确规定为"无论哪一门功课，都有完成思想政治教育的任务。这个任务在语文科显得更为重要"②。再到教材的选篇因此被要求与前者相适应："要通过语文课来完成思想政治教育的任务，不能单靠几篇说理的论文，凡小说、诗歌、历史故事乃至自然科学故事的教学都应该注意进行思想政治教育。"③ 而到了"大跃进"时期的"紧跟形势，联系实际"的教育主张之下，语文教育内容亦紧贴政治形势的变化，浮夸风及共产风渗透进了语文课本。例如，当时的小学语文课文中加入了《人有多大胆，地有多大产》《两层楼》《笑声满食堂》等。而在一些自编的教材当中则出现了《公社食堂就是好》《大战小高炉》等文章，语文课也要求被上成"双高课"，即"高速度、高质量"。④ 1966年"文化大命革"开始后，进一步突出政治为中心，提出了语文课也要文化大革命。当时有人主张把政治、语文、历史统在一起，名

---

① 温儒敏等：《中国现当代文学学科概要》，北京大学出版社2005年版，第104页。
② 李杏保、顾黄初主编：《中国现代语文教育史》，四川教育出版社1997年版，第342页。
③ 同上书，第343页。
④ 张隆华主编：《中国语文教育史纲》，湖南师范大学出版社1991年版，第387页。

为"政文课",也有人主张把政治、语文、音乐、美术统在一起,名为"革命文艺课"。极左思潮对当时文学教育的破坏愈加严重。① 以"文化大革命"时期上海市中学一、二、三年级语文课本(1972年1月版)为例,马、恩、列、斯、毛及鲁迅的著作和样板戏占了50%以上,其内容也远远超过当时中学生思想水平和文化水平的实际②:

类型\年级	一年级	二年级	三年级	总计	所占比例(%)
毛主席文章	3	3	4	10	21
毛主席诗词	2(共三首)	3(共四首)	2(共3首)	7	14.6
马恩列斯文章	1	1	1	3	6.2
鲁迅杂文	1	1	2	4	8.4
"样板戏"选场	1	1	0	2	4.1
评论、总结等	3	3	3	9	18.6
家文通讯等	3	2	2	7	14.6
古代诗文	2	2	2	6	12.4
总计	16	16	16	48	

而新诗教育作为语文课程的一部分,不可避免地要受到时代环境的影响,从1976年北京市初中语文教材中的诗歌选篇即可看出③:

毛泽东	《20首毛主席诗词》
贺敬之	《回延安》《十月的中国》
鲁迅	《无题》《赠画师》《自嘲》
臧克家	《有的人》
柯岩	《周总理,你在哪里》
李瑛	《一月的哀思》
郭沫若	《题毛主席在飞机中工作的摄影》《毛主席在江峡轮上》
郭小川	《团泊洼的秋天》
海涅	《西里西亚的纺织工人》
高尔基	《海燕》

---

① 张隆华主编:《中国语文教育史纲》,湖南师范大学出版社1991年版,第380页。
② 李杏保、顾黄初主编:《中国现代语文教育史》,四川教育出版社1997年版,第421页。
③ 该套教材中新诗的选篇参见了林喜杰的博士论文《群体性解读与想象》(首都师范大学,2007年),第43—44页。

从上述选篇可以看出，毛泽东的领袖诗词及作家歌颂领袖的诗词占了很大的篇幅。另外，还选入了鲁迅的 3 首旧体诗，这是因为鲁迅在大陆历次政治运动中几乎是唯一一个具有合法性的现代作家，但是他的现代诗又极少。因此，臧克家纪念鲁迅的诗《有的人》也就具有了合法性，一直存在于 20 世纪 50 年代以来的语文课本中。同时，柯岩和李瑛的诗歌则是为 1976 年 1 月周恩来的逝世及由此发生的所谓四五"天安门事件"而创作。因此，当时的语文课程紧贴时代和政治的特征充分显露出来，现代诗歌和新诗史叙述的丰富性及多元性则几乎完全被遮蔽了起来。

第三章　新时期以来的新诗教育研究

五四新文学自诞生以来就一直与政治紧密关联。新文学之初原是以反对"载道"为主要目的之一，但是又在自觉不自觉中承担起思想启蒙的任务，陷入另外一种"载道"，即一方面决绝地与封建传统思想断裂，一方面参与到诉求建立一个西方模式的现代民族国家的进程之中。而在此后从20世纪20年代到1949年将近三十年的时间里，国共两党的文化政策都将文艺视为意识形态的重要组成部分，新文学因此受到了相当程度的重视，同时也与政党政治及党派之争密切关联。而1942年5月在延安整风期间毛泽东就明确提出了"文艺服从于政治"的要求。因此，新文学史上大量与政治形势紧密联系的文学作品包括新诗构成了文学史文本中不可忽视的部分，也先后成为文学教育中的主要素材。而在1949年直至"文化大革命"结束这一时期的中国大陆地区，中国共产党作为大陆的执政党，延续了其在延安时期实施的文艺政策并逐渐加以强化。因此，新文学尤其是当代文学一直参与到中国现当代政治史的进程之中，正如毛泽东在《讲话》中所强调和要求的：

> 我们不赞成把文艺的重要性过分强调到错误的程度，但也不赞成把文艺的重要性估计不足。文艺是从属于政治的，但又反转来给予伟大的影响于政治。革命文艺是整个革命事业的一部分，是齿轮和螺丝钉，和别的更重要的部分比较起来，自然有轻重缓急第一第二之分，但它是对于整个机器不可缺少的齿轮和螺丝钉，对于整个革命事业不可缺少的一部分。[①]

[①] 毛泽东：《在延安文艺座谈会上的讲话》，《毛泽东选集》第三卷，人民出版社1990年版，第823页。

新诗作为新文学文体的一种，由于相对地具有现实性、简洁性及抒情性等因素而受到政治的影响更甚。1976年"文化大革命"结束之后随着政治环境的逐渐宽松，文学创作包括文学教育也渐趋从极"左"政治规范的严密束缚中解脱出来。新时期以来新诗写作和新诗教育与此前相比较，最大的变化就是开始了缓慢的去政治化的过程，逐渐回归文学本体，文学审美开始重新受到重视。当然二者受政治的影响也有不同之处，政治对新诗创作的影响主要是通过政治文化，即"通过营造成某种流行的政治心理、政治态度、政治信仰和政治感情来影响文学创作的"①，而政治对于新诗教育则可以更多地通过教育规划中的教学计划、课程标准或教学大纲等实施具体政策上的影响。研究"新时期"的新诗教育也离不开对新诗写作思潮变迁的探讨，因为新诗创作构成了新诗史中的文本，新诗的文本被遴选入教材最终得以成为文学教育的素材。随着政治环境的变迁，新时期以来的新诗创作状况发生了很大的改变，出现了"朦胧诗"及其后的以"反崇高""反文化""反修辞"为目标的"口语诗"写作等一系列创作思潮。而在新时期之前就一直存在的新诗的"潜在写作"此时陆续浮出历史地表，成为当下新诗史的重要构成，也成为新诗史和新诗教育史文本的一部分。新诗教育在教材中的选篇随着新诗写作和新诗史叙述的变化开始产生较大的变动。因此，新诗创作、新诗教育与政治（文化）三者既密切关联又深受后者影响。那么政治（文化）究竟如何以及多大程度上影响到新诗的创作及教育？国内有的学者在研究文学与政治的关系时从社会形态的角度展开，将阿尔蒙德等人的政治文化理论与中国现当代政治史结合起来，提出了所谓的"非整合模式""半整合模式"以及"整合模式"②，这不失为一种有效的研究视角。而新时期的中国社会则被认为处于"半整合模式"与"整

---

① 朱晓进等：《非文学的世纪：20世纪中国文学与政治文化关系史论》，南京师范大学出版社2004年版，第14页。

② 在朱晓进等人合著的《非文学的世纪：20世纪中国文学与政治文化关系史论》（南京师范大学出版社2004年版）中，将20世纪二三十年代的社会称为"非整合时期"，即"同一政治体系下的社会成员对官方政治观念、政治价值取向以及政治操作方式普遍缺乏认同感"。而非整合模式指的是"挂民主政治之名，行专制政治之实"的社会，"文化大革命"以及之前的大部分年代即是如此。而整合模式是以西方民主国家为主要代表的。当下的中国处于半整合向整合过渡的"前整合时期"，即向充分民主自由社会的过渡期。

合模式"之间的所谓"前整合模式"①。本章就是以 1978 年以来的教材——包括教学大纲、中小学语文课本以及大学文学教学中的新文学教材及新诗作品选本等——为中心，同时结合新诗创作的历史与现状，探讨在当下"前整合模式"的社会形态中，政治对新诗教育的影响在总体上如何逐渐趋于淡化，审美教育如何缓慢地显现出来。而在此嬗变过程中哪些因素参与了进来，在新诗教育去政治化之后，审美教育又能否还原新诗史的本来面目。当然，新诗教育也要防止走向另一极端，即出现审美凸显、思想淡出这样的偏颇或者矫枉过正的现象。

第一节 思想政治教育与中学新诗教育的关系

1981 年 6 月中国共产党十一届六中全会通过的《关于建国以来党的若干历史问题的决议》指出"历史已经判明，'文化大革命'是一场由领导者错误发动，被反革命集团利用，给党、国家和各族人民带来严重灾难的内乱"。当时虽然对"文化大革命"进行了彻底的否定，但是之前的极"左"思潮对教育的影响不可能立刻消除。在新时期，思想政治教育也仍然被强调要高度重视，例如中共中央在稍早的 1978 年召开的全国教育工作会议上就强调"学校应该永远把坚定正确的政治方向放在第一位。但这并不是说要把大量的课时用于思想政治教育。学生把坚定正确的政治方向放在第一位，这不仅不排斥学习科学文化，相反，政治觉悟越是高，为革命学习科学文化就应该越加自觉，越加刻苦"②。而 1989 年那场政治风波之后，为了因应新形势的需要，当时的国家教委于 1991 年 8 月制定并颁布了《中小学语文学科思想政治教育纲要》，提出全面加强对中小学生进行思想政治教育。这些因素都势必会影响到当时语文课程教学大纲的制

---

① 在朱晓进等人合著的《非文学的世纪：20 世纪中国文学与政治文化关系史论》（南京师范大学出版社 2004 年版）中，将 20 世纪二三十年代的社会称为"非整合时期"，即"同一政治体系下的社会成员对官方政治观念、政治价值取向以及政治操作方式普遍缺乏认同感"。而非整合模式指的是"挂民主政治之名，行专制政治之实"的社会，"文化大革命"以及之前的大部分年代即是如此。而整合模式是以西方民主国家为主要代表的。当下的中国处于半整合向整合过渡的"前整合时期"，即向充分民主自由社会的过渡期。

② 邓小平：《邓小平文选（1975—1982）》，人民出版社 1983 年版，第 101 页。

定以及教材中新诗篇目的选取以及最终阐释新诗的方式。当然，在中国现代史上文学教育始终未完全摆脱意识形态的影响。例如民国时期，夏丏尊在抗战前主编的著名教材《国文百八课》中就选入了《中国国民党之政纲》《北伐宣言》《废除不平等条约宣言》以及孙中山的《欢宴国民党第一次全国代表词》、陈布雷的《黄花岗烈士纪念会演说词》等涉及政党政治及政党"革命史"的课文。20世纪40年代的小学语文课本中开始出现了《蒋主席的故事》《蒋主席的家信》等歌颂革命领袖的课文[①]，而在同一时期"解放区"的语文课本中也同样出现了《毛泽东之歌》及《毛主席少年时代》等类似的文章。因此，"文化大革命"结束之后文学教育中新诗教育的嬗变也始终是与社会政治思潮的变迁基本一致的。

1978年3月，教育部颁布了"文化大革命"结束后的第一部《全日制十年制学校中学语文教学大纲（试行草案）》（第一版），这部大纲被称为继1963年对"大跃进"时期的语文教育进行大调整之后的又一次"拨乱反正"。但是，这部大纲在行文以及大纲内容的制定上，仍然大量保留着"文化大革命"时期的一些特征。大纲中到处充斥着"毛主席语录"，甚至言必称"毛主席语录"才能显示言语的合法性：

> 毛主席教导说："一个革命干部，必须能看能写，又有丰富的社会常识与自然常识，以为从事工作的基础与学习理论的基础，工作才有做好的希望，理论也才有学好的希望。"……"在现在世界上，一切文化或文学艺术都是属于一定的阶级，属于一定的政治路线的。"[②]

而在语文教材的内容和编排上这样叙述："课文的选取要遵照毛主席的指导'以政治标准放在第一位，以艺术标准放在第二位'，要求'政治和艺术的统一，内容和形式的统一，革命的政治内容和尽可能完美的艺术形式的统一'。"[③] 当然，由于当时对"两个凡是"的口号还没有清理和澄清，从1978年直到20世纪末中学教材中新诗篇目的变化并不大。很长

[①] 参见吴鼎主编《高级小学国语》，上海国立中小学教科书七家联合供应处1946—1947年版。

[②] 1978年《全日制十年制学校中学语文教学大纲（试行草案）》，见何慧君编《20世纪中国中小学课程标准教学大纲汇编》，人民教育出版社2001年版，第437—438页。

[③] 同上书，第438页。

一段时间中学语文教学大纲中对要入选新诗作出了明确硬性的规定，现按照大纲版本顺序将新诗篇目列表如下：

中学语文教学大纲版本	中学语文教学大纲中规定的新诗篇目
1978年《全日制十年制学校中学语文教学大纲》（试行草案）	初中一年级：《浣溪沙·和柳亚子先生》（毛泽东），民歌四首：《山歌向着青天唱》《草原人民歌唱华主席》《天大困难也不怕》《大寨花开红烂漫》，诗四首：《八十书怀》（叶剑英），《梅岭三章》（陈毅）
1978年《全日制十年制学校中学语文教学大纲》（试行草案）	初中二年级：《七律·冬云》（毛泽东），《周总理，你在哪里?》（柯岩），《西里西亚纺织工人》（海涅），《有的人》（臧克家）
	初中三年级：《七律二首·送瘟神》《满江红·和郭沫若同志》（毛泽东），《西去列车的窗口》（贺敬之）
1978年《全日制十年制学校中学语文教学大纲》（试行草案）	高中一年级：《蝶恋花·答李淑一》（毛泽东），《蝶恋花词·和开慧烈士》，词二首：《沁园春·长沙》《水调歌头·游泳》（毛泽东）
	高中二年级：词二首：《念奴娇·昆仑》、《沁园春·雪》（毛泽东），词二首：《水调歌头重上·井冈山》《念奴娇·鸟儿问答》（毛泽东），诗二首：《大江歌罢掉头东》、《喜读毛主席词二首》（朱德）
1980年《全日制十年制学校中学语文教学大纲》（试行草案）	初中一年级：《浣溪沙·和柳亚子先生》（毛泽东），《天上的街市》（郭沫若），诗词四首：《祝科学大会》（叶剑英）、《梅岭三章》（陈毅），《回延安》（贺敬之）
	初中二年级：《周总理，你在哪里?》（柯岩），《西里西亚纺织工人》（海涅），《黎明的通知》（艾青），《有的人》（臧克家），《青纱帐——甘蔗林》（郭小川）
	初中三年级：《七律二首·送瘟神》（毛泽东），革命烈士诗三首：《口占一绝》（李大钊）、《狱中诗》（恽代英）、《南京书所见》（李少石），《沁园春·雪》（毛泽东），

续表

中学语文教学大纲版本	中学语文教学大纲中规定的新诗篇目
1980年《全日制十年制学校中学语文教学大纲》（试行草案）	高中一年级：《沁园春·长沙》《水调歌头·游泳》（毛泽东），《一月的哀思（节选）》（李瑛），《王贵与李香香（节选）》（李季）
	高中二年级：诗词三首：《念奴娇·昆仑》（毛泽东）、《大江歌罢掉头东》（周恩来）、《赠友人》（朱德）
1986年《全日制中学语文教学大纲》	初中部分：《梅岭三章》（陈毅），《回延安》（贺敬之），《周总理，你在哪里？》（柯岩），《沁园春·雪》（毛泽东）
	高中部分：词二首：《沁园春·长沙》《水调歌头·游泳》（毛泽东），《王贵与李香香》（李季），《大堰河——我的保姆》
1988年《九年制义务教育全日制初级中学语文教学大纲》（初审稿）	《天上的街市》（郭沫若），《沁园春·雪》（毛泽东），《梅岭三章》（陈毅），《给战斗者》（田间），《有的人》（臧克家），《回延安》（贺敬之），《给乌兰诺娃》（艾青），《青纱帐——甘蔗林》（郭小川），《致黄浦江》（公刘），《周总理，你在哪里》（柯岩），《海燕》（高尔基）
1990年《全日制中学语文教学大纲》（修订本）	初中部分：《梅岭三章》（陈毅），《回延安》（贺敬之），《有的人》（臧克家），《沁园春·雪》（毛泽东）
	高中部分：词二首：《沁园春·长沙》《水调歌头·游泳》（毛泽东），《大堰河——我的保姆》（艾青）
1992年《九年义务教育全日制初级中学语文教学大纲》（试用）	《天上的街市》（郭沫若），《沁园春·雪》（毛泽东），《梅岭三章》（陈毅），《假使我们不去打仗》（田间），《有的人》（臧克家），《回延安》（贺敬之），《给乌兰诺娃》（艾青），《青纱帐——甘蔗林》（郭小川），《致黄浦江》（公刘），《周总理，你在哪里》（柯岩），《海燕》（高尔基）

从上述中学语文的新诗选目中可以看出，被选入频率和数量最多的是毛泽东的诗作，但是教材中所选毛泽东的诗词是依照古代的曲牌填的诗词，严格来说还不能算是新诗，之所以将毛诗列出是为了看清编选者的取

向。因此，剩下真正意义上的新诗其实只有臧克家、郭沫若、贺敬之还有郭小川、艾青、李季的作品。这样选择新诗篇目首先是按照教学大纲的规定，在1978年版中学语文大纲这样要求：

  在语文教学中，思想政治教育和读写训练是辩证统一的。思想政治教育必须在读写训练的过程中进行，读写训练必须以正确的观点为指导，两者是相辅相成、互相促进的。①

对于中学语文教学材料的选取还要求必须"思想内容好"，最早的标准具体如下：

  课文的思想内容要有助于向学生进行热爱领袖、热爱党、热爱社会主义祖国和热爱劳动、热爱科学的教育，有助于提高学生的社会主义觉悟，培养共产主义道德品质，树立无产阶级世界观。新中国成立以来的作品，要反映在毛主席革命路线的指引下，我国社会主义革命和社会主义建设的伟大胜利，反映无产阶级文化大革命的伟大胜利，反映广大人民群众在华主席为首的党中央的领导下，继承毛主席的遗志，坚持党的基本路线，抓纲治国，继续革命的伟大胜利。从五四到新中国成立的作品，要有鲜明的反帝、反封建、反官僚资本主义的内容，要反映新民主主义革命时期工农大众和革命前辈在党的领导下的斗争生活。选取古代的作品，要根据批判继承的原则，"首先检查它们对待人民的态度如何，在历史上有无进步意义，而分别采取不同态度"，决定取舍，对古代作品中某些消极因素，要作分析批判；在高中，还可以选入几篇艺术性强而有明显消极因素的传统名篇，指导学生认真批判和鉴别，学习正确地对待古代作品。入选的外国作品，要有进步的思想内容。②

1978年之后的各版本的中学语文教学大纲对内容的要求在表述上有

---

① 1978年《全日制十年制学校中学语文教学大纲（试行草案）》，见何慧君编《20世纪中国中小学课程标准教学大纲汇编》，人民教育出版社2001年版，第438页。
② 何慧君编：《20世纪中国中小学课程标准教学大纲汇编》，人民教育出版社2001年版，第438页。

所变化，但是新诗的篇目却变化甚小。这其中还有一个原因就是，1989年的"政治风波"之后，1990年的语文教学大纲中的新诗篇目立刻作出调整，作者及作品数量再次减少，只剩下了毛泽东、陈毅、贺敬之、臧克家、艾青的9首诗。因为同样的原因，1991年8月国家教委制定颁布了《中小学语文学科思想政治教育纲要》，这也导致了文学教育和新诗教育短期内继续表现出"保守"的姿态。《纲要》指示"要对小学生（甚至幼儿园的孩子）、中学生一直到大学生，由浅入深坚持不懈地进行中国近代史、现代史及国情的教育"①。《纲要》的要求对新诗教育的影响不可避免，其中的具体要求如下：

> 1.……激发学生热爱祖国、热爱祖国语言文字的文学艺术的情感。2.使学生认识中国共产党的中国革命事业新建立的丰功伟绩，认识中国共产党人的远大志向、献身精神和高尚品德，使学生懂得没有共产党就没有新中国，从而更加热爱共产党。3.使学生认识旧社会的腐朽、黑暗，了解我国人民在帝国主义、封建主义和官僚资本主义压迫下所受的苦难，了解新中国成立以来社会主义建设所取得的成就及人民的幸福生活，通过新旧对比，认识社会主义制度的优越性，坚定社会主义信念。4.使学生初步认识我国人民优良的伦理道德传统，培养高尚的共产主义道德情操，使学生具有初步辨别是非、善恶的能力和健康的审美情操。5.使学生了解我国人民和历代仁人志士在改造社会、征服自然的斗争中所表现出的英勇不屈、自强不息的伟大民族精神和崇高爱国主义思想，继承和发扬近百年来我国人民反帝爱国的光荣传统。②

同时，《纲要》在加强思政教育的框架内提出了将文学教育与思想教育相结合的具体"教育内容举要"，其中列出的中学阶段需要学习的新诗篇目，在原有的基础上新增了若干篇，如下表：

---

① 何慧君编：《20世纪中国中小学课程标准教学大纲汇编》，人民教育出版社2001年版，第438页。

② 同上书，第518页。

初中阶段	《桂林山水歌》（贺敬之）、《黄河颂》（光未然）、《致黄浦江》（公刘）、《春天》（艾青）、《给战斗者》（田间）、《血字》（殷夫）
高中阶段	祖国颂诗两首：《我站在祖国地图前》（纪宇）、《祖国啊，我亲爱的祖国》（舒婷）、《念奴娇·昆仑》（毛泽东）

由于在文学教学中一再强调思想教育，新诗史在中学语文课本中被简缩成左翼诗人的诗歌史以及中国共产党的革命史的状况长期内都未能得到改变。因此，新诗教育只有在缓慢地去政治化之后，才能逐渐还原新诗史的本来面目，新诗史上更多的优秀的经典的作品才能进入中小学语文教材。

第二节 新诗史教学中难以突破的左翼文学史叙述框架

"文化大革命"结束以来，新文学教育在大学的延续主要为1980年开始在高校开设的《大学语文》课程以及中文专业开设的新文学史课程。而《大学语文》课程在1949年之前主要为大学的大一国文课程，其内容主要包括诸子文学、经学等古代文学的内容，新文学的内容一般不涉及。这是因为新文学的发展时间太短，另外新文学作为一门学科其历史地位以及合法性等方面也还存在一些问题。20世纪80年代以来直至90年代中期《大学语文》课程在高校并不受重视，课程在大多数高校只是作为中学语文教学的延续，教材内容的构成也仍然是以文选形式为主，教材的选目大多仍然是古代文学，有些教材也会加上一些应用文写作及文学理论的内容。但是由于《大学语文》教材的编纂高校具有一定的自主性，因此有些教材选入了现当代文学作品，其中包括新诗。下面将20世纪80年代至90年代的一些《大学语文》中的新诗篇目用表格列出，以期通过对选目的考察了解当时新诗的教学情况，以及在当时的语境下政治对新诗史及新诗教学可能产生的影响及变化：

《大学语文》教材	新诗选目
徐中玉主编：《大学语文》，华东师范出版社1988年版	郭沫若：《炉中煤》，闻一多：《一句话》，戴望舒：《我用我残损的手掌》，屠格涅夫：《门槛》，高尔基：《鹰之歌》

续表

《大学语文》教材	新诗选目
朱东润主编：《大学语文通用读本》，复旦大学出版社1985年版	郭沫若：《地球，我的母亲》，闻一多：《忆菊》，艾青：《大堰河——我的保姆》，光未然：《五月的鲜花》，戴望舒：《我用我残损的手掌》，贺敬之：《中流砥柱》
湖南师大等五院校主编：《大学语文》，湖南人民出版社1984年版	《太阳礼赞》（郭沫若），《雪落在中国的土地上》（艾青），《甘蔗林——青纱帐》（郭小川），《夜莺飞去了》（闻捷），《致橡树》（舒婷），《干妈》（叶延滨），《第一次的茉莉花》（泰戈尔），《致恰尔达耶夫》（普希金）
周振甫主编：《大学语文——中国现当代文学作品选》，高等教育出版社1989年版	郭沫若：《地球，我的母亲》，闻一多：《太阳吟》《也许》，徐志摩：《沙扬娜拉》《雪花的快乐》，戴望舒：《雨巷》，艾青：《大堰河——我的保姆》，臧克家：《老马》、《海》，田间：《给战斗者》，贺敬之：《桂林山水歌》，郭小川：《祝酒歌》，流沙河：《就是那一只蟋蟀》，舒婷：《致橡树》
韩学信等主编：《大学语文》，山东教育出版社1985年版	郭沫若：《凤凰涅槃》，李季：《王贵与李香香》（第一部），郭小川：《厦门风姿》，贺敬之：《桂林山水歌》
中山大学、华南师大大学语文编写组：《大学语文读本》，中山大学出版社1985年版	郭沫若：《炉中煤》，闻一多：《死水》，徐志摩：《再别康桥》，戴望舒：《雨巷》《我用我残损的手掌》，艾青：《我爱这土地》《珠贝》，莎士比亚：《十四行诗》（第29首），屠格涅夫：《门槛》
张静主编：新编《大学语文》，文心出版社1986年版	《炉中煤》（郭沫若），《太阳吟》（闻一多），艾青诗三首：《伞》《仙人掌》《盼望》

续表

《大学语文》教材	新诗选目
四十所高等院校联合编写：《大学语文》，西南师范大学出版社 1988 年版	郭沫若：《炉中煤》，徐志摩：《再别康桥》，臧克家：《三代》，戴望舒：《雨巷》，艾青：《一个黑人姑娘在歌唱》，光未然：《黄河颂》，田间：《义勇军》，贺敬之：《雪花》，张志民：《自题小照》，舒婷：《致橡树》，莎士比亚：《十四行诗第十八首》，普希金：《致大海》，浪费罗：《生命的礼赞》，屠格涅夫：《门槛》，波特莱尔：《双重屋子》，裴多菲：《我愿意是激流》，高尔基：《鹰之歌》
杨秀主编：《大学语文读本》，东北师范大学出版社 1988 年版	郭沫若：《凤凰涅槃》，闻一多：《太阳吟》，戴望舒：《我用我残损的手掌》，臧克家：《难民》，贺敬之：《三门峡——梳妆台》，闻捷：《苹果树下》，北岛：《回答》，舒婷：《致橡树》，余光中：《乡愁》
张之强主编：《大学语文》，北京师范大学出版社 1985 年版	《炉中煤》（郭沫若），《北方》（艾青）
北京林业大学主编：《大学语文》，中国林业出版社 1986 年版	郭沫若：《煤》，朱自清：《煤》，艾青：《煤的对话》，闻一多：《洗衣歌》，朱湘：《采莲曲》，贺敬之：《桂林山水歌》，舒婷：《致橡树》

从上述新诗选目可以看出，郭沫若、闻一多、艾青等左翼诗人入选频率仍然最高，这一点与中学语文中的情况类似。当然，由于高校教材尤其是文选性教材的编写存在一定的自主性及开放性，因此，在 20 世纪 80 年代中期徐志摩的诗歌已开始入选。而朦胧诗在仍然存争议的情况下舒婷的诗歌此时也已开始入选。另外，中国台湾诗人余光中的入选则说明编写者已经开始将港台地区文学纳入自己的视野。而在外国翻译诗歌方面篇目的选择也开始多元化，既有莎士比亚的十四行诗，也有浪费罗、裴多菲、屠

格涅夫及波特莱尔的现代主义作品,但这种变化仍然是相当缓慢的,这在高校的新文学史教材中表现得较为明显,接下来举例详细论述。

"文化大革命"结束之后为了适应大学新文学史课程教学的需要,以高校为主的曾经一度中断的新文学史教材的编纂工作重新展开。唐弢主编的三卷本《中国现代文学史》被称为"虽展新姿,仍存旧痕"[①] "是前三十年的一部总结之作,它的成就代表了前三十年的水平,它的不足也反映了前三十年的局限"[②]。确实,它仍然是一部在中国共产党革命史框架内展开突出阶级斗争的一部左翼文学史,因此,文学史叙述的顺序是国内革命战争、抗日战争背景下的左翼革命文学以及毛泽东《讲话》发表之后的工农兵文学创作,最后是"国统区"的文艺运动和思想斗争。教材基本没有按照文体分类展开,因此对于新诗的叙述是从郭沫若文学创作中的《女神》开始的。该教材对于《女神》的总体评价是:

> 《女神》对于封建藩篱的勇猛冲击,改造社会的强烈要求,追求和赞颂美好理想的无比热力,都鲜明地反映了五四革命运动的特征,传达出五四时代精神的最强音……这种破旧立新的精神贯穿在《女神》的绝大多数重要篇章中,它正反映出郭沫若在五四时期所持的彻底革命的、而非改良的态度。[③]

教材最后以对郭沫若的《恢复》作出高度评价为结束,同时也顺便对"新月诗派"作了一带而过的对比与批评:

> 当革命开始深入发展,无产阶级革命文学运动以上海为中心正在大力倡导和展开,而"新月派"那种以雕琢华丽的形式掩盖其空虚腐朽的内容的诗歌正在泛滥的时候,《恢复》的出版,对于中国新诗来说,起了一面激发斗志,一面抗击逆流的作用。[④]

---

① 黄修己:《中国新文学史编纂史》,北京大学出版社 2007 年版,第 119 页。
② 同上书,第 122 页。
③ 唐弢主编:《中国现代文学史》第一册,人民文学出版社 1979 年 6 月版,第 145 页。
④ 同上书,第 160 页。

"新月诗派"被认为是"资产阶级的文学流派,新月社早期曾在一个短短的时期内表现过对社会现实的关切和反军阀统治的愿望,但同时也流露出了浓重的唯美、感伤和神秘倾向;后期则趋于没落反动"[1]。教材对于冯至的评价也是在鲁迅称他为"中国最为杰出的抒情诗人"这一论断下展开的。对于胡适对新诗的"尝试"没有提及,这与胡适1949年之后主流意识形态对他的评价,尤其是20世纪50年代对他的大批判关系极大。因此,在大陆的教材对于胡适在文学革命中的表现也只是这样叙述:"胡适就是在这种连他自己也承认'今之谈文学改良者众矣'的情况下,卷进这个运动并提出他的文学改良的主张的。"[2]而左翼诗人蒋光慈以及殷夫的诗依然是教材中重点介绍的内容,其中还包括中国诗歌会的诗人群以及臧克家。在介绍了艾青之后,则是在毛泽东《讲话》的背景下重点介绍民歌体新诗李季的《王贵与李香香》以及阮章竞的《漳河水》。教材中在阐释这两首新诗的时候仍然采用阶级分析的方法突出当时社会中的阶级斗争,认为《王贵与李香香》的"开头展现了活生生的阶级斗争图画,解释了两千多年来地主阶级压迫农民的情况"[3]。对《漳河水》的阐释则是"反映了土地改革中尖锐复杂的阶级斗争,揭露了地主阶级'好皮好面'藏黑心的反动阴谋,也如实地写出了农民群众身上存在着传统思想的影响和某些缺点。阶级敌人正是利用了旧传统思想的影响,展开了反攻倒算的罪恶活动。经过斗争,敌人的阴谋破产了,人民群众胜利了"[4]。教材最后叙述的是以袁水拍《马凡陀山歌》等为中心的政治讽刺诗,叙述的角度是从国共两党政治斗争的角度及国统区国民党的统治状况展开,"国民党集团打着'民主'的招牌实行法西斯专政,广大人民不但没有享受到抗战胜利的果实,反而再度被推进苦难的深渊……当时反动派的文化禁锢政策又异常严密,诗人们用自己的诗句作战,不能不转变斗争的策略和方式,政治讽刺诗的涌现就是这种转

---

[1] 唐弢主编:《中国现代文学史》第一册,人民文学出版社1979年6月版,第211页。
[2] 同上书,第38页。
[3] 唐弢主编:《中国现代文学史》第三册,人民文学出版社1980年版,第269页。
[4] 同上书,第273页。

变的结果。同时，反动派的倒行逆施构成了极大的自我讽刺，诗人们用诗歌形象地写出了这些'事实'，也就成了政治讽刺诗"[①]。教材在新诗的叙述上显露出过于政治化的色彩，将新诗史的叙述纳入左翼文学及阶级与政党的政治斗争的框架之中，遮蔽了新诗史的丰富复杂的特征及多元性的内涵，与"十七年"文学中对新诗史的主流阐释具有很大的相似性，因此其局限性也显而易见。

　　唐弢的新文学史是当时一部影响较大、由多人合著的文学史教材。在此前后的1979—1981年内地陆续出现了多部由多所高校合编的现代文学史教材。这里以当时较有代表性的两部来分析其中对新诗的叙述。一部是1979年8月由北京大学、南京大学等九所高校合编，由江苏人民出版社出版的所谓"九院校本"《中国现代文学史》。这部教材与唐弢主编的教材在内容、结构以及叙述的框架及指导思想等方面皆有很大的相似性。对新诗的叙述仍然是从郭沫若的《女神》开始，然后论及其诗集《前茅》及《恢复》。有所变化的是徐志摩的名字开始出现在文学史章节的目录中，尽管排在闻一多的后面。但是对徐志摩的叙述仍然是从阶级分析、左翼与右翼的对立以及其对无产阶级革命的态度等角度来分析，未从诗歌艺术的立场出发展开论述，故仍然存在未能摆脱"政治第一、艺术第二"等文艺观的时代局限性。教材随后论及的诗人仍然是左翼诗人殷夫以及"其他诗人"臧克家。接下来就是抗战诗人艾青、田间以及在"解放区"的诗人阮章竞、李季的《漳河水》及《王贵与李香香》，最后是"国统区"的讽刺国民党统治的袁水拍的代表作《马凡陀山歌》。再来看由暨南大学等中南区七院校合编的《中国现代文学史》。这部教材除与"九院校本"在结构内容上仍然相似之外，在新诗史的叙述上亦出现了些许变化。例如，在认为新诗的提倡者包括刘半农、刘大白、沈尹默、康白情、胡适、周作人等人的同时，开始提及胡适在新诗史上的"尝试"之功，但是教材对胡适的叙述仍然未能摆脱政治环境的影响，从而显得颇为微妙又意味深长：

　　　　这里应该提到所谓"新诗的创始人"胡适。他一九一六年开

[①] 唐弢主编：《中国现代文学史》第三册，人民文学出版社1980年版，第460页。

始写新诗，一九二〇年出过版过一本包括四十多首新诗的《尝试集》，这部诗集，题名"尝试"立意是积极的。其中若干诗，如《威权》《死者》《一颗遭劫的星》《礼》等，旨在揭露封建统治，表现了作者追求资产阶级民主的迫切愿望，这和当时的时代主潮是一致的。但另外一些诗……则大多是"闺情"式的爱情抒发和自然风景的轻描淡写，内容陈腐；至于形式，连他自己也承认"很象一个缠过脚后来放大了的妇人""实在不过是一些洗刷过的旧诗"①。

这部教材中对于徐志摩新诗创作的叙述却由于徐氏过于"反动"，因此只在第二章第二节"对'新月派''民族主义文学的斗争'"中有所提及。这正如黄修己在论述这一时期的新文学教材时所言，"思想解放要有一个过程，学术新成果的产生更需要较长时间的准备"②。当然，这也说明其中起决定作用的还是政治对文学史叙述及阐释的影响存在一个渐变的过程，也即在文学史叙述中需要逐渐淡化或取消阶级分析以及褒扬左翼作家、贬抑批评自由主义作家的立场，可是这仍然要取决于大的政治环境的缓慢的变化。

第三节 唐弢、黄修己等人对新诗史叙述的逐步调整

从20世纪80年代中期开始随着对极"左"思潮的进一步清理以及思想的逐步解放，新诗史的本来面目逐渐得以恢复。而这种变化最早是从新文学史教材对新诗史上的一些由于政治等原因而长期被遮蔽的诗人的叙述、评价进行逐步的调整、改变开始的。例如，唐弢主编的共三卷本的《中国现代文学史》1979年至1980年短短两年内编写完成并出版，很大程度上满足了新形势下现代文学课程教学的需要。1984年3月为了对外交流的需要，唐弢主编的这三卷本的文学史被压缩成《中国现代文学史

---

① 中南七院校编：《中国现代文学史》，长江文艺出版社1979年版，第72—73页。
② 黄修己：《中国新文学史编纂史》，北京大学出版社2007年版，第127页。

简编》。但是，就在1979年至1984年这短短几年的时间内，压缩本的文学史"简编"中对新诗史的叙述却已经发生了很大的变化。正如黄修己所言，"与三卷本对比，《简编》提高了非左翼的，甚至曾经反共的，却在新文学发展中有过贡献的作家的地位。所谓'提高'，是与以前对比而言，准确地说，是'恢复'，也就是说这样评价才更接近历史的实际"[①]。当然，这也说明"从三卷本到《简编》，反映了从1979年到1984年这五年间作者思想的变化和学术研究的进展。[②] 唐弢的"简编本"现代文学史中对新诗史叙述的第一个变化就是充分肯定了胡适对新诗尝试的功绩，明确指出胡适的《尝试集》是中国现代文学史上第一部白话诗集。然后，花了较大的篇幅来介绍胡适的《尝试集》及其中的代表性诗作。例如，在民国期间曾经多次入选小学国文课本的《上山》，教材认为它"摆脱了旧诗的窠臼，运用近似口语的白话，把日常生活中的爬山一事写得诗意盎然，富有节奏，表达了积极进取，努力向上的主题，在文学革命初期产生了积极影响。后来这首诗曾谱成歌曲传唱"[③]，这样就还原了单篇作品在历史上的面目及其文学史意义。另外，教材也开始摒弃以阶级观点来评价和分析诗人及诗作，同时还原新诗创作的背景从而力图客观平正地评价诗作。例如，教材指出胡适的《周岁》是为《晨报》出版周年纪念而写；《乐观》是为《每周评论》被查禁时所写；而《一颗遭劫的星》则为《国民公报》被封而作，"表达了对封建黑暗的诅咒和对资产阶级民主的向往"[④]。而对胡适参加的新文化运动与《尝试集》的关系也作出了客观的评价，认为胡适"那时参加了以《新青年》为旗帜的新文化运动，思想上具有要求冲破封建束缚、争取自由民主的积极因素，《尝试集》里的有些诗篇表达了这种思想情绪"[⑤]。对于胡适《尝试集》的文学史意义的评价则是"思想内容并不引人注目，语言形式的革新在文学革命初期产生比较大的影响"[⑥]。教材也开始承认郭沫若的《女神》是《尝试集》之

---

① 黄修己：《中国新文学史编纂史》，北京大学出版社2007年版，第138页。
② 同上。
③ 唐弢：《中国现代文学史简编》，人民文学出版社1984年版，第158页。
④ 同上书，第159页。
⑤ 同上。
⑥ 同上。

后出现的，指出继《尝试集》之后"郭沫若《女神》的出版，更为诗歌创作打开了前所未有的局面"①。当然，这种"局面"也是在"继胡适发表白话诗之后，《新青年》等不少报刊陆续发表不少白话诗作"的情况下出现的②。这样，教材就对胡适及其新诗创作基本上给予了客观公允的叙述与评价，纠正了"十七年"及"文化大革命"期间从政治及阶级立场出发，以及在内地对"反共"作家胡适进行大批判的背景之下，出现的对于胡适无限上纲上线的"评价"。从而对于新诗史的肇始在内地1949年之后的新文学史中也开始出现了与历史实际相符合或接近的叙述与评价。

唐弢的"简编本"教材中的第二个重要调整，是对胡适之后的另外一个非左翼作家，甚至是"反共"作家徐志摩的新诗创作及其文学史地位，作出了与此前大相径庭同时也是较为客观和实事求是的叙述。在"简编本"中，徐志摩的名字开始出现在教材章节的目录中，并且排在闻一多的前面，被称为新月派的"盟主"。教材从《晨报副刊》开始，谈论徐志摩以及胡适等人的文学活动及文学主张，指出以徐志摩为代表的"新月派""同他们'为艺术而艺术'的理论相反，实际上政治意识极为强烈"③。对于徐志摩对资产阶级民主社会的向往，教材也给出了历史的分析，指出"这种空泛的向往，曾经是五四时代许多青年共同的心声。因此，《志摩的诗》里虽有一些不健康的东西，但主调还是同五四的时代声音协和的，可以说是五四时代思潮的一个产物"④。而对于徐志摩反对暴力革命和苏联无产阶级革命的诗作《西窗》等，教材也只是引用了茅盾当年的评价，即徐志摩希望的那个"洁白肥胖的婴儿并没有在中国出世"。同时淡淡地说"徐志摩同时代和人民的距离越来越远"，但是，徐志摩转而"却以全部精力去追求诗的格律的改革与创造，诗的音调的和谐与匀称。由于诗人感情的真挚，对西洋诗歌的深厚的造诣和不懈的探索，也终于写出了一

---

① 唐弢：《中国现代文学史简编》，人民文学出版社1984年版，第159页。
② 同上。
③ 同上书，第203页。
④ 同上书，第204页。

些在艺术上值得称道的好诗"[①]。教材中对五四时期文学中普遍存在的人道主义作出了肯定，认为在"诗集《翡冷翠的一夜》里，诗人还没有完全忘却人间的疾苦，《大帅》描述军阀混战带来的灾难，《庐山石工之歌》对劳动者仍寄以同情……"[②] 而在之前的三卷本的文学史中却并非如此，编者曾经认为徐志摩用其浙江故乡的方言"硖石土白"写的一首表现人道主义的诗作《"一条金色的光痕"》中"资产阶级的人道主义的消极性也有所暴露：《'一条金色的光痕'》借被施舍者之口，对一个'体恤穷人'的阔太太作了肉麻的歌颂"[③]。另外，"简编本"对徐氏诗歌艺术的一些分析在当时看来亦是颇有见地的。例如，认为"代表徐志摩艺术成就的，是那些并无明显社会内容的抒情诗。如诗人自己所说，它们是'从性灵暖处来的诗句'"[④]。同时对徐志摩的新诗史地位亦作出了较高的评价，认为"这些诗音节和谐，想象丰富，比喻贴切（如《沙扬娜拉》），能构成优美的意境，具有圆熟的技巧，达到了很高的水平，为我国新诗的发展作出了贡献"[⑤]。

唐弢的"简编本"现代文学史中也开始提及周作人的新诗创作。确实，周作人在新诗肇始期为新诗的发展曾经作出了自己了努力和贡献，其诗作《小河》及《乐观》在民国时期的国文教材中入选的频率很高。但是在"十七年"的新文学史中，对周作人的评价还是在"汉奸文人"这一框架之内，即使在唐弢的三卷本新文学史中，对周作人的叙述也是相当谨慎的，因为毛泽东在《讲话》中就曾经明确指出周作人、张资平这批人的文艺是为帝国主义的，是汉奸文艺。但是"简编本"新文学史尽可能摒弃了从作家的政治立场和个人的历史评价来对文学史进行叙述的弊病，客观、历史而且较高地评价了周作人在五四时期的新诗写作：

  一九一九年初，周作人的白话新诗开始在《新青年》上发表，

[①] 唐弢：《中国现代文学史简编》，人民文学出版社1984年版，第204页。
[②] 同上书，第205页。
[③] 唐弢主编：《中国现代文学史》第一册，人民文学出版社1979年6月版，第216页。
[④] 唐弢：《中国现代文学史简编》，人民文学出版社1984年版，第205页。
[⑤] 同上书，第206页。

如《小河》《两个扫雪的人》《路上所见》《北风》《画家》等篇，以清新的语言表达了作者的情思。尽管"这些'诗'的文句都是散文的，内中的意思也很平凡"，但以接近口语的白话作诗，而且完全摆脱某些旧诗无病呻吟的情调和束缚思想的格律，在新诗开创时期产生过积极影响。这些诗后来选入文学研究会编的诗集《雪朝》（第二卷）和作者自编的诗集《过去的生命》。其中，《小河》《画家》《歧路》等篇意境新颖，以轻盈的笔调写出了作者对人生问题的沉思默想。①

而唐弢主编的前后两版教材，对以李金发为代表的象征派诗歌的评价也是前后差别极大。三卷本认为李金发的诗歌"实际上大多是一组组词和字的杂乱堆砌，连句法都不像中文。这种畸形怪异的形式，除了掩饰其内容浅陋之外，正便于发泄他们世纪末的追求梦幻、逃避现实的颓废没落的感情"②。甚至认为，在"我国新诗发展过程中，象征派所起的作用是反动的"③。而之所以这样评价象征派的主要原因就在于诗的内容让人读不懂，因为"稍后的'现代派'诗人，虽然创作倾向跟法国象征派也有一脉相承的关系，但诗的内容已较明白好懂，而且也确实有几首好诗了"④。而简编版教材只是客观地指出象征派诗歌的比喻让人无法捉摸，而不再认为其是"反动"的，只是认为"在中国新诗发展过程中，同现实主义诗歌和浪漫主义诗歌相比，象征派的影响比较微弱"⑤。

在20世纪80年代前期的新文学史教材中黄修己的《中国现代文学简史》（中国青年出版社1984年版，以下简称为《简史》）也是当时在高校内使用范围较广、影响较大的一部。如黄修己本人所言，《简史》是"间断了近三十年后最早出现的个人编著的新文学史著"，"出版后，反响比较热烈，见诸报刊的评论多给与好评"⑥。"当时引起反响的原因主要在于

---

① 唐弢：《中国现代文学史简编》，人民文学出版社1984年版，第193页。
② 唐弢主编：《中国现代文学史》第一册，人民文学出版社1979年6月版，第217页。
③ 同上。
④ 同上书，第218页。
⑤ 唐弢：《中国现代文学史简编》，人民文学出版社1984年版，第218页。
⑥ 黄修己：《中国新文学史编纂史》，北京大学出版社2007年版，第129页。

教材有一些新鲜独特之处，它较多地吸收了 1980 年代这个领域的新成果，使人有耳目一新之感。"① 而这些特点具体到教材的内容上，就是黄修已当时认为对于 1949 年之后，在大陆的文学史中被划入"反动"作家行列的胡适、周作人等非左翼作家，"应该历史地评价他们在文学革命中的作用"②。1988 年，为了更加适应于教学的需要，作者也将这部教材修订后再版，更名为《中国现代文学发展史》（中国青年出版社，以下简称《发展史》）。修订后的《发展史》篇幅有所扩大，作者自称只是为了便于学生自学，对教材《简史》中的一些重点内容分析得更为详细。其实，比较而言，《发展史》对有些作家包括诗人的论述在观点上前后已经有了不小的变化，尤其是对胡适、徐志摩等一些在中国大陆评价不断发生变化的作家。可见当时对新诗及诗人的评价一直在调整和变动之中，而这在 80 年代也几乎是一种普遍现象。例如，《简史》中对胡适新诗创作的评价，"胡适的诗大多思想内容空虚，未能充分表达'五四'时代的精神……艺术上较之俞平伯的《冬夜》（1921）、康白情的《草儿》（1922）也相形见绌"③。在《发展史》中，上述这些评价被删除了，相应的叙述则被调整得更为平和：

> 在诗的艺术创造上，它的确不如晚一年出版的郭沫若的《女神》，而且也赶不上俞平伯的《冬夜》（1921）、康白情的《草儿》（1922）等初期的诗集。它毕竟是最早出版的个人的诗集（别集）。如果说《女神》在新诗发展中起了奠基作用，那么《尝试集》就是以它的开辟作用而取得了应有的历史地位。④

《简史》与之后的《发展史》在对胡适的叙述上前后一致的观点是认为，"《尝试集》在短期内能多次再版，销售量超过万册，这在当时已很不容易，说明他的尝试在当时的影响力之大。尽管后来有人认为《尝试集》只不过给后人做了垫脚石，但起到垫脚石的作用，就是一种肯定性

---

① 黄修已：《中国新文学史编纂史》，北京大学出版社 2007 年版，第 129 页。
② 同上书，第 130 页。
③ 黄修已：《中国现代文学简史》，中国青年出版社 1984 年版，第 42 页。
④ 同上。

的评价"①。同时，两版教材都通过对胡适与郭沫若等人的新诗写作及其总体的文学史意义作出比较后，得出了当时看来较为个性化、学理性的结论，即胡适对新诗之功主要在于"开辟"与"尝试"。

对于周作人早期的新诗创作，作者在《简史》中也未从"阶级论"或者"历史身份论"出发去叙述和评价。对于周氏在五四时期的新诗创作给予了不低的评价。例如，教材指出"周作人的《小河》曾发生较大的影响……《小河》一诗不但用了相当平白自然的口语，而且虽系说理却用了象征的手法，使人耳目一新"②。而到了《发展史》中对周作人新诗的阐释则更进了一步，认为《小河》不仅是用新诗象征手法来说理"启蒙"，反对束缚人性应该使人的个性自由的发展。同时，还从文艺思潮的角度指出周作人《小河》的象征手法来自法国象征派诗人波特莱尔的影响。

下面仍然来考察黄氏的文学史对新月派及徐志摩的评价在教材前后版本中的变化。在《简史》中，"新月派"及闻一多、徐志摩是放在第七章"探索中的新诗"这一大标题下，和各派诗人放在一起叙述和评价的。在《发展史》中，则是放在第五章第二节"闻一多、徐志摩和格律派诗"中专节来叙述的。在《简史》中编者仍然没有完全摆脱从"历史身份"的角度对徐志摩进行评价，将徐氏对西方民主制度的向往称为"幼稚"的"幻想"。同时，指出中国的资产阶级在封建主义及帝国主义的压迫之下，天生的具有软骨病，所以面对社会黑暗的现实只能陷入颓废与幻灭。这种观点其实还是来自于从毛泽东的新民主主义论中的阐述。在《发展史》中，编者对徐氏政治思想的评述则改为引用茅盾对徐志摩的评价。另外，《简史》中对徐志摩《残诗》的分析还是沿用了"十七年"以来的错误的分析，认为"《残诗》对皇族的没落表示哀伤是不足取的"③。其实，徐志摩在《残诗》中表达的是对封建专制政权覆亡的一种嘲讽和快意。因此，在《发展史》中这个观点得到了纠正。不仅如此，《简史》对于徐志摩诗中表达出的对下层民众的同情的人道主义，黄氏也和之前的一些文

---

① 黄修己：《中国现代文学发展史》，中国青年出版社1988年版，第54—55页。
② 同上书，第54页。
③ 黄修己：《中国现代文学简史》，中国青年出版社1984年版，第138页。

学史一样，认为徐志摩也能勉强的"对贫苦的人民表示一些同情心"①，这一点在修订版中也有改变。最后，《发展史》中对徐氏的诗歌叙述的篇幅大为增加，而且更注重从"三美"理论展开阐释。在《简史》中对李金发的象征派诗歌，更多地从社会学的角度来分析，认为"因为社会黑暗，一些知识分子感到生活不安、前程渺茫，产生悲观、颓唐的情绪，接受了西方世纪末情绪和现代派文学的感染，便在诗的创作中加以表现"②。在《发展史》中对象征派的社会学分析大致没变，但是改成了引用"马拉美"的观点。当然，修订版开始大篇幅地从艺术的角度分析象征派的诗作。最后，黄氏的《简史》开始将"九叶诗派"纳入自己的叙述视野。黄氏自己也认为对现代主义文学作出了较为完整的描述。编者想说明的是，自己对新文学史上长期以来因为政治等原因被遮蔽或有意无意忽略，以及重视不够的诗人、诗派，力图进行重新发掘或对其进行合乎史实的还原及评价：

> 从李金发的象征派诗，到 1930 年代戴望舒的诗，还分析了卞之琳、何其芳等的诗与现代派艺术的关系。对于 1940 年代，给穆旦等九位诗人以一定地位，并冠以"九叶诗人"之名。此后也有人称之为《中国新诗》派，但似乎"九叶诗人"的名称被用得更普遍些。③

对新诗史的叙述经过上述逐步的调整后在教材中逐渐稳定下来。1987 年钱理群等人合编的《中国现代文学三十年》（上海文艺出版社，以下简称《三十年》）出版，并逐渐在高校内大范围使用。教材对新诗的叙述进一步摒弃政治定性、阶级分析等思路，更多地从诗歌艺术的角度着眼，对新诗的阐释也更加富有学理性及学术个性。黄修已认为《三十年》的文学史观是"整个 20 世纪中国文学就是为中国社会的现代化而奋斗的文学……这个观点没有脱离强调文学社会作用的大框架，思路

---

① 黄修已：《中国现代文学简史》，中国青年出版社 1984 年版，第 137 页。
② 同上书，第 140 页。
③ 黄修已：《中国新文学史编纂史》，北京大学出版社 2007 年版，第 130 页。

偏向于与文学关系更近的文化……较之只强调新文学与政治革命的关系，有其优越性"①。与之前的众多新文学史教材相比较，黄修已指出，"人们不满过去新文学史著作千人一面的状况，其重要原因就在于指导编书的文学史观大致相同相近。《三十年》在这方面有所突破"②。《三十年》在1998年修订出版之后（北京大学出版社），较之前的版本对新诗的叙述再次作出了不小的调整，吸收了近些年的新成果和新观点。因此，其中对新诗史的叙述和阐释更趋于稳定并且其中的一些论点在近年似乎逐渐成为一种主流的观点。而《三十年》修订前后的一些主要观点表现在：修订本在强调胡适新诗创作"尝试"之功的同时，进一步从共时的角度出发指出胡适的诗歌风格和当时的另外一路"晦涩难懂"的诗歌形成了一种既对立又互补的关系。而对于"新月派"和徐志摩等人的文学史意义教材指出，"新月派"所作的对于格律诗的艺术实验是严肃的，因为其力图将新诗重新纳入一种"规范"。同时，格律诗和自由体新诗互相竞争和渗透，共同推动了新诗的发展。对于徐志摩的评价，在教材中则是确定的并且前后一致的，"徐志摩总是在不拘一格的不断实验、创造中追求美的内容与美的形式的统一，以其美的艺术珍品提高着读者的审美力；徐志摩在新诗史上的独特贡献正在于此"③。总的来说，教材在进一步提升象征诗派、"九叶诗派"以及戴望舒、卞之琳、何其芳等人为主的现代诗派地位的同时，也没有遮蔽中国诗歌会等左翼诗歌流派及其创作或早期以蒋光慈等为代表的"无产阶级诗歌创作"。这样，教材中新诗史的叙述在内容上更加趋于丰富和多元，这也与新诗发展的历史更为接近。这一切也为此后的新诗教学转向更为注重艺术阐释和审美分析奠定了基础。

第四节　新的美学因素的融入及
　　　　新诗教育对审美的重视

本文在之前的论述中更多分析的是现代新诗的历史及其文本的教育，

---

① 黄修已：《中国新文学史编纂史》，北京大学出版社2007年版，第136页。
② 同上书，第135页。
③ 钱理群等合编：《中国现代文学三十年》，北京大学出版社1998年版，第134页。

范围主要限定在以 1949 年之前的新诗创作为主。新时期以来新诗的写作经历了几次创作思潮及诗歌美学的嬗变。这些思潮中出现的新诗作品具有与此前不同的审美风格，这就造成了新的诗歌美学开始出现，新诗史的内容也因此得到进一步的充实而变得更加丰富与多元。由于新诗进一步融合进了具有时代特征的美学风格，因此，这期间出现的一些公认的优秀诗歌文本也陆续入选大中小学的教材，再加上政治、教育等大的环境的变化，新诗教育中也相对变得更为重视审美因素。1949 年之后至"文化大革命"结束，新诗写作由于受到过于政治化的环境的影响，优秀的诗作很少。以今天的眼光来看，后来一些被称为"潜在写作"的诗歌，由于当时不以发表为目的，因而受意识形态的干扰很小，可以更多地表达自身的私人化的情绪，因此无论从史料和新诗写作的角度来说，反而具有一定的价值。而这些被"发掘"出来的诗歌，就一度成为文学研究的热点并入选大中小学的教材。例如穆旦、绿原、曾卓、牛汉、公刘等人的"潜在写作"，以及"文化大革命"期间的属于"白洋淀诗歌群"的食指等人的诗歌创作等。"新时期"以来影响较大并得到承认的诗歌思潮最主要的是所谓的"新诗潮"，或者被称为"朦胧诗"写作潮流。这其中的代表性诗人被划分为三代，他们的诗作因为表现出新异的美学因素而大量地入选教材。对于"新诗潮"诗人，今天的研究者已经将他们按照代际进行了分类的总结和研究，当然代际诗人之内和之间确实都具有不同的创作特征。第一代诗人主要包括北岛、顾城、舒婷、江河、杨炼等人。这一代诗人一般都经历过"文化大革命"，时代映像在他们的记忆中是深刻的。因此他们通过诗歌以各自不同的方式表达着他们对那个时代的情绪。例如，北岛在第一代诗人中被认为曾经以最为偏激的诗句表达着他对那个时代的诅咒与怨恨，其代表作就包括频频入选教材的诗作《回答》等。当然他的诗歌总体上看具有现代主义的美学风格，他的创作由于时代环境的改变在由"地下"走向公开后，确实给新时期诗歌创作与新诗教育提供了新异的美学因素：

> 北岛七八十年代之交的诗，最突出的是表达一种怀疑和否定精神，对虚幻的期许，选择的犹豫和缺乏人性内容的苟且生活的坚决拒绝……北岛诗中的情感，展现了当代中国历史"转折"期"觉醒者"的内心冲突和理想精神。这种在批判、否定中寻找个体和民族再生之

路的英雄式悲壮情感,在"文化大革命"结束之后的许多读者中产生强烈的共鸣。①

舒婷在第一代朦胧诗人中,作品入选教材的数量是最多的。舒婷能够走上"新时期"诗坛并且成为一个著名诗人,北岛有很大的影响。但是舒婷的诗歌美学和北岛差距甚大。舒婷诗歌中很少看到北岛那种对历史和社会政治的批判,展现更多的是她对偏激情绪的反思以及对时代与生活的乐观,例如在《祖国啊,我亲爱的祖国》中,诗人表达了她对苦难深重、伤痕累累的祖国仍然无限热爱并且对未来充满热切的期望:

　　我是你簇新的理想/刚从神话的蛛网里挣脱/我是你雪被下古莲的胚芽/我是你挂着眼泪的笑窝/我是新刷出的雪白的起跑线/是绯红的黎明/正在喷薄……

舒婷新时期诗歌的另外一个主题就是对女性自身及其命运的关注与思考,因此她的这类诗作主要包括女性的独立、男女爱情的平等诸类题材,不少作品甚至明显传达出女权主义的思想,例如《神女峰》及《女朋友的双人房》等。而她的这一类文本中传达出的诗歌情绪与新时期在国门再次敞开之后,重新提倡爱情自由、进一步反对传统观念中男尊女卑思想的时代语境是合拍的。因为在专制势力表现强势的"十七年"以及"文化大革命"时期,对男女爱情进行描写和叙述逐渐成为文学作品绝对的禁忌。所以舒婷的《致橡树》等诗作中所表现出的新的美学因素使其在1980年初开始就入选各级文学教材。舒婷作为朦胧诗人中的唯一的女诗人,由于受到自身的性别、时代、诗思等因素决定而表现出新的诗歌美学,是她在新时期最早为大众接受并且诗作入选教材频率最高的原因之一。而第一代诗人中顾城的诗歌创作也是与众不同的,舒婷曾经用"童话诗人"来概括她的诗歌特征,这虽然不很全面,但是对想象中的童话世界的描写与叙述确实是顾城诗歌的主要特色和美学因素之一。他的《生命幻想曲》《我是一个任性的孩子》等诗作也因此经常被作为新诗教

---

① 洪子诚:《中国当代文学史》,北京大学出版社1999年版,第302页。

育的文本。

所谓的第二代朦胧诗人被认为主要包括海子、西川、骆一禾、王家新等人。这一代诗人虽然生在"文化大革命",但是由于"文化大革命"给他们留下的记忆并不深刻,再加上随后时代环境的巨变,以及他们"文化大革命"后在接受文学教育的过程中受到了西方现代主义诗歌思潮的显著影响,导致他们诗歌中表现出的美学元素与第一代诗人相比,亦是差距甚大。例如,海子的抒情短诗"具有浪漫的、梦幻的色彩,他将自己童年与少年时代的乡村生活经验,凝结成一个质朴、单纯的世界:麦地、村庄、月亮、天空等,是海子诗中经常出现的带有原型意味的意象。海子赋予这些意象以新诗意,使他们与现代社会的个人经验产生了联系"[1]。而骆一禾抒情诗歌的主题主要表现"对于爱、生命、青春的肯定和赞美"[2],西川则是"渴望在自己的诗歌中实现一种复杂性、矛盾性与含混性,由词语、意象衍生出富于抒情与沉思意味的文化想象"[3]。王家新的创作则被认为"抒写了一种对于社会转向作用于个人生命的难以承受的处境"[4]。确实,海子他们的诗歌中更多关注的是如何用新异的诗歌手段表现自我及内心世界,当然也有对"历史"和"人类"的反思,但是政治话题很少被纳入他们诗歌的主题。在固守自身美学追求的同时,他们甚至提出要超越或"打倒"第一代诗人,其实这在某种程度上也宣布了他们对第一代朦胧诗人诗歌美学的摒弃或拒绝。由于海子等人诗歌中具有了新的美学元素,因此海子的《面朝大海,春暖花开》、西川的《风》《世纪》等诗作被选入课本成为诗歌教学的材料。

韩东、于坚等人被划为新诗潮中的第三代诗人。他们的新诗写作也确实传达出与此前两代不同的诗歌美学主张并且影响至今。他们的诗歌理论主张注重对平民日常生活的审美,因此在诗歌的主题上提出"反崇高""反英雄"。在艺术理念上他们反对在诗歌语言上使用修辞,因此提出"反修辞""反意象""反优雅",明确提倡将此前新诗写作,尤其是此前

---

[1] 洪子诚:《中国当代文学史》,北京大学出版社1999年版,第309页。
[2] 同上书,第310页。
[3] 同上书,第309页。
[4] 同上书,第312页。

的朦胧诗写作中使用的蕴含文化意义的语言，改为使用原生态的日常的口语化的语言作为新诗写作的语言，并在此理论基础上加以认真的实践。例如，韩东在提出了自己"诗到语言为止"的诗歌美学主张的同时，创作了《有关大雁塔》等文本作为自己美学理论的实践。于坚也"坚持用口语写作，坚持关注当前的'日常生活'"①，他的《尚义街六号》等作品可以视为实践此种理论的代表作。新时期以来，新诗写作中的诸种美学主张及其创作实践丰富了当代新诗史，加上此前文学史教材中对1949年之前的新诗史的逐步还原，这些变化在近些年尤其是21世纪以来的新诗教育中都有明显的体现。以近10年的20部不同版本的《大学语文》教材中新诗的选篇为对象来进行考察：

近10年《大学语文》	新诗选篇情况
王步高、丁帆主编：《大学语文》，南京大学出版社2003年版	《苹果树下》（闻捷）、《惠安女子》（舒婷）、《回答》（北岛）、《乡愁》（余光中）
王步高主编：《大学语文》，南京大学出版社2008年版	《送别》（李叔同）、《教我如何不想她》（刘半农）、《我的记忆》（戴望舒）、《偶然》（徐志摩）、《满江红·西南联大校歌》、《哎，大森林》（公刘）、《回答》（北岛）、《乡愁》（余光中）
童庆炳主编：《新编大学语文》，北京邮电大学出版社2009年版	《凤凰涅槃（节选）》（郭沫若）、《我爱这土地》（艾青）、《这是四点零八分的北京》（食指）、《半棵树》（牛汉）、《致橡树》（舒婷）、《女人母亲》（翟永明）
徐中玉主编：《大学语文》，华东师范大学出版社2007年版	《北方》（艾青）、《赞美》（穆旦）、《我愿是一条激流》（裴多菲）

---

① 洪子诚：《中国当代文学史》，北京大学出版社1999年版，第312页。

续表

近10年《大学语文》	新诗选篇情况
韩光惠主编：《大学语文》，四川大学出版社2009年版	《赞美》（穆旦）、《偶然》（徐志摩）、《相信未来》（食指）、《双桅船》（舒婷）、《面朝大海，春暖花开》（海子）
黄高才主编：《大学语文》，西北农林大学出版社2009年版	《再别康桥》（徐志摩）、《春鸟》（臧克家）、《大堰河——我的保姆》（艾青）、《祖国啊，我亲爱的祖国》（舒婷）
甘筱青主编：《大学语文读本》，复旦大学出版社2009年版	《诗八首》（穆旦）、《当你老了》（叶芝）、《七律·登庐山》（毛泽东）、《致大海》（普希金）
林珊主编：《大学语文（第二版）》，对外经贸大学出版社2009年版	《天狗》（郭沫若）、《雨巷》（戴望舒）、《我是一个任性的孩子》（顾城）、《春天，遂想起》（余光中）、《致云雀》（雪莱）
侯洪澜主编：《新编大学语文》，兰州大学出版社2008年版	《再别康桥》（徐志摩）、《双桅船》（舒婷）、《我是一个任性的孩子》（顾城）、《白朗宁夫人十四行诗选（节选）》（巴莱特）、《吉檀迦利（节选）》（泰戈尔）、《恶之花（节选）》（波德莱尔）、《浮士德（节选）》（歌德）
王尚文主编：《大学语文》，浙江人民出版社2008年版	《祖国（或以梦为马）》（海子）、《汉语——献给蔡，一个汉语手工艺人》（蔡恒平）、《烦忧》（戴望舒）、《柯尔庄园的野天鹅》（叶芝）、《尺八》（卞之琳）

续表

近 10 年《大学语文》	新诗选篇情况
蒋承勇主编：《大学语文简编》，上海交通大学出版社 2008 年版	《春》（穆旦）、《作品 51 号》（于坚）、《偶然》（徐志摩）、《遥遥》（冯至）、《当你老了》（叶芝）、《发现》（闻一多）、《我爱这土地》（艾青）、《回答》（北岛）、《书》（朱湘）、《致布谷鸟》（华兹华斯）、《致云雀》（雪莱）
方铭主编：《大学语文》，贵州大学出版社 2008 年版	《炉中煤》（郭沫若）、《发现》（闻一多）、《雪花的快乐》（徐志摩）、《蛇》（冯至）、《断章》（卞之琳）、《我用我残损的手掌》（戴望舒）、《我爱这土地》（艾青）、《春》（穆旦）、《航》（辛迪）、《金黄的稻束》（郑敏）、《桂林山水歌》（贺敬之）、《甘蔗林——青纱帐》（郭小川）、《华南虎》（牛汉）、《神女峰》（舒婷）、《回答》（北岛）、《卖地》（海子）
刘莉主编：《大学语文》，航空工业出版社 2007 年版	《炉中煤》（郭沫若）、《雨巷》（戴望舒）、《云游》（徐志摩）、《断章》（卞之琳）、《一片槐树叶》（纪弦）、《白玉苦瓜》（余光中）、《错误》（郑愁予）、《结局或开始》（北岛）、《中国，我的钥匙丢了》（梁小斌）、《帕斯捷尔纳克》（王家新）、《四姐妹》（海子）、《明天，天一亮》（维克多·雨果）、《萤火虫》（泰戈尔）、《白鸟·当你老了》（叶芝）、《里尔克诗选》（里尔克）、《祖国土》（阿赫玛托娃）
孟昭泉主编：《大学语文》，电子科技大学出版社 2008 年版	《老马》（臧克家）、《断章》（卞之琳）、《赞美》（穆旦）、《结局或开始》（穆旦）、《乡愁四韵》（余光中）、《你的名字》（纪弦）、《桂林山水歌》（贺敬之）、《远和近》（顾城）、《这也是一切》（舒婷）、《呵，母亲》（舒婷）、《抒情十四行诗（之六）》（白朗宁）、《纪念碑》（普希金）、《西风颂（之五）》（雪莱）、《飞鸟集（节选）》（泰戈尔）

续表

近10年《大学语文》	新诗选篇情况
贾剑秋主编：《大学语文》，四川大学出版社2007年版	《炉中煤》（郭沫若）、《雪花的快乐》（徐志摩）、《雨巷》（戴望舒）、《雪落在中国的土地上》（艾青）、《夜莺飞去了》（闻捷）、《牧人的幻想》（饶阶巴桑）、《哨所鸡啼》（李瑛）、《祖国我生命的土壤》（铁依甫江·艾里耶夫）、《相信未来》（食指）、《根》（牛汉）、《乡愁四韵》（余光中）、《回答》（北岛）、《一棵开花的树》（席慕蓉）、《神女峰》（舒婷）、《蝴蝶泉》（晓雪）、《致云雀》（雪莱）、《自然和艺术》（歌德）、《致大海》（普希金）、《我愿意是急流》（裴多菲）、《青春颂》（密茨凯维奇）、《开会迷》（马雅可夫斯基）、《黑色的河流》（吉狄马加）
张际银主编：《大学语文》，南开大学出版社2007年版	《诗八首》（穆旦）、《中国我的钥匙丢了》（梁小斌）、《对月》（歌德）、《感应》（波德莱尔）
张建主编：《大学语文》，武汉大学出版社2007年版	《吉檀迦利》（泰戈尔）、《纯棉的母亲》（于坚）、《炉中煤》（郭沫若）、《人，诗意地栖居》（荷尔德林）、《再别康桥》（徐志摩）、《沁园春·雪》（毛泽东）、《当你老了》（叶芝）、《回答》（北岛）、《给云雀》（雪莱）、《给布谷》（华兹华斯）、《热爱生命》（汪国真）、《相信未来》（食指）
张鹏振等主编：《大学语文新编》，华中科技大学出版社2007年版	《再别康桥》（徐志摩）、《洗衣歌》（闻一多）、《雨巷》（戴望舒）、《雪落在中国的土地上》（艾青）、《一棵开花的树》（席慕蓉）、《生命》（苏绍连）、《回答》（北岛）、《惠安女子》（舒婷）、《雪山》（李琦）、《白色花》（雁北）、《致杜鹃》（华兹华斯）、《西风颂》（雪莱）、《小花》（普希金）、《忧郁》（波德莱尔）、《豹》（里尔克）、《米拉波桥》（阿波里奈尔）、《窗前晨景》（艾略特）、《风景》（帕斯捷尔纳克）

第三章　新时期以来的新诗教育研究　　117

续表

近 10 年《大学语文》	新诗选篇情况
丁帆、朱晓进等主编：《大学语文》，外语教学与研究出版社 2005 年版	《忆菊》（闻一多）、《诗八首》（穆旦）、《回答》（北岛）、《乐园鸟》（戴望舒）、《柯尔庄园的野天鹅》（叶芝）、《飞鸟集（节选）》（泰戈尔）、《听泉》（东山魁夷）
方铭主编：《新编大学语文》，合肥工业大学出版社 2006 年版	郭沫若：《太阳礼赞》《炉中煤》，闻一多：《死水》《一句话》，冯至：《我是一条小河》《蚕马》，朱湘：《采莲曲》，徐志摩：《再别康桥》《沙扬娜拉》，戴望舒：《雨巷》《我用我残损的手掌》，何其芳：《预言》，卞之琳：《断章》，臧克家：《老马》《有的人》，艾青：《大堰河，我的保姆》《我爱这土地》，田间：《假使我们不去打仗》，辛迪：《航》，穆旦：《春》，陈敬容：《雨后》，郑敏：《金黄的稻束》，郭小川：《甘蔗林，青纱帐》，贺敬之：《桂林山水歌》，牛汉：《华南虎》，曾卓：《悬崖边的树》，食指：《这是四点零八分的北京》，北岛：《回答》，舒婷：《致橡树》，梁小斌：《中国，我的钥匙丢了》，余光中：《乡愁》，洛夫：《边界望乡》，海子：《麦地》

《大学语文》课程在南京大学原校长匡亚明等人的倡议下，从 1980 年开始在各大学陆续开设。虽然在实用主义等思潮的影响下，课程一度受到忽视，但是在当下素质教育和通识教育的理念之下，《大学语文》课程重新受到重视并且教材编写似乎一度兴起了高潮。从《读秀中文学术搜索》数据库中可以看到《大学语文》教材在近 30 年的编写情况（其中包括很少量的《大学语文》辅导及研究材料）：

《大学语文》教材出版年份	《大学语文》教材出版数量（部）
1980—1989 年	122
1990—1999 年	163
2000—2007 年	523

续表

《大学语文》教材出版年份	《大学语文》教材出版数量（部）
2008 年	97
2009 年	101
2010 年	61
2011 年	66
2012 年	22

当下《大学语文》教材编写的体例主要包括三种：一种是纯文选形式的；一种是以"文化专题"为章节，辅以文选来学习相应的专题；还有一种是教材的前一部分是语言文学课程，后一部分是应用文的教学内容。但是，不管哪种体例的教材，其中都会选入一定数量的新诗。这些新诗的编选者一般都是新文学史的研究者，因此从中也可以看出众多学者对新诗史发展所持的基本观点，即在新诗发展的各个阶段和各种思潮流派中，哪些诗人是具有代表性的，是他们的文本参与了新诗史的构建。如果将这些诗人及其文本贯穿起来也是对新诗史的一种主流的叙述及认同。另外，必须承认他们的视野也是相当开放的，港澳台地区及海外翻译过来的各种风格的现代体式的新诗也都被纳入进来，但是一些左翼诗人及早期无产阶级诗人的诗作几乎不再被选入教材，这在某种程度上也会造成对新诗史原貌的遮蔽，不过这也反映了在新诗教育的文本的选择中重视和突出诗歌的审美功能似乎已经成为一种共识。如上所述，《大学语文》教材中新诗的编选者基本都是当下从事新文学研究的学者，他们将自己在中文专业的新文学史教材中对新诗所秉持的观点融进了大学语文教材的编写之中。而新时期以来的一些新文学史专业教材有时也配套编写"作品选"，这其中的新诗选目主要是从学习、研究新诗史的角度出发的，这样就相对能避免因为过于重视审美因素，而遮蔽了新诗史原来所具有的丰富性与多元性。当然，从这些"作品选"中仍然能看出编选者"心中"的新诗史。例如，在许道明主编的《新编中国现代文学作品选》（复旦大学出版社1996 年版）中，编者在"编选凡例"中就指出"每一作家入选作品的多寡，主要视其文学成就及其影响而定"。下面分别就考察几部与新文学史配套使用的"作品选"中的新诗选篇：

"作品选"版本	所选新诗篇目
王家平主编：《中国现代文学作品导读》，北京大学出版社2005年版	胡适：《鸽子》，沈尹默：《月夜》，刘半农：《相隔一层面》，郭沫若：《凤凰涅槃》《炉中煤》，汪静之：《蕙的风》，冰心：《繁星》（四首）、《春水》（两首），冯至：《我是一条小河》《蛇》，徐志摩：《雪花的快乐》《再别康桥》，闻一多：《死水》《发现》，李金发：《弃妇》，戴望舒：《雨巷》《我用我残损的手掌》，殷夫：《别了，哥哥》，何其芳：《预言》，卞之琳：《断章》《寂寞》，臧克家：《老马》，艾青：《大堰河——我的保姆》《手推车》《我爱这土地》，田间：《街头诗二首》，阿垅：《无题》，绿原：《诗与真》，牛汉：《在牢狱我的家》，穆旦：《在寒冷的腊月的夜里》《诗八首》，郑敏：《金黄的稻束》，李季：《王贵与李香香》（存目）
吴秀明主编：《中国现代文学作品选评》，浙江大学出版社2005年版	郭沫若：《凤凰涅槃》《炉中煤》《天上的街市》，刘半农：《教我如何不想她》，汪静之：《伊的眼》，闻一多：《太阳吟》《死水》，冰心：《小诗四首（繁星等）》，冯至：《帷幔》《我们听着狂风里的暴雨》，徐志摩：《雪花的快乐》《我所知道的康桥》《偶然》《再别康桥》，李金发：《弃妇》，朱湘：《采莲曲》，戴望舒：《雨巷》《烦忧》《我的记忆》，殷夫：《血字》，何其芳：《预言》《墓》《独语》，艾青：《大堰河——我的保姆》《雪落在中国的土地上》，林徽因：《你是人间的四月天》，卞之琳：《断章》，毛泽东：《沁园春雪》，穆旦：《我》《赞美》《诗八首》，阿垅：《无题》
袁贵娥主编：《中国现代文学作品选编》，高等教育出版社2011年版	胡适：《蝴蝶》，郭沫若：《凤凰涅槃》《天狗》，冰心：《繁星》，李金发：《弃妇》，徐志摩：《再别康桥》，闻一多：《死水》，艾青：《大堰河，我的保姆》，戴望舒：《雨巷》，臧克家：《难民》，卞之琳：《断章》，穆旦：《诗八章》，郭小川：《甘蔗林，青纱帐》，闻捷：《苹果树下》，贺敬之：《回延安》，食指：《相信未来》，北岛：《回答》，舒婷：《致橡树》，顾城：《一代人》，梁小斌：《中国，我的钥匙丢了》，韩东：《有关大雁塔》，余光中：《乡愁》，洛夫：《边界望乡》

续表

"作品选"版本	所选新诗篇目
刘勇主编：《中国现代文学作品选（下）》，北京师范大学出版社 2010 年版	胡适：《蝴蝶》，郭沫若：《天狗》《凤凰涅槃》，闻一多：《死水》，徐志摩：《再别康桥》《沙扬娜拉》《偶然》，冰心：《纸船》《倦旅》，冯至：《蛇》《那时》，殷夫：《孩儿塔》，李金发：《弃妇》，戴望舒：《雨巷》《寻梦者》，何其芳：《预言》，田间：《假使我们不去打仗》，臧克家：《老马》，卞之琳：《断章》《雨同我》，艾青：《大堰河，我的保姆》《雪落在中国的土地上》《手推车》，绿原：《诗人》，牛汉：《种子有翅膀》，郑敏《金黄的稻束》，袁可嘉：《晨钟》，穆旦：《赞美》《出发》，李季：《王贵与李香香》（节选）
洪子诚：《中国当代文学史作品选（修订版）》，北京大学出版社 2008 年版	何其芳：《回答》，闻捷：《苹果树下》，公刘：《西盟的早晨》《上海夜歌（一）》，邵燕祥：《地球对火星说》《愤怒的蟋蟀》，艾青：《礁石》《在智利的海岬上》《鱼化石》，流沙河：《草木篇》，昌耀：《筏子客》《鹿的角枝》《河床》，穆旦：《葬歌》《冬》《智慧之歌》，蔡其矫：《雾中汉水》《祈求》，郭小川：《望星空》，曾卓：《悬崖边的树》，绿原：《又一名哥伦布》《重读〈圣经〉》，食指：《这是四点零八分的北京》《相信未来》，多多：《死亡》《手艺》《从死亡的方向看》，芒克：《阳光中的向日葵》，牛汉：《华南虎》《流血的令箭荷花》，杜运燮：《秋》，北岛：《回答》《雨夜》《触电》，舒婷：《致橡树》《神女峰》，顾城：《生命幻想曲》《弧线》，杨炼：《诺日朗》，海子：《亚洲铜》《面朝大海，春暖花开》《最后一夜和第一日的献诗》，韩东：《有关大雁塔》《温柔的部分》，于坚：《尚义街六号》《读弗洛斯特》，翟永明：《母亲》《独白》，欧阳江河：《汉英之间》《玻璃工厂》，西川：《在哈尔盖仰望星空》《夕光中的蝙蝠》《虚构的家谱》，王家新：《帕斯捷尔纳克》《日记》

从上述与教材配套的"作品选"中，无论是对新诗史的现代部分还是新诗史 1949 年之后至当下的部分，对于诗人和篇目的选择都已经逐步趋于稳定。而其中的变化主要表现为：对"七月诗派"及"九叶诗派"等的"发掘"以及对其价值的肯定与评价的提升。其中，对于诗人穆旦文学史意义的提升表现得尤其显著，而这个变化在近 10 年《大学语文》教材新诗篇目的选取中亦能够明显看得出来，他的《赞美》《诗八首》等作品频频入选教材。总之，"作品选"一方面还原了新诗史原貌的丰富与多元：因为胡适、郭沫若、李金发、李季等诗人在新诗发生、发展期因为政治或艺术等原因，为这一文体作出了各自的"尝试"与努力都一一体现出来，没有如以往那样，一律按照作家的政治身份、所持的政治、艺术观点等来评判他的创作；另一方面也能看出，那些注重诗歌审美因素的文本越来越受到肯定。例如，在"现代部分"，徐志摩、戴望舒、卞之琳、艾青等人的作品经过多次沉淀逐渐成为经典；而在"当代部分"，反思历史、审视内心、关注文化与人类、注重艺术手段创新的诗作在"作品选"中占到了极大的篇幅，也说明这些作品至少在新文学或新诗研究者那里是已经获得基本一致的肯定和认同。

新文学研究者对现代新诗评价的不断更新，和当代新诗的不断发展一道，不仅影响到了高校的新诗教育，也影响到了在"下游"的中小学语文教材中的新诗教育。当然，由于中小学教育具有自身的特征，例如需要强调文学课程中的思想政治教育。另外，其开放度和自由度都不及高校，而且还受到了当下应试教育的影响，所以中小学新诗教育的变化相较而言是缓慢的。但是，在 20 世纪末针对中学语文教育存在的弊端已经出现了规模、影响较大、程度激烈的讨论。在这场讨论之后，1999 年《星星》诗刊从一月号开始开设专栏，名为"下世纪学生读什么诗？——关于中国诗歌教材的讨论"，专门讨论中学语文教材中的新诗教育，时间持续了一年多。其中西南师范大学中国新诗研究所的毛翰的几篇质疑性的文章当时引起了较大的反响。他此前已经在 1998 年 10 月号《语文学习》发表了《重编中学语文的新诗篇目刻不容缓》一文，指出中学新诗选篇存在严重的问题。[①] 而在《星星》诗刊 1999 年 4 月号《陈年皇历看不得——

---

① 此文发表之后，先后被《南方周末》《诗神月刊》等报刊转载。

再谈语文教科书的新诗篇目》一文中进一步指出"教科书对文学作品的遴选,实际上一直有一种倾向,就是重思想教化,轻艺术质地。然而,何为作品的思想性?思想性也包括几十年无大改观的假大空腔调和粉饰太平吗?"[①] 毛翰在这篇短文中,将批判的矛头对准了贺敬之的《桂林山水歌》、李瑛的《周总理,你在哪里》及艾青的《乌兰诺娃》等。批判贺敬之的诗在 1959—1961 年百花凋零、饿殍遍野的时期,仍然高唱"祖国的笑容这样美",批判《周总理,你在哪里》"其艺术成色究竟如何?其艺术构思究竟有几分创意?"[②] 同时毛翰还指出这首诗存在抄袭的嫌疑,[③] 最后他指出教材中一些传统新诗篇目对中学新诗教育及新诗声誉的危害:

> 把一些质地粗劣或有明显瑕疵的作品强行灌输给中学生,于心何忍……改革开放前流行的那种颂歌和战歌,大多有着明显的时代局限,如果诗人尚有自知之明,悄然退隐,使之从人们的视野里淡出,人们尚能谅解;但如果至今还以诗歌正宗自居,摆出一副虎踞龙盘的架势,盘踞于教科书,让数以亿计的天真纯洁的少男少女年复一年地诵读之,从而败坏其读诗的胃口,败坏新诗的信誉,以为新诗不过尔尔,那就不是我辈所愿见到,所能明哲世故继续保持缄默的了。[④]

当然,这篇文章随后引起了贺敬之、李瑛等人的激烈反弹和论争的进一步升级,而毛翰继续发表了《请君莫奏前朝曲,听唱新翻杨柳枝——中学语文教材新诗推荐篇目》并作《关于陈年皇历,答陈年诸公》作复[⑤]。

在经过这场 20 世纪末的质疑和大辩论之后,接下来考察近 10 年来中小学语文课本中的新诗选篇所发生的变化(以"人教版"和"苏教版"为例):

---

① 毛翰:《陈年皇历看不得——再谈语文教科书的新诗篇目》,见《星星》诗刊 1999 年 4 月号。
② 同上。
③ 毛翰在文中指出:《周总理,你在哪里?》与《诗刊》1963 年 12 月号发表的王洪涛的《莉莉——写给在抗战中牺牲的小女儿》在构思与创意上等方面都有很大的雷同。
④ 毛翰:《陈年皇历看不得——再谈语文教科书的新诗篇目》,见《星星》诗刊 1999 年 4 月号。
⑤ 这两篇文章分别见《星星诗刊》1999 年 10 月号及《书屋》2001 年第 1 期。

第三章 新时期以来的新诗教育研究

普通高中课程标准实验教科书《语文》（人教版）	新诗篇目
《语文①》（必修），（人民教育出版社2007年版）	毛泽东：《沁园春·长沙》，戴望舒：《雨巷》，徐志摩：《再别康桥》，艾青：《大堰河——我的保姆》
《语文》（选修），（中国现代诗歌散文欣赏），人民教育出版社2006年版	精读：《天狗》（郭沫若）、《贺新郎》（毛泽东）、《蛇》（冯至）、《河床》（昌耀）、《雪落在中国的土地上》（艾青），略读：《井》（杜运燮）、《无题》（邹荻帆）《春》（穆旦）、《川江号子》（蔡其矫）、《也许——葬歌》（闻一多）、《一个小农家的暮》（刘半农）、《秋歌——给暖暖》（痖弦）、《妈妈》（江非）、《预言》（何其芳）、《窗》（陈敬容）、《你的名字》（纪弦）、《神女峰》（舒婷）、《金黄的稻束》（郑敏）、《地之子》（李广田）、《半棵树》（牛汉）、《边界望乡》（洛夫）、《老马》（臧克家）、《憎恨》（绿原）、《这是四点零八分的北京》（食指）、《雪白的墙》（梁小斌）
全日制高中语文教科书《语文》（必修），第一册，人民教育出版社2003年版	毛泽东词二首：《沁园春·长沙》《采桑子·重阳》，中国现代诗三首：《再别康桥》（徐志摩）、《死水》（闻一多）、《赞美》（穆旦），中国当代诗三首：《错误》（郑愁予）、《致橡树》（舒婷）、《面朝大海，春暖花开》（海子），外国诗三首：《致大海》（普希金）、《篱笆那边》（狄金森）、《我愿意是激流》（裴多菲），其他诗歌读诵篇章：《雨巷》（戴望舒）、《预言》（何其芳）、《窗》（陈敬容）、《孤独的收割人》（华兹华斯）、《豹——在巴黎动物园》（里尔克）

义务教育课程标准实验教科书《语文》（初中）	新诗篇目
《语文》七年级（上册），人民教育出版社2004年版	《在山的那边》（王家新）、《理想》（流沙河）、《秋天》（何其芳）、《化石吟》（张锋）、《金色花》（泰戈尔）、《纸船寄母亲》（冰心），郭沫若诗两首：《天上的街市》《静夜》

续表

义务教育课程标准实验教科书《语文》（初中）	新诗篇目
《语文》七年级（下册），人民教育出版社2004年版	《假如生活欺骗了你》（普希金）、《未选择的路》（弗罗斯特）、《黄河颂》（光未然）、《华南虎》（牛汉）
《语文》八年级（下册），人民教育出版社2004年版	《雪》（鲁迅），《雷电颂》（郭沫若），《日》《月》（巴金），《海燕》（高尔基），《浪之歌》《雨之歌》（纪伯伦）
《语文》九年级（上册），人民教育出版社2004年版	《沁园春·雪》（毛泽东），《雨说》（郑愁予）、《星星变奏曲》（江河），外国诗两首：《蝈蝈与蛐蛐》（济慈）、《夜》（叶赛宁）
《语文》九年级（下册），人民教育出版社2004年版	诗两首：《我爱这土地》（艾青）、《乡愁》（余光中）、《我用我残损的手掌》（戴望舒）、《祖国啊，我亲爱的祖国》（舒婷），外国诗两首：《祖国》（莱蒙托夫）、《黑人谈河流》（休斯）
义务教育课程标准实验教科书《语文》（小学），人民教育出版社2004年版	《中华少年》（李少白）、《有的人》（臧克家）、《生活是多么广阔》（何其芳），儿童诗两首：《我想》、《童年的水墨画》（高洪波），《我有一个强大的祖国》（叶浪）、《最后一分钟》（李小雨）、《七律·长征》（毛泽东）、《斗笠》（王宜振）、《百泉村（四章）》（金波）、《和我们一样享受春天》（高洪波）、《延安，我把你追寻》（祁念曾）

中小学教材的编写从2000年开始至2005年实行"一纲多本"的编写体制，下面以"苏教版"为例来考察"地方性"《语文》教材中小学新诗的选篇情况：

义务教育课程标准教科书（苏教版）	新诗选目
九年级（上册），江苏教育出版社2009年版	《一个深夜的记忆》（鲁藜）、《乡愁》（余光中）、《绿》（艾青）

续表

义务教育课程标准教科书（苏教版）	新诗选目
八年级（上册），江苏教育出版社 2009 年版	《花》（白深富），长征组歌：《四渡赤水出奇兵》、《过雪山草地》（肖华）
八年级（下册），江苏教育出版社 2009 年版	《我骄傲，我是一棵树》（李瑛）、《有的人》（臧克家）、《绿叶》（刘湛秋）、《绿叶的声音》（青勃）、《诗人·领袖》（任先青）、《把牢底坐穿》（何敬平）
七年级（上册），江苏教育出版社 2009 年版	冰心诗四首：《母亲》《纸船》《成功的花》《嫩绿的芽儿》，现代诗两首：《少年歌》（朱湘）、《生活是多么广阔》（何其芳）、《我的思念是圆的》（艾青）、《天上的街市》（郭沫若）
七年级（下册），江苏教育出版社 2009 年版	《周总理，你在哪里?》（柯岩）、《七子之歌》（闻一多）、《回延安》（贺敬之）、《我的中国心》（黄霑）、《在希望的田野上》（晓光）、《黄河颂》（光未然）
六年级（上、下册），江苏教育出版社 2009 年版	《我爱你中国》《爱我中华》《我不期望回报》《长征组歌》（胡宏伟）、《春天脚步悄悄起来》
五年级（上、下册），江苏教育出版社 2008 年、2009 年版	《去打开大自然绿色的课本》（孙友田）、《边疆小夜曲》（向明）、《春光染绿我双脚》（藤毓远）
三年级（上、下册），江苏教育出版社 2007 年版	《让我们荡起双桨》（乔羽）、《晨牧》、《长城和运河》、《在那桃花盛开的地方》、《时间》
二年级（上、下册），江苏教育出版社 2006 年版	《乡下的孩子》（赵永红）、《送给盲婆婆的蝈蝈》（滕毓旭）、《一株紫丁香》（于旭）、《水乡歌》（文丙）、《快乐的节日》（管桦）、《雨后》（冰心）、《歌唱二小放牛郎》（方冰）、《真想变成大大的荷叶》（王宜振）

续表

义务教育课程标准教科书（苏教版）	新诗选目
一年级（上、下册），江苏教育出版社 2005 年版	《人有两个宝》（陶行知）、《秋姑娘的信》（滕毓旭）、《大海睡了》（刘饶民）、《护林军》（田舍）、《雨点》（何欣恩）、《伞花》（郝敬华）、《鲜花和星星》（金波）
高中语文（必修1），江苏教育出版社 2006 年版	《沁园春·长沙》（毛泽东）、《相信未来》（食指）、《让我们一起奔腾吧》（江河）
高中语文（必修3），江苏教育出版社 2006 年版	《发现》（闻一多）、《北方》（艾青）、《祖国啊，我亲爱的祖国》（舒婷）、《祖国土》（阿赫玛托娃）、《致西伯利亚的囚徒》（普希金）、《啊，船长，我的船长哟！》（惠特曼）
高中语文（必修5），江苏教育出版社 2006 年版	《箭与歌》（亨利·沃兹沃斯·朗费罗）、《别离》（冯至）、《旧日时光》（彭斯）

当下的"人教版"以及"苏教版"等中小学语文教材大多以"文化主题"为"单元"，然后在各单元内按照不同的主题来安排文选，这些文选在具体的文体上也包括一定数量的新诗。新诗的"主题"是课本首先要考虑的，其次会注重诗歌的审美，即所谓的"文质兼美"。当然，在"思想教育"的要求之下，新诗篇目的选择在突出中国共产党革命史以及领袖人物（主要是毛泽东）方面，仍然有一定的侧重。例如，毛泽东的"拟古体"以及《长征组歌》等仍然被选入中小学教材，这其中也包括曾经遭受质疑的《周总理，你在哪里》以及《回延安》等篇目。

第四章　新诗教育中诗人与文本接受史个案研究

本章主要个案研究诗人及其文本在新诗教育过程中如何被阐释与接受。中国传统诗学对于阐释学和接受美学也有相应的研究，只是与西方的理论相比，它们的描述更为感性但却不乏精彩。例如，"《易经》系辞里将人们对于'道'在阐释和理解上的差距概括为：仁者见之谓之仁，知者见之谓之知"①。而仇兆鳌在《杜少陵集详注》中说："注杜者，必反复沉潜，求其归宿所在，又从而句栉字比之，庶几得作者苦心于千百年之上，恍然如身历其世，面接其人，而慨乎有余悲，悄乎有余思也。"② 这段话中的"庶几得作者苦心于千百年之上，恍然如身历其世，面接其人"就是中国传统阐释学的目标所在，即读者希望能够"超越千百年之上的时空差距，从而'身历其世，面结其人'地与作者的自我合而为一"③，期望借此获得杜甫（作者）创作的真实意图。中国古代的这些关于阐释理论的一些印象式的表述更具有实证主义的特色，而西方现代文艺理论对此则有不同的表述。例如伽达默尔说，作品的意义并不是作者给定的原意，而"总是由解释者的历史环境乃至全部客观的历史进程共同决定的"④。这也"充分承认人的历史存在对人的意识活动的决定作用，否认恒常不变的绝对意义和唯一理解，把阐释看成作品与读者之间的对话，同时注重读者对意义的创造作用"⑤。换句话说，即"批评是一种社会性的

---

① 张隆溪：《二十世纪西方文论述评》，生活·读书·新知三联书店1986年版，第209页。
② 同上书，第185页。
③ 同上书，第185—186页。
④ 同上书，第195页。
⑤ 同上。

活动，它并不是解释作者个人，倒更多是为批评家所处的社会解释作者，或者代表社会说出对作者的体会或感受。批评家并不是作者的代言人，而是他和社会的代言人"①。因此姚斯在西方阐释学的基础之上更进一步，在接受美学理论中这样阐发："文学作品的研究应该落实为文学作品存在方式的研究，文学作品的存在方式的研究应该落实为文学作品存在史的研究，而文学作品存在史的研究才是文学研究的真正内容。"② 确实，"《哈姆雷特》这部作品存在于哪里呢？存在于纸张墨迹或莎士比亚的意图中吗？否！《哈姆雷特》存在于《哈姆雷特》的理解史之中，任何人对它的理解都是对这一历史的介入，受此历史的影响并汇入这一历史"③。再如，"离开了读者的阅读，摆在桌上的《堂吉诃德》与摆在桌上的灯有什么两样呢？离开了读者的创造性的阅读，今天的《堂吉诃德》与一千年前的《堂吉诃德》有什么两样呢？"④。因此，研究新诗教材中文本阐释和接受的历史确实具有不可忽视的价值。另外，福柯在他的《知识考古学》以及《规训与惩罚》等著作中强调了书写、考试和评分等现代教育手段以及"教室""实验室""研讨班"等教育场所的出现改变了传统教育的性质，权力与知识的关系也因此发生了很大的变化。当然，人们对福柯的理论也有质疑，因为他的解释确实不够充分，"譬如说，到底是什么赋予一些知识以权力？某些权力以知识的形式为依托？不是所有知识都有权力，也不是所有权力形式（例如赤裸的武力）都要借助知识"⑤。但是福柯的理论也给了本论文的研究一些启示，那就是国家意志、意识形态等，会以"权力"的形式注入现代学科以及教学大纲、课本、教学参考书等一系列具有现代特征的教学材料之中，借助通过考试、书写、评分等手段进一步强化对新诗的"权威的阐释"，这些"权威的阐释"最终变成现代学科中的一种"知识"，而连接这些"知识"和权力的纽带就是不断的教育实

---

① 张隆溪：《二十世纪西方文论述评》，生活·读书·新知三联书店1986年版，第187—188页。
② 朱立元主编：《当代西方文艺理论》，华东师范大学出版社1997年版，第287页。
③ 同上书，第281页。
④ 同上书，第288页。
⑤ [美]华勒斯坦等著：《学科·知识·权力》，刘健芝等编译，生活·读书·新知三联书店1999年版，第54页。

践。另外，不同历史阶段的意识形态既决定了对新诗不同的阐释，也决定了阐释的"权威性"及自由度大小的变化，即"知识"的变化，而这些变化最终形成了现代新诗在教材中阐释和接受的历史的变迁，也正是本章要研究的内容。

第一节 "人力车夫"题材新诗文本解读史研究

新文学史上以"人力车夫"为题材的文学作品数量众多，而其中新诗的篇目亦不在少数。这其中主要包括胡适、沈尹默、叶圣陶、郑敏的四首同题新诗《人力车夫》、臧克家的《洋车夫》以及徐志摩的《谁知道》《先生！先生！》、闻一多的《飞毛腿》《天安门》、刘半农的《车毯》、周恩来的《死人的享福》等。本节之所以选择"人力车夫"新诗作为研究对象，不仅是文本的数量已经支撑起了足够的探讨空间，最主要的原因还是该题材的新文学创作具有丰富、多元的文化蕴含，多年来成为新文学研究者从多种角度进行探讨的一个话题。例如，南京大学的王彬彬先生在《知识分子与人力车夫——从一个角度看"五四"新文化阵营的分化》一文中，以胡适、陈独秀、李大钊等人各自的"人力车夫"题材的诗文创作为对象，分析他们后来何以秉持或支持暴力革命或支持社会改良等不同的政治立场。另外，"人力车夫"新诗的文本在新诗教材中的阐释也因为受到了历史、政治等因素的影响而不断发生着变化。胡适的《人力车夫》一诗原载于1918年1月15日《新青年》第4卷第1号（收入初版《尝试集》时删去最后一句"客人点头上车，说'拉到内务部西！'"）：

人力车夫警察法令，十八岁以下，五十岁以上，皆不得为人力车夫。

"车子！车子！"车来如飞。／客看车夫，忽然中心酸悲。／客问车夫，"你今年几岁？拉车拉了多少时？"／车夫答客，"今年十六，拉过三年车了，你老别多疑。"／客告车夫，"你年纪太小，我不坐你车。我坐你车，我心惨凄。"／车夫告客，"我半日没有生意，我又寒又饥。／你老的好心肠，饱不了我的饿肚皮，／我年纪小拉车，警察还不管，你老又是谁？"／客人点头上车，说"拉到内务部西！"

沈尹默的同题新诗《人力车夫》也发表在《新青年》的第 4 卷第 1 号上：

  白云悠悠，风吹薄冰，河水不流。
  出门去，雇人力车。街上行人，往来很多；车马纷纷，不知干些甚么？
  人力车上人，个个穿棉衣，个个袖手坐，还觉风吹来，身上冷不过。
  车夫单衣已破，他却汗珠儿颗颗往下堕。

沈尹默的这首诗在民国期间选入了多个版本的中学国文教材①，两首诗所表达的都是对于底层民众困苦生活的一种同情，是当时的知识分子所普遍持有的一种人道主义，不是周作人《人的文学》中提出的"个人主义的人间本位主义"。胡适的《人力车夫》未选入中学教材主要因为其重于"说理"，不如沈尹默的文本在情绪及文字上更具有一种"诗味"。当时针对胡适的《人力车夫》一诗，"学衡派"的胡先骕在他的《评尝试集》一文中就批评其为"枯燥乏味之教训主义"②。这在当时还属于"传统"与"现代"之间话语权的争夺，但是胡适等在新文化运动中利用时代赋予自己及其同人们的现代性的话语权力，将其注入到文学创作与文化体制包括教育制度中去。另外，由于清政府的覆亡以及民国期间政权持续的动荡，国家意识形态对于文化的控制有时处于空白或相对弱势的状态。而在 1949 年至"文化大革命"结束，由于政权的稳定以及意识形态控制的日趋强化，这种影响也渗透和蔓延到了当时文学教育的领域，国家意志作为一种"权力"全面注入文学教材的编写及语文课程的教学之中。在中小学的各级语文教材中，现代作家谁能够入选取决于其政治身份或者说他贴着什么"政治标签"，所以胡适、徐志摩这些"反动"文人在教材中长期消失，刘半农、沈尹默等身份中庸的文人亦无入选之可能。但是作为

---

① 如庄适编《现代初中教科书国语》（1—6 册），上海商务印书馆民国二十年十月至二十二年十二月版，以及朱文叔编（舒新城、陆费逵校）《初中国文读本》，中华书局民国二十四年版。

② 胡先骕：《评尝试集》，《学衡》1922 年 1 月第 1、2 集。

"史"的梳理和教学,在大学的新文学史课程中,一直都有对这些"人力车夫"题材新诗的文本及其作者的评述。从这60年的新文学史对"人力车夫"题材新诗的叙述的变化,也能够看出"意识形态"制约下形成的评价标准的变迁。接下来从"十七年"开始对主要的新文学史著作开始逐步梳理。先看王瑶在《中国新文学史稿》中对胡适《人力车夫》的评价:

> 五四是一个新时代的开始,那时的诗人……很少有个人寂寞悲苦的申诉……尽管胡适同情"人力车夫"的办法只是点头上车,但那点同情在后来也许就根本不会发生的。①

王瑶之所以这样评价胡适的《人力车夫》,在紧随其后的叙述中做了注解:

> ……那时的胡适为俄国二月革命喊过"新俄万岁",赞美过为辛亥革命牺牲的人物,说"他们的武器:炸弹!炸弹!""他们的精神:干!干!干!"他在另一首诗《死者》里甚至说:
> 我们后死的人,
> 尽可以革命而死!
> 尽可以力战而死!
> 但我们希望将来
> 永没有第二人请愿而死!
>
> 就"诗"来看,虽然也只是些概念化的句子,却是颇可看出他曾经有过一点"尝试"的进步思想的。②

在王瑶看来,胡适早期同情人力车夫是因为其早期是"革命"的,而后期他应该不会再"同情",则因为后期他是反对革命的。同样的原因,王瑶认为胡适对新诗"尝试"的思想只是"有一点进步的"。所以在

---

① 王瑶:《中国新文学史稿》(上册),上海文艺出版社1982年版,第70页。
② 同上书,第71页。

这里胡适对革命的态度制约着对其《人力车夫》的评价。在王瑶"史稿"绪论的第三部分"领导思想"中，已经对胡适消极革命的态度作了批评，认为胡适关注"人力车夫"只是一种改良：

>　　作为右翼资产阶级知识分子的代表胡适，对于当时的革命运动却只能站在"歧路"上，连参加都不敢参加，更谈不上领导了……他却不满当时"国内一般新分子，天天高谈基尔特社会主义与马克思社会主义，高谈阶级战争与盈余价值"，于是他在《每周评论》上写了一篇《多研究些问题少谈些主义》的文章（一九一九年七月），讥讽谈主义是"阿猫阿狗都能做的事"。而要谈的问题是"从人力车夫的生计问题到大总统的权限问题"……这种"头痛医头，脚痛医脚"的观点，正是说明了脆弱无力的资产阶级，只能要求一点一滴的改良主义。①

王瑶在"史稿"中还谈到了闻一多"人力车夫"题材的新诗《天安门》，这首诗原载于1926年3月25日的《晨报副刊》，内容通过1926年的三·一八惨案之后，北京的一位人力车夫之口，描述三·一八事件的过程及感想。王瑶认为闻一多的《天安门》表达了对反动军阀的谴责。王瑶对闻一多的叙述还强调了他的"爱国主义"和"革命性"的由来，因为"诗人回国后，并没有发现一个'如花的祖国'的存在，现实到处是军阀统治的黑暗和劳动人民的呻吟。他把自己爱国的感情和对现实的愤怒，一起倾注在深沉和愤激的诗篇中"②。因此，闻一多"就思想内容说，基本上也是与徐志摩不同的"③，而且"除了形式的整饬和'新月派'其他诗人相同外，那爱祖国和为人民的精神是很早就植有根基的，绝不是'在梦的轻波里依洄'的诗人所能比拟的"④，在这里对闻一多的褒扬，对徐志摩的贬抑还是非常明显的，当然这还是和"十七年"时期大陆的意

---

① 王瑶：《中国新文学史稿》（上册），上海文艺出版社1982年版，第14—15页。
② 《中国新文学史稿》（上册），见《王瑶全集》第三卷，河北教育出版社2000年版，第128页。
③ 同上书，第126页。
④ 同上书，第129页。

识形态给诗人身上所贴的政治标签有密切的关系。

张毕来1955年由作家出版社出版的《新文学史纲》只叙述了1918—1928年这十年的文学。书中对刘半农的《车毯》以及胡适的《人力车夫》这两首诗都作出了评价。刘半农的《车毯》一诗很简短，发表在《新青年》的第4卷第2号上：

车毯（拟车夫语）

　　天气冷了，拼凑些钱，买了条毛绒毯子。
　　你看铺在车上多漂亮，鲜红的柳条花，映衬着墨青底子。
　　老爷们坐车，看这毯子好，亦许多花两三铜子。
　　有时车儿拉罢汗儿流，北风吹来，冻得要死。
　　自己想把毯子披一披，却恐身上衣服脏，保了身子，坏了毯子。

张毕来在书中两次谈及了刘半农的《车毯》一诗，第一次是在探讨新文学史上鲁迅的"人力车夫"题材小说《一件小事》时论及，一方面为了说明当时此种题材的创作不少，同时也指出这种题材的"进步性"：

　　就当时的现实条件论，凡是能够反映农民或小手工业者的生活和他们的革命要求的作品，凡是试从农民或小手工业者的观点来反帝国主义反封建的作品，是具有时代代表性的作品，是具有典型意义的作品，是最进步的作品。①

张毕来在"史纲"的第一章第三节中将刘半农和刘大白、钱玄同、郑振铎、朱自清、叶绍钧等人归于"五四时期一般的进步作家"行列。然后首先叙述的就是刘半农及其《车毯》诗：

　　早在一九一八年初就发表新诗的有刘半农……在《车毯》里，他同情一个可怜的车夫。这车夫为了"老爷们坐车"时"亦许多花

---

① 张毕来：《新文学史纲要》，人民文学出版社1985年版，第38页。

两三铜子",就"拼凑些钱,买了条毛绒毯子";"北风吹来,冻得要死"的时候,他还不肯"把毯子披一披,"恐身上衣服脏,保了身子,坏了毯子"……五四初期的刘半农可说是一个进步的现实主义诗人。他把注意力放到当时社会的"下层"人身上去,同情"下层"人,这是他的进步处……刘半农是在试验"白话无韵诗"。虽然他把诗写得已经很像散文了,在艺术性方面是差的,但这样做,在"五四"前夕确是进步的。他写车夫,就"拟车夫语"……这也是很好的意图,虽然拟得不像……这在当年可以说是大胆有识的。[①]

张毕来对刘半农及其关注底层民众疾苦的持有人道主义情感的"人力车夫"等题材的作品的评价始终是谨慎和偏于保守的,其原因还是在于其五四之后的变化:"此时的刘半农不愧为五四新文化先锋队伍中的一员猛将。尽管浅,他那勇往直前的精神是可贵的。只是'五四'以后刘半农渐渐'老成持重'起来,后来还做过一些'帮闲'的工作。"[②] 张毕来在"史纲"中对胡适《人力车夫》一诗的评价只是他对胡适大篇幅的"大批判"内容中极小的一个部分。张氏承认胡适的《人力车夫》一诗已经不同于之前的未脱离旧诗词气息的创作,"它是新的形式,语言平易,句法自然""但它同坏的内容结合在一起发生了宣传坏内容的效果。这'好'实际上便是'不好'。胡适如果不去改装旧诗词而来写现实生活,他当然就来表现资产阶级老爷的灵魂"[③]。张氏进一步指出,从胡适的这首诗中可以看出其"虚伪"的本质:

> 那位看见车夫时"忽然心中酸悲",如果坐上车子便会觉得"我心惨凄"的客人在发表了一番人道主义议论之后,"点头上车说,'拉到内务部西!'"去了。事情很明白,这个资产阶级的人道主义者对于社会问题所负的道义上的责任是在警察的行政责任之下的。如果"警察还不管",则他那人道主义就显然是多余的,那"惨凄"也是

---

① 张毕来:《新文学史纲要》,人民文学出版社1985年版,第70—71页。
② 同上书,第72页。
③ 同上书,第84页。

多余的。"文学家"关于社会问题的是非标准是为封建军阀统治服务的警察手中的警棍。这真是非常形象地刻画了资产阶级知识分子的"高贵"的灵魂。①

张氏的这段对胡适《人力车夫》的评价,在今天看来无疑是上纲上线的。而丁易在《中国现代文学史略》中对这首诗的评价比张氏有过之而无不及,并且将其与刘半农的《车毯》做了比较,认为其实刘半农更有"进步性":

> 初期诗歌的内容便具有如下的两个特色:首先是社会现象和社会问题的描写。不过对于这现象和问题的理解却也随着每个作者的认识不同,而有着深没的差别。例如,一九一八年胡适在《新青年》发表的《人力车夫》,表示他对劳动者的同情,但这"同情"却是"点头上车,吩咐拉到内务部西",他是坐在车子上面来同情人力车夫的。但同时在《新青年》发表新诗的刘半农却比胡适要进步一些了,他在毯子中申诉了劳动者的痛苦……②

丁氏在"史略"中还论及了闻一多的两首"人力车夫"题材的新诗《飞毛腿》及《天安门》。这两首诗通过车夫独白的形式叙述车夫周围发生的事件、车夫的生活及其内心世界。丁氏指出闻一多在这两首诗中表达了他对丑恶现实的愤恨与绝望,最后在绝望中只能去研究他的古典文学:

> 在《天安门》中,记载了北洋军阀屠杀爱国学生的历史事件,在《飞毛腿》中写了一个人力车夫自杀的下场。虽然这样的诗在作者全部诗作中所占的分量并不多,而且立场观点也很模糊,但这究竟是作者对于丑恶现实的暴露和反抗,是他的进步的因素。不过由于作者的阶级出身,使得他没有办法认清这个半封建半殖民地社会的本

---

① 张毕来:《新文学史纲要》,人民文学出版社1985年版,第85页。
② 丁易:《中国现代文学史略》,作家出版社1955年版,第249页。

质，因此，他这个反抗就显得没有力量，于是作者对他所热爱的祖国失望了……于是诗人只好停止歌唱去研究他的古典文学去了。①

之前的文学史著作对胡适《人力车夫》的评价受到政治以及诗人身份的影响，无法承认其中蕴含着的一种当时的知识分子普遍持有的人道主义，因为从文学史对鲁迅《一件小事》的评价就可以看出，谁是"人力车夫"的作者才是最关键的。而这种变化到了刘绶松的《中国现代文学史初稿》开始进一步升级，如果说之前的评价还有所比附，在这里却没有任何学理分析，完全是从阶级对立而不是从文学创作的角度作出的评判：

> 现在举他的一首《人力车夫》，来看看他的所谓以"实地的观察和个人自己的经验"做根柢的诗：……这首诗，以对于劳动人民的浅薄的同情为幌子，但骨子里却充满了毒素。它所起的是模糊阶级意识，缓和阶级斗争的反动作用。如果我们拿鲁迅的《一件小事》来和它比较一下，就可以发现当中的差别实在是不可以道里计量的。②

在"初稿"中对胡适和闻一多文本的评价因为"身份"的原因差别也很明显：

> 在《天安门》一诗里，诗人又展示了时代的另一幅真切的画像：旧中国统治者在天安门前对爱国青年所进行的残暴的屠杀。诗人没有对这一事件作正面的叙述，也没有把自己的情感很明显地表露出来，但是通过一个"拉车的"的张皇的叙述，读者却十分亲切地接触到了诗人的因为愤怒而剧烈地跳动着的心。③

"文化大革命"结束之后，"九院校本"文学史中仍然"有保留地"

---

① 丁易：《中国现代文学史略》，作家出版社 1955 年版，第 277—278 页。
② 刘绶松：《中国现代文学史初稿》，人民文学出版社 1979 年版，第 59—60 页。
③ 同上书，第 148 页。

认为徐志摩在他的"人力车夫"题材的新诗《先生！先生！》和《谁知道》中"对受苦人也曾流露出一定的同情"[1]"对命运不幸者曾怀有人道主义的感情"[2]。唐弢的《中国现代文学史》第一册中对胡适的《人力车夫》的评价与此前的文学史相比变化也不大，首先认为胡适的诗思想很浅，然后这样评价：《人力车夫》中，"客人"对少年车夫的沉重负担和悲惨境遇，也曾觉得"心中酸悲""我心惨凄"，却终于因为此类事情"警察还不管"，就心安理得地"点头上车说：'拉到内务部西！'"表明了作者"人道主义"式同情的浅薄和虚伪。[3] 唐弢的文学史中认为沈尹默的《人力车夫》"慨叹人与人之间的不平，以旁观者立场对苦难者寄以人道主义的同情"[4]，还认为刘半农的《车毯》用自由体新诗写出了车夫的苦楚，同样是描写底层民众疾苦的文本，但是教材对刘半农的评价与对胡适相比差别甚大：

　　这些诗虽然深度尚嫌不足，但却鲜明地表现了作者当时那种关心现实、同情劳苦人民的民主主义倾向。值得注意的是，在另一些诗（如《铁匠》《老牛》《老木匠》）中，作者还塑造了一些体力劳动者形象，正面歌颂了他们的创造精神和纯真品格。[5]

由此看来，文学史中从政治身份评价诗人及其文本的状况在"文化大革命"结束之初仍然未有改观，所以教材对闻一多的评价仍然是"正常"的，即闻一多"回国后正视现实的切实态度，使诗人在《天安门》《飞毛腿》等诗中，对军阀统治下人民的苦难生活直接作了描绘"[6]。唐弢的文学史1984年由人民文学出版社出版了"简编本"，书中对其他"人力车夫"题材的新诗的叙述、评价都未变，但是关于胡适《人力车夫》的评价全都被删除了，因为随着政治大气候的逐步变化，作者可能觉得再

---

[1] 九院校编写组编：《中国现代文学史》，江苏人民出版社1979年版，第153页。
[2] 同上。
[3] 唐弢主编：《中国现代文学史》第一册，人民文学出版社1979年版，第187页。
[4] 同上书，第188页。
[5] 同上书，第189页。
[6] 同上书，第237页。

按"政治标签"来评价胡适等作家已经显得不合时宜了。不仅如此,唐弢对胡适新诗创作的整体评价也全面提升,这一点在后面本书还会论及。

在今天看来,人们一般不会否认,在文学史叙述中将胡适等同于《人力车夫》中"点头上车的客人",其实是不妥当的,因为文学作品中的人物与叙事的作者是不能画等号的。另外,上述的文学史中批评的焦点针对的就是最末的一句:"客人点头上车,说'拉到内务部西!'"而胡适本人对最后一句也觉得不妥,因此他将这首诗收入初版《尝试集》时,才删去了最后一句。胡适对此具体的考量,我们不得而知。且看南京大学的王彬彬先生就此作出的合乎情理的分析:

> 我想,胡适之所以将这最后一句删去,无疑自己也觉得对小车夫这类人的生存惨状"点头"认可,殊不妥当。可以想见,在写下这最后一句和删去这最后一句时,胡适内心都有着矛盾:对车夫这类底层民众的生存惨状明显地表现出无可奈何并不得不"点头"认可,很是不应该;然而,怎样缓解底层民众的苦难,怎样让底层民众在物质生活上"翻身",胡适又实在无计可"献"。那么,是否应该不忙着"点头"认可,而是对此类问题深入地研究、探索下去呢?胡适的回答是肯定的,他终于删去最后一句、收回"客人"的"点头"就表明了他的态度。①

新诗教材中对"人力车夫"题材的叙述的变迁,也反映了作为"权力"的意识形态、国家意志对作为"知识"的新诗的教育的影响。"文化大革命"结束以后,从唐弢在文学史"简编"中对胡适"人力车夫"诗评价的删除,到黄修己1988年在《中国现代文学发展史》中简述为在"'劳工神圣'口号的影响下,表现下层劳动者的痛苦生活,不同程度地表示对他们受欺凌的同情、愤慨,此类诗数量非常多,光是人力车夫题材的诗,就被很多人写过"②,到钱理群等著的《中国现代文学三十年》中

---

① 王彬彬:《知识分子与人力车夫——从一个角度看"五四"新文化阵营的分化》,《钟山》2003年第5期。

② 黄修己:《中国现代文学发展史》,中国青年出版社1988年版,第53—54页。

的"胡适的《人力车夫》……是对民间疾苦、社会人生的写实，可以看到古乐府的影响"①，再到朱德发主编的《中国现代文学史实用教程》中承认徐志摩的《先生！先生！》"对劳动人民的痛苦命运表达了人道主义的同情"②，作为"知识"教育的新诗教育才逐步摆脱意识形态的影响而趋于正常。本节探讨了同一题材新诗文本在教材中评价的变迁，有助于了解政治"权力"对新诗接受的影响；这种个案分析对新诗教育的历史提供了诸多值得我们反思的内容。

第二节 徐志摩《再别康桥》在新诗教育中的"接受史"研究

徐志摩的《再别康桥》1928年发表于《新月》月刊第1卷第10号，是徐志摩的代表作之一。徐志摩遇难之后，《新月》月刊第4卷第1期为《志摩纪念号》。在这一期中，胡适在他的《追悼志摩》一文的开头就引用了《再别康桥》一诗的前四句，并说："志摩这一回真走了，可不是悄悄的走"③；诗人陈梦家在《纪念志摩》一文中说"那首《再别康桥》，我相信念过的人一定不会忘记"④。梁实秋之后发表了他的长文《谈徐志摩》，这篇文章具有"徐志摩评传"的性质，他在评述中完整地引用了徐志摩的《再别康桥》一诗及其英语译文。⑤ 20世纪80年代大陆逐渐兴起徐志摩研究热，并开始重新评价徐志摩。而臧克家1984年在他的《闻徐诗品比并看》一文中从《再别康桥》与写作时代的关系来分析文本，并对徐大加挞伐。但是，臧克家在文中也承认《再别康桥》"大大有名"，而且"这首诗历来为人所赞美，被称为诗人的代表作之一。与《康桥再会罢》相较，洗练多了，短短二十八行，包含了不少后者所有的形象、

---

① 钱理群等主编：《中国现代文学三十年》（修订本），北京大学出版社1998年版，第123页。
② 朱德发主编：《中国现代文学史实用教程》，齐鲁书社1999年版，第65页。
③ 张放、陈红编：《朋友心中的徐志摩》，百花文艺出版社1999年版，第6页。
④ 同上。
⑤ 梁实秋：《谈徐志摩》，见张放、陈红编《朋友心中的徐志摩》，百花文艺出版社1999年版，第30页。

意境，汰去繁枝缛节，使感情更集中，韵味更醇美，境界更高华了"[1]。1985年在艾青主编的《中国新文学大系·诗集》中，艾青选了徐志摩的八首诗，其中第一首是《车眺》，第二首就是《再别康桥》。而陆耀东2000年在他的《徐志摩评传》中则认为《再别康桥》在诗艺上有"独到之美"，为"上乘之作""不朽之作"[2]。《再别康桥》民国时期就入选了国文教材，通过文学教育开始被接受。这种接受史可以分为三个层次：首先，是大学中专业的新诗教育。大学的新文学史教材中对新诗人及其文本所进行的专业性的阐释与评价影响很大，它会影响到《大学语文》课程的教学，并进一步影响到下游中学的新诗教学。其次，《大学语文》或者《大学国文》通过大学的通识教育，无疑进一步扩大了新诗文本的受众。最后，大学的新诗教育在很大程度上决定了中学新诗教材中新诗的选篇及其阐释和解读，而且中学拥有最大的新诗教育的受众，对新诗文本的接受和传播起着非常大的作用。因此，接下来本节将以教材为中心，从上述三个层面展开进行《再别康桥》"接受史"的研究。

一　新时期文学史教材对《再别康桥》解读与阐释的调整

我们从新时期以来的新文学史教材开始梳理。[3] 新时期之初比较有代表性的新文学史著作之一为唐弢主编的《中国现代文学史》，教材在第一卷对《再别康桥》有一小段的评价，是附在对徐志摩的政治大批判之后的：

作为中国资产阶级在文学上的一个代言人，徐志摩由最初幻想实现英美式制度，而后在人民力量发展的情况下惧怕革命并进而反对革命，最后至于颓废消沉——这一发展是有轨迹可寻的。在艺术形式上，《再别康桥》等诗音节和谐，意境优美，的确有可取之处，但愈到后来，由于政

---

[1]　臧克家：《闻徐诗品比并看》，见韩石山编《徐志摩评说八十年》，文化艺术出版社2008年版，第271页。
[2]　陆耀东：《徐志摩评传》，重庆出版社2000年版，第216页。
[3]　民国时期大学的新文学课程大多是以讲义的形式出现，不少只存有目录。例如朱自清的《中国新文学研究纲要》及沈从文的《新文学研究——新诗发展》就是如此。而废名的讲义《谈新诗》刻意不去谈徐志摩的诗。苏雪林与王哲甫的文学讲义则都是从宏观上来探讨徐志摩的诗，未具体谈及《再别康桥》。而1949年之后至"新时期"的新文学史著作，由于避而不谈，基本没有对《再别康桥》作专门评价的。

治思想日趋反动，技巧的讲究也就愈陷入形式主义，成为对铱艳、晦涩的刻意追求，艺术上的长处也逐渐消失。影响所及，甚至使"新月派"某些成员的诗成了难懂的谜语。①

1984年，唐弢将原来三卷本的新文学史压缩为《中国现代文学史简编》。在"简编"中对有关徐志摩政治之"反动"的叙述变化不大，对《再别康桥》却评价甚高。同时，编者开始努力将对文本的评价与作者政治的评价二者割裂开来：

> 代表徐志摩艺术成就的，是那些并无明显社会内容的抒情诗。如诗人自己说，它们是"从性灵暖处来的诗句"。《再别康桥》一首，就出色地显示了诗人的才情与个性。他把自己对母校的深情，溶化进了悄然别离时刻那些富有特色的形象和想象中：夕阳金柳，波光艳影，潭映彩虹，恰似旧梦，无怪乎诗人要"在康河的柔波里""甘做一条水草"了。正是诗人真挚热烈的浪漫主义个性，形成了全诗轻柔、明丽而又俊逸的格调。②

文学史家黄修己在20世纪80年代也出版了两个版本的新文学史教材，一部是1984年的《中国现代文学简史》，一部是后期1988年扩充出版的《中国现代文学发展史》。在"简史"中，黄氏对《再别康桥》的评价只有两句话："他的最杰出的诗，能用语言来表达各种不同的情致。《再别康桥》以轻灵的文字，造成一种依依不舍的惜别情致。"③ 在1988年版的"发展史"中对《再别康桥》则从诗歌艺术的角度进行文本分析，其内容较为具体、细致：

> 他的文字不浓、感情却表现得很浓。他很会制造轻盈、柔婉的情调和气氛，体现自己的感受、心境。《再别康桥》写环境，那里河畔的金柳，河中的波光艳影，潭中虹一般美的泉水……从作者眼里的这

---

① 唐弢主编：《中国现代文学史》第一卷，人民文学出版社1979年版，第40页。
② 唐弢：《中国现代文学史简编》，人民文学出版社1984年版，第205页。
③ 黄修己：《中国现代文学简史》，中国青年出版社1984年版，第138页。

些画面，可以体味到他对这环境的深情。再加上愿做这波中一条水草，要走也是悄悄的，怕惊动康桥，这些主观感情的渲染，就把抒情主人公的依恋、惜别之情烘托了出来……《再别康桥》那柔和、优雅的情致写得颇淋漓：

轻轻的我走了，

正如我轻轻的来，

我轻轻的招手，

作别西天的云彩。

这里一靠音尺的整齐，二是靠押韵产生的回环之感，三靠复沓，三次使用"轻轻的"，几乎使全诗都给人一种飘逸之感。①

新时期之初，多所院校合编的教材主要有"九院本""中南七院本"等。从这些合编版本的文学史对《再别康桥》的评价中，也大致可以看出当时的一些大众的、主流的观点。"中南七院校本"对徐氏的评价仍然未能脱离"左翼文学史"，或者可以称为"社会主义文学史"的模式。北大、南大等合编的"九院本"对徐志摩的评价仍然未脱离阶级观点和政治分析，但是和唐弢的"简编"本文学史一样，开始将"人"和"文"分开评价，认为"《再别康桥》等诗由于具有较高艺术性在读者中有较大影响"②。

20世纪80年代中后期开始，新文学史研究逐渐趋于理性和学理化。现代文学史教材的编写数量也急剧增加，据粗略统计，有将近百部。我们来看看90年代至今，两部名家主编的文学史教材对《再别康桥》的评价。朱德发主编的《中国现代文学史实用教程》中，在"徐志摩论"以及教材之后的"题解"中的"新月派"诗歌风格分析中，都有对《再别康桥》的艺术概括。编者认为徐氏在《再别康桥》中"注重追求诗的音乐美。他善于调配诗句的声调平仄和音节流转，并辅以复沓重奏回环，造成优美和谐自然起伏的音乐美旋律"③。在"题解"中则做了更为具体的分析：

---

① 黄修已：《中国现代文学发展史》，中国青年出版社1988年版，第159—160页。
② 九院校编写组：《中国现代文学史》，江苏人民出版社1979年版，第153页。
③ 朱德发主编：《中国现代文学史实用教程》，齐鲁书社1999年版，第66页。

第四章　新诗教育中诗人与文本接受史个案研究　　143

《再别康桥》是一首脍炙人口的意境美的佳作。诗分七节，一至四节成功地营造出一种主客合一的灵妙意境；五至六节以胜过万千情语的"沉默"，把优美灵妙的意境进一步推向空蒙辽远；最后一节以"我挥一挥衣袖，不带走一片云彩"的精致巧妙的结句，把优美灵妙、空蒙辽远的意境，升华为"自由""美""爱"的诗化人生的象征意境。①

在朱栋霖、朱晓进等人主编的《中国现代文学史（1917—2000）》中，用较大的篇幅解读《再别康桥》如何实践"三美理论"。首先是绘画美：

每一节都是一幅迷人图画，如第二节，康河边那被夕阳染成金色的婀娜多姿的垂柳，与波光潋滟中荡漾的艳影，构成了一幅迷人的康河晚照图；又如第五节，斑斓星辉倒映着的水面，随着小舟激起的潋滟柔波荡漾开去，是一幅充满诗情画意的星夜泛舟图，诗中有画，画中有情。②

其次是建筑美："全诗7节，每节4行，整齐匀称，但诗人为避免过于整齐而导致的呆板，别出心裁地将每节的二、四行退后一格，且将每行的字数稍作增减，使全诗整齐中富有变化，呈现出参差错落之美。"③

再次是音乐美："每行均为两到三个节拍，二、四行押韵，且每节自然换韵，旋律轻柔、悠扬。"④

从上述的梳理可以看出，《再别康桥》在新时期文学史教材中最初的叙述是和诗人政治的"反动"捆绑在一起进行评价的。之后随着政治的松动，新文学史开始将诗人和文本分开评述，承认其文本所具有的艺术性。最后，随着诗人在政治上的"平反"和人与文的完全松绑，对文本

---

① 朱德发主编：《中国现代文学史实用教程》，齐鲁书社1999年版，第382页。
② 朱栋霖、朱晓进等主编：《中国现代文学史（1917—2000）》上册，北京大学出版社2007年版，第76页。
③ 同上。
④ 同上。

的评价也逐步深入。教材开始着力分析其文本的艺术特色，例如文本对"三美"理论的实践。新文学史中发生的这些变化，即对徐志摩及其文本评价的改变，也代表了新文学研究界的一种主流的观点，逐渐获得了广泛的认同。于是，这些从事新文学研究的学者在负责编选《大学语文》课程的新诗部分时，《再别康桥》的入选和被教学就很自然了。

二 《再别康桥》在新时期"大学语文"课程中的接受

《大学语文》课程1978年在南京大学原校长匡亚明的倡议之下，联合当时的华东师范大学，两校一道在全国高校中率先开设。当时以华东师范大学的徐中玉教授为主编、多所大学合编的教材《大学语文》应该算是全国出版最早，也是使用率最高的一部。[①] 该教材在1981年的第一版中，现代文学部分共选了八位作家10篇作品。这八位作家在教材中的排序依次是：鲁迅、郭沫若、茅盾、巴金、叶圣陶、冰心、朱自清、闻一多。10篇作品中鲁迅的就占了三篇，其中新诗只有两首，分别是郭沫若的《炉中煤》和闻一多的《发现》。从这部教材对现代作家的安排仍然可以看出历史上主流的按"鲁、郭、茅、巴、老、曹"给现代著名作家排位的痕迹，而且教材中选择的现代作家都是1949年之后在主流的现代文学史中一直被称为"左翼"和"进步"的作家。因此，像徐志摩这样的被称为右翼甚至"反动作家"的现代诗人及其诗歌，在当时要入选教材应该有一定的难度。对此，徐中玉先生2007年在《南方周末》刊发的《徐中玉：大学语文三十年》一文中，回顾了当时在编写教材中的一些与此相关的构想与反思。他说："因为那时文化空间不能让我们完全自由发挥，所以在编选文章时不免有些保守；结构上采用的是文学史的办法，从先秦两汉南北朝到唐宋元明清，最后到近代、现代。"[②] 确实，1981年版的教材中不光现代文学作品少，外国文学作品则更未有选入。但是，在当时政治、文化环境逐渐宽松的背景之下教材的编者对其中现代作家作品的不足迅速采取了弥补改进的措施。1982年5月，徐中玉、钱谷融主编出

[①] 据徐中玉在《徐中玉：大学语文三十年》（载《南方周末》2007年5月24日）一文中说，这版（第一版）大学语文一出版就受到热烈欢迎，两年时间里，三百多所大专院校都采用了这本教材，一次发行量高达34万册。

[②] 徐中玉、张英：《徐中玉：大学语文三十年》，《南方周末》2007年5月24日。

版了《大学语文补充教材》，增收了现当代文学作品 8 篇，其中包括两首中国现代新诗歌，一首诗戴望舒的《雨巷》，另外一首则是徐志摩的《再别康桥》。这应该是《再别康桥》在"新时期"第一次被选入《大学语文》教材。徐中玉主编的《大学语文》今天已经出版了第九版。在徐中玉主编的 1983 年版（第二版）、1985 年版（修订三版）、1987 年版（修订四版）等版本中，《再别康桥》都被选入其中。80 年代的大学语文教材据粗略统计至少也有几十部，而其中有些版本的教材也选入了徐志摩的《再别康桥》一诗，下文将探讨它在其中的解读史。

  首先以徐中玉主编的《大学语文》（1985 年第 3 版）对《再别康桥》的教学安排为例。该教材的编写体例为首先对文选的作者做出简介，其中重点作家的介绍文字在五百字左右，一般作家则在三百字左右。从该教材对徐志摩的介绍来看，当时对其定位是一般作家。在对徐志摩的介绍文字中作出的阶级分析是"中国现代资产阶级文学流派'新月派'的代表诗人……反对无产阶级文学运动"[①]。对其诗歌主题总的评价则是"早期诗歌多表现对资产阶级理想的向往与追求，也有同情下层人民痛苦生活和不满黑暗现实的诗篇。后期诗歌多表现理想破灭后的彷徨、感伤、空虚和颓废的情绪"[②]。这种评述与当时主流的现代文学史教材中对其创作思想及主题的判断基本一致。同时，该教材对其诗歌艺术的评价则是"他的诗有较高的艺术性：形象性强，比喻贴切，音节和谐，语言清新，形式也比较多样"[③]，实行的仍然是将"人"与"文"分开评价，并且也没有如新时期之前的新文学史中对其评判那样，因"人"而贬抑其"文"。另外，由于编写体例的规定，对选文"不作串讲，也不写段落大意"，教材对《再别康桥》的阐释只在注释中有一句"诗篇抒写了他再别康桥时的依恋之情"[④]。另外，教材还安排了相关的"思考与练习"，问题也全都是从诗歌艺术分析的角度设计的：

  一、这首诗情景交融，意境优美，比喻活泼新鲜，请谈谈你的

[①] 徐中玉主编：《大学语文》，华东师范大学出版社 1985 年版，第 313—315 页。
[②] 同上。
[③] 同上。
[④] 同上。

二、诗的首尾两节表现作者怎样的思想感情？第一节连用三个"轻轻的"，末节连用两个"悄悄的"，有什么艺术效果？

三、这首诗节奏和谐，音调优美，试从每行的顿数和押韵这一角度分析一下它的作用。①

同是1985年出版的"大学语文"，对《再别康桥》的阐释与解读仍然有不小的差别。例如中山大学编写的《大学语文读本》，仍采用阶级分析的方法，坚持对作家政治判断第一，艺术判断第二的方法，认为徐志摩"后期也写过一些反动诗句，大体上说，他的诗歌思想性不高，咏叹个性解放的追求和幻灭是贯穿他诗歌的基本主题"②。因此，《再别康桥》在思想性上仍然存在"局限性"：

这首诗表达了一种极平常的离别之情，从内容上看有相当的局限性，但它的圆熟的写作技巧则代表了徐志摩诗歌艺术所达到的高度，如触情于景，构成了优美的意境，手法灵活，创造出生动的形象，还有平易自然的风格，音节和谐及富于变化形式等。诗中活泼鲜明的比喻，把不易描绘的景象写得明丽可见，这些都是值得我们研究借鉴的。③

在课后所附的"思考和练习"中配了一道"思想解读题"：作者在这首诗中抒发了怎样的思想感情？如何评价这种思想感情？

21世纪以来，在众多的"大学语文"版本中，新诗的篇目已经发生了很大的变化，舒婷、穆旦、余光中、北岛、海子、韩东、王家新、于坚、食指、牛汉等人逐渐替换下了占据教材多年的一些"传统"诗人及文本，但是仍然有不少教材选入了《再别康桥》。下面试以一部教材为例，探讨当下对这首诗解读与教学的方法与此前的差异。武汉大学出版社

---

① 徐中玉主编：《大学语文》，华东师范大学出版社1985年版，第313—315页。
② 中山大学、华南师大"大学语文读本编写组"编：《大学语文读本》，中山大学出版社1985年版，第73页。
③ 同上书，第74页。

2007年版的《大学语文》（张建主编）教材中,《再别康桥》被安置在"诗意的栖居"这一"文化单元"之中,该单元中还安排了荷尔德林的《人,诗意的栖居》以及朱光潜的《"慢慢走,欣赏啊"!》两篇文章。教材在"解题"中引用徐志摩《猛虎集·序文》中徐氏的"自陈",即"在24岁以前,他对于诗的兴味远不如对于相对论或民约论的兴味。正是康河的水,开启了诗人的性灵……可以说,'康桥情结'贯穿在徐志摩一生的诗文中,而《再别康桥》无疑是其中最有名的一篇"[①]。教材这样介绍其人其诗:"在剑桥两年,深受西方教育的熏陶及欧美浪漫主义和唯美派诗人的影响……徐诗字句清新,韵律谐和,比喻新奇,想象丰富,意境优美,神思飘逸,富于变化,并追求艺术形式的整饬、华美,具有鲜明的艺术个性,为新月派的代表诗人。"[②] 在一篇对文本的"阅读与鉴赏"之后的"思考与练习"中要求"试将本诗与徐志摩的另一首离别诗《莎扬娜拉》比较赏析。写一篇赏析文,不少于一千字"[③]。在此之后又安排了"学习与探究":1. 反复诵读此诗并背诵。2. 按照"三美原则"（音乐美、绘画美、建筑美）试分析这首诗歌。[④] 在教学最后一个环节"相关链接"中,编者推荐阅读徐志摩的四部诗集:

《志摩的诗》,人民文学出版社2002年版。
《翡冷翠的一夜》,吉林文史出版社2002年版。
《猛虎集》,百花文艺出版社2006年版。
《云游》,长江文艺出版社2005年版。[⑤]

武汉大学版的这部教材对《再别康桥》教学从整体的安排到具体的设计,在当下都具有一定的代表性,为当下"大学语文"教材中新诗教学与解读的主要模式之一。另外,与"新时期"之初相比,在对诗人及文本的解读与接受方面也已经发生了很大的变化。当然这和政治对教育中

[①] 张建主编:《大学语文》,武汉大学出版社2007年版,第132页。
[②] 同上。
[③] 同上书,第134页。
[④] 同上。
[⑤] 同上。

阐释权力控制的减弱有关，因此才导致新诗《再别康桥》作为"知识"在教材中的教育发生了上述的改变。

在民国时期的中小学国文教材中，徐志摩的诗文入选频率较高。据统计，其中入选的新诗主要包括《再别康桥》《一小幅的穷乐图》《山中》《雁儿们》《他眼里有你》等①。1949 年之后，徐志摩的新诗从中学语文教材中消失，直到 20 世纪末才再次正式出现在语文教材中。据人民教育出版社的中学语文教材编辑温立三统计：目前查到的新中国成立后最早选入徐志摩作品的语文教科书，是由北京师范大学附属实验中学语文组编写、北京师范大学出版社 1981 年出版的三年制高中语文课本《中国现代名著选读》上册，《再别康桥》入选该书。北京师范大学出版社 1991 年出版的《四年制初级中学实验课本语文》编入《再别康桥》。1997 年，该诗入选全日制普通高级中学语文教科书（试验本），该教材在全国 90% 以上地区使用。当下，全国共使用五套高中语文课本，这首诗入选其中的三套课本（人教版、山东版、广东版）。② 在 2003 年人教版高中《语文（必修）》第一册以及 2004 年、2007 年人教版的高中课程标准实验教科书《语文①》（必修）中都选入了《再别康桥》。在上述教材中"文本"完全变成知识被教学。课后"练习"中要求学生回答："《再别康桥》这首诗，让人感到很美，你觉得美在哪里？"以及"《再别康桥》一诗中，第一节和最后一节，语意相似，节奏相同，构成回环呼应的结构形式，这对于表达主题起什么作用？"在与上述"标准实验教科书"教材配套的《教师教学用书》中，对《再别康桥》教学的步骤则这样要求：首先，"课文研讨"，分为两个部分：一、整体把握这首诗的主题与艺术特色。二、问题探究，包括如何解读"但我不能放歌，悄悄是别离的笙箫；夏虫也为我沉默，沉默是今晚的康桥！"这几行诗？其次，《再别康桥》的形式美主要包括哪几方面？最后，还要求学生"搞一点研究性学习"，课外找一点资料，了解新月诗派及其三美主张。这里，文本的解读已经与"拆分"式的教育实践相结合，变成了知识。在不断的诵

---

① 见本书第二章中"民国时期小学、中学的新诗教育"关于新诗篇目的相关统计，以及闫苹主编的《中国现代中学语文教材研究》（文心出版社 2007 年版）一书中的课文篇目介绍。

② 见人民教育出版社语文室编辑温立三的博客文章：《民国以来中学语文课本中的徐志摩作品选篇（下）》。具体博客网址：http: //blog. sina. com. cn/s/blog_ 4b65275101014tm3. html。

读、书写、考试中,进行传播并确立其"权威性"及经典地位。

第三节 胡适新诗"尝试者"身份的生成及在教材中的解读史

一 胡适的白话新诗实验及其新诗"尝试者"身份的生成

胡适从酝酿用白话写作新诗到最终付诸实践的"尝试",这一过程中具体的细节在他几篇相关的文章中都有详细的记载和集中的叙述。这几篇文献分别是后来编为《中国新文学运动小史》[①]一书的《中国新文学大系·建设理论集》的《导言》及《逼上梁山——文学革命的开始》一文。另外,还有《胡适口述自传》一书的第七章《文学革命的结胎时期》和《尝试集》的《自序》。在《导言》中胡适由宏观至微观细致地梳理了白话何以最终取代了文言作为书面语言,以及白话文学包括新诗何以经过"尝试"和实践最终立稳了脚跟,并逐渐取代了以文言为载体的古文创作。胡适认为,首先是社会大环境的改变为白话及白话文学最终取得成功创造了条件。例如,科举制度的废除就使其"不能再替古文学做无敌的保障了"[②];还有就是辛亥革命成功推翻了满清的专制统治并成立了中华民国。尽管"这个政治大革命虽然不算大成功,然而它是后来种种革新事业的总出发点,因为那个顽固腐败势力的大本营若不颠覆,一切新人物与新思想都不容易出头"[③]。譬如"戊戌(1898)的百日维新,当不起一个顽固老太婆的一道谕旨,就全盘推翻了……我们若在满清时代主张打倒古文,采用白话文,只需要一位御史的弹本就可以封报馆捉拿人了"[④]。因此,胡适不同意陈独秀在《科学与人生观序》中从经济发展的角度,对白话文学的出现所作的分析——陈独秀认为"中国近来产业发达,人

[①] 胡适的《中国新文学运动小史》,最初由台湾启明书局印行,后由台北伟文图书公司中华1978年初版,1985年再版。
[②] 胡适:《中国新文学运动小史——〈中国新文学大系〉第一集的〈导言〉》,见欧阳哲生编《胡适文集》第1卷,北京大学出版社1998年版,第122页。
[③] 同上。
[④] 同上。

口集中,白话文完全是应这个需要而发生,而存在的"[1],认为对历史事实的解释没有那么简单。同时,胡适也自信地认为在这场白话文运动中,个人的功绩也不可抹杀——"白话文的局面,若没有'胡适之陈独秀一班人',至少也得迟出现二三十年"[2]。胡适强调了个人在创造历史过程中的作用的同时,也指出这场新文学运动中历史因素之复杂以及个人作用之差异:"治历史的人……妄想用一个'最后之因'来解释一切历史事实……等到你祭起了你那'最后之因'的法宝解决一切历史之后,你还得解释:'同在这个'最后之因'之下,陈独秀为什么和林琴南不同?胡适为什么和梅光迪,胡先骕不同?'"[3]

其次,胡适也从微观的角度作出了分析,他举例从反面来论述文言在当时已经出现了不能够适应文学在新形势下的发展以及最终会被淘汰的趋势。例如,严复用古文体来翻译西方著作最终是失败的。他引用了严复的原话:"海内读吾译者,往往以不可猝解,訾其艰深。不知原书之难且实过之。理本奥衍,与不佞文字固无涉也。"[4] 胡适认为"这是他的译书失败的铁证"[5]。再如,胡适认为林纾用文言翻译西方小说也是失败的。其根据是尽管林纾的小说一年能卖几百本,看起来似乎不少,但也只是相对而言,因为当时所有书籍的销量也都极小;而鲁迅、周作人合编的《域外小说集》尽管其中的古文比林纾的更通畅细密,但是它在10年之中却只卖出了21本。最后,胡适还用《导言》的整个第二部分梳理了当时汉字的字母化和注音运动,并且指出这场运动在当时最终失败的重要原因之一,就是为汉字注音没有建立在统一国语、提倡白话的基础之上:

> 他们完全忽略了"国语"是一种活的语言;他们不知道"统一国语"是承认一种活的语言,用它做教育与文学的工具,使全国的

---

[1] 胡适:《中国新文学运动小史——〈中国新文学大系〉第一集的〈导言〉》,见欧阳哲生编《胡适文集》第1卷,北京大学出版社1998年版,第122页。
[2] 欧阳哲生编:《胡适文集》第1卷,北京大学出版社1998年版,第123页。
[3] 同上书,第123—124页。
[4] 胡适:《中国新文学运动小史——〈中国新文学大系〉第一集的〈导言〉》,见欧阳哲生编《胡适文集》第1卷,北京大学出版社1998年版,第122页。
[5] 严复:《群己权界论》,转引自欧阳哲生编《胡适文集》第1卷,北京大学出版社1998年版,第109页。

人渐渐都能用它说话、读书、作文。他们忽略了那活的语言，所以他们的国语统一工作只是汉字注音的工作，和国语统一无干，和白话教育也无干。这是那个音标文字运动失败的又一个根本原因。①

在《导言》的结尾，胡适认为第一次文学革命其实只是文学工具的革命，接下来更重要的是新文学的建设，"因为人们要用你结的果子来评判你"②。其中戏剧和新诗的建设从内容到形式都需要进行根本的变革，因为"诗的完全用白话，甚至于不用韵，戏剧的废唱，等等，其革新的成分都比小说和散文大得多"③，胡适还进一步指出"最难的大概是新诗，所以我们当时认定建立新诗的唯一方法是鼓励大家来用白话做新诗"④。

在胡适最终"尝试"进行新诗写作的过程中，与梅光迪、任叔永等人的论辩以及胡适在论辩基础上不断的反思也起到了不可忽视的作用。辩论最初从文言是活文字还是死文字开始，逐渐又深入到用白话作文的问题，最后才进入到用白话作诗的问题。在辩论的间歇期，胡适写了一首答词，给当时在美国绮色佳的各位朋友。胡适说"在这首短诗里，我特别提出了'诗国革命'的问题，并且提出了一个'要须作诗如作文'的方案。从这个方案中惹出了后来做白话诗的尝试"⑤，以及"作诗如作文"的主张：

    诗国革命何自始？要须作诗如作文。
    琢镂粉饰丧元气，貌似未必诗之纯。
    小人行文颇大胆，诸公一一皆人英。
    愿共僇力莫相笑，我辈不作儒腐生。⑥

随着论辩的深入，梅光迪、任叔永都已经逐渐承认白话文可以用来创

---

① 欧阳哲生编：《胡适文集》第1卷，北京大学出版社1998年版，第119页。
② 同上书，第139页。
③ 同上书，第138页。
④ 同上。
⑤ 胡适：《逼上梁山——文学革命的开始》，见欧阳哲生编《胡适文集》第1卷，北京大学出版社1998年版，第144页。
⑥ 同上。

作小说、曲词和演说。但是，梅光迪仍然不承认白话可以用来做诗与文（美文），任叔永则不承认白话可以用来做诗。此时，胡适认为"现在我们的争点，只在'白话是否可以作诗'的一个问题了。白话文学的作战，十仗之中，已胜了七八仗。现在只剩一座诗的壁垒，还须用全力去抢夺。待到白话征服这个诗国时，白话文学的胜利就可说是十足的了，所以我当时打定主意，要作先锋去打这座未投降的壁垒：就是要用全力去试做白话诗"①。而胡适对此更加深入思考的原因则是梅光迪、任叔永等人不承认白话可以创作诗和美文，其实也就是不承认白话可以作为中国文学唯一的工具。因此他决心要致力于用白话来攻克诗歌的堡垒，这不仅仅是证明白话诗歌是否能够确立起来，更是要证明白话可以作为中国各体文学的唯一的工具。自此，胡适决定放弃无谓的论辩，投诸白话诗的实践来证明自己主张的正确。胡适将白话诗付诸尝试，一方面来自与朋友的论辩，另一方面则是因为受到了杜威实验主义哲学的影响。因此，本着实验主义的理念，胡适说自己白话诗还没写几首，未来诗集的名字已经被确定为《尝试集》。胡适在经过了三年的白话诗"实验"之后，民国九年（1920）三月《尝试集》初版，在《自序》中他解释了自己将诗集赶紧印行的原因：第一，不少人对新诗仍然持怀疑甚至是反对的态度；第二，将《尝试集》作为自己白话诗的实验报告，供大家批评；第三，《尝试集》向公众展示了文学革命提倡者的与众不同之处——试验的态度和实验的精神。《自序》的最后，胡适总结了三年来的努力，鼓励大家都来"尝试"：

> 我们这三年来，只是想把这个假设用来做种种实地试验，——做五言诗，做七言诗，做严格的词，做极不整齐的长短句；做有韵诗，做无韵诗，做种种音节上的试验，——要看白话是不是可以做好诗，要看白话诗是不是比文言诗要更好一点。这是我们这班白话诗人的"实验的精神"。'我这本集子里的诗，不问诗的价值如何，总都可以代表这点实验的精神。这两年来，北京有我的朋友沈尹默、刘半农、周豫才、周启明、傅斯年、俞平伯、康白情诸位，美国有陈衡哲女

---

① 胡适：《逼上梁山——文学革命的开始》，见欧阳哲生编《胡适文集》第1卷，北京大学出版社1998年版，第155页。

士，都努力作白话诗。白话诗的试验室里的试验家渐渐多起来了。但是大多数的文人仍旧不敢轻易"尝试"。他们永不来尝试尝试，如何能判断白话诗的问题呢？①

《尝试集》从民国九年至十一年发行了三版，共销售了两万册。因此胡适在第四版的《自序》中说，这也证明了社会"很大度的承认我的诗是一种开风气的尝试"②，另外，正是有了这种尝试，"新诗的作者也渐渐的加多了"③，并且"有几位少年诗人的创作，大胆的解放，充满着新鲜的意味"④。当然，正是有了胡适的实验，在民国十一年三月胡适写作《四版》序言之时，"新诗的讨论时期，渐渐的过去了"⑤，胡适在新诗史上作为开风气的尝试者身份也就生成了。

二 胡适新诗"尝试者"身份在教材中的解读史

胡适的新诗自1930年代初开始入选民国时期多个版本的中小学语文教材。其中入选的诗歌主要有《鸽子》《四烈士冢上的没字碑歌》《上山》《希望》《平民学校校歌》《威权》《十二月一日奔丧到家》《送叔永回四川》等（见本文第二章）。接下来梳理民国时期大学的新文学教材中，从新诗史的角度对胡适所作的叙述与评价。在朱自清的《新文学研究纲要》中，在第四章"各体文学"中，在新诗的"诗论"部分依次介绍了胡适、刘复、康白情、俞平伯、郭沫若、周作人、梁实秋等人的诗论，胡适的诗歌理论在朱自清讲义中的纲目如下：

胡适的诗论
a "历史的文学进化观念"
b "乐观""进取"的精神

---

① 胡适：《〈尝试集〉自序》，见欧阳哲生编《胡适文集》第9卷，北京大学出版社1998年版，第82—83页。
② 同上书，第91页。
③ 同上。
④ 同上。
⑤ 同上。

  （一）攻击"'无病呻吟'的恶习惯"
  （二）以诗说理
  c "文学上的实验主义"（"诗的经验主义"）
  d "音节上的试验"
  e "自然的音节"
  （一）音节的要素
  （二）用韵
  f "具体的做法"①

在接下来的新诗"初期的创作"中，朱自清首先列出的是胡适的《尝试集》（初版）。具体内容是胡先骕和朱湘对胡适《尝试集》及其中新诗所作的评论：

a 胡先骕的批评

  （一）枯燥乏味之"教训主义"（如《人力车夫》《你莫忘记》《示威》）
  （二）"肤浅之征象主义"（如《一颗遭劫的星》《冬鸦》《乐观》，《上山》，《周岁》）
  （三）"纤巧之浪漫主义"（如《一笑》《应该》《一念》）
  （四）"肉体之印象主义"（如《蔚蓝的天上》）
  （五）"无谓之理论"（如《我的儿子》）
  （六）"最佳之作"（如《新婚杂诗》《十二月一日奔丧到家》《送叔永回四川》）
  b 朱湘的批评（1926年4月1日《晨报诗刊》）
  （一）二十三首新诗的批评（据《尝试集》第四版），以《老鸦》为第一
  （二）"了"字的"韵尾"用得太多②

---

① 朱乔森编：《朱自清全集》第八卷《学术论著编》，江苏教育出版社1993年版，第85页。

② 同上书，第88页。

在朱自清讲义紧随其后的新诗"初期的名作"中"以写情著的"文本，他介绍的是胡适的《应该》一诗。

沈从文在武汉大学的讲义《新文学研究——新诗之发展》的《现代中国诗集目录》中，列举了胡适的《尝试集》（沈从文采取的是按诗人姓氏笔画排序，故《尝试集》未排在第一）。在其后《新诗发展——参考资料三》中的"从尝试中求解放仍然成就于旧形式中之作品引例"中列举了胡适的《中秋》及《江上》两首诗。

废名1936—1937年在北京大学开设《现代文艺》选修课程，废名讲现代文艺首先讲的是新诗，在这段授课期间一共编写了12章新诗讲义。1944年整理后由北平新民印书馆出版，书名为《谈新诗》，由周作人作序。废名的12章讲义中前三章都是在谈胡适的《尝试集》及其中的新诗。第一章为《尝试集》，第二章为《一颗星儿》，第三章为《新诗应该是自由的》。在第一章的开头废名高度评价胡适对新诗的尝试之功，言辞之间也融进了个人情感的成分：

> 《尝试集》要讲现代文艺，应该先讲新诗。要讲新诗，自然要从光荣的《尝试集》讲起……大家知道，胡适的《尝试集》，不但是我们的新诗的第一部诗集，也是研究我们的新文学运动首先要翻开的一册书。然而对于《尝试集》最感得趣味的，恐怕还是当时紧跟着新文学运动而起来的一些文学青年。像编者个人就是，《尝试集》初版里的诗，当时几乎没有一首我背不出来的，此刻我再来打开《尝试集》，其满怀的情意，恐怕不能讲给诸位听的了。[①]

在讲义中废名还按照自己的新诗标准从《尝试集》里挑选了几首新诗为"好诗"，分别为《蝴蝶》《四月二十五夜》《一颗星儿》等，并且着重从《一颗星儿》的写作背景谈起，认为新诗关键是"内容要好"。

苏雪林1932年在武汉大学开设的"新文学研究"课程的讲义"中国二三十年代作家"，经整理后在台湾出版，名为《二三十年代作家与作品》（台北广东出版社1979年初版）。1983年10月改回原讲义名《中国

[①] 废名：《谈新诗》，人民文学出版社1984年版，第1页。

二三十年代作家》再版（台北纯文学出版社），共分为五编。第一编即为新诗研究，第一讲也是《尝试集》。苏雪林用她一贯感性化、个性化的语言评价《尝试集》对新诗的筚路蓝缕之功：

> 我在新诗的开宗明义第一篇写胡适的《尝试集》，一则他是新诗国度里探险的第一人，二则《尝试集》的问世最早。这个扭转三千年文学史的局面，推动新时代大轮，在五四后十年的思想界放出万丈光芒的胡适博士，将来自能在学术史、思想史、文学史上获得极崇高的地位，文艺创作里没有他的名字，原是不关重轻的。但他的《尝试集》不但有筚路蓝缕，以启山林之功，艺术也有不容埋没者在，我们又哪能舍而不论？[①]

苏雪林在总结了胡适新诗的三个特点——"具明白清晰的优点""富于写实的精神"以及"哲理化"之后，对胡适的《尝试集》在新诗史上当时的价值以及未来的意义作出了判断与预测：

> 好为苛论者，每说胡适的诗不过是新诗的试验品，是后来成功者的垫脚石，在现在新诗界里是没有他的地位的。不知胡适的诗固不敢说是新诗最高的标准，但在五四后十年内他的诗还没有几个诗人可以比得上。诗是应当有韵的，他的诗早就首首有韵；诗是应当有组织的，他的诗都有严密的组织，不像别人的自由诗之散漫无纪；诗是贵有言外之旨的，他的诗大都有几层意思，不像别人之浅薄呈露。我们对他诗的格式现在看惯了就觉得太平常，太容易做。但有些新诗学着扭扭捏捏的西洋体裁，说着若可解若不可解的话，做得好，固然可以替中国创造一种新艺术，做得不好，便不知成了什么怪样，反不如胡适平易近人的诗体之自然了。何况以新诗历史论，《尝试集》在文学史上将有不朽的地位！[②]

---

① 沈辉主编：《苏雪林文集》第 3 卷，安徽文艺出版社 1996 年版，第 98 页。
② 同上书，第 108 页。

第四章 新诗教育中诗人与文本接受史个案研究

王哲甫1932年在山西省立教育学院教授新文学课程时根据讲义编成《中国新文学运动史》一书（北平杰成印书局1933年初版）。他在书中第四章《十五年来中国之文坛》的"新文学的酝酿时期"这一内容中，谈到了《尝试集》：

> 在这个时期新诗的创作，第一部是胡适的《尝试集》，出版以后销数很好，差不多的学生都有一册，但在现在看起来，这部书并不能令人满意；但是为诗歌开一个新的境界，是不能不归功于胡适的。①

在接下来的第五章《新文学创作一期》中的"新诗的尝试时期"及"新诗作家胡适"处，对《尝试集》的文学史地位做出了评价：

> 我们要研究中国的新诗，不得不先提到胡适。胡氏在新诗的创作上并不算是成功，他虽然曾一度努力于新诗的创作，但非失之于太文，即失之于太质，——大约是因为他的才性不近乎诗的缘故，但他在新诗坛上实地试验，为提倡新诗的急先锋，其功绩不可谓不大……平心而论，尝试集里的诗并不见得怎样精彩，但是他的远大的眼光，勇于尝试的精神，领导了不少的新进作家，向新诗的园地开辟播种，自有不朽的功劳。②

1949年之后，胡适及其新诗就从中小学教材中销声匿迹了。20世纪50年代在针对俞平伯而发起的"红楼梦批判"的后期，批判的矛头转了向，指向了胡适，并且迅速掀起了一个胡适大批判的高潮。在1949年之后的新文学史教材中，却一度存在着对胡适政治思想、文学思想包括对其新诗的尝试的批判。与此相关的内容在之前的章节中已有论及。因此，这里只以几部代表性教材中与对胡适的新诗尝试有关的宏观叙述、评价及其变迁，做一简单的梳理。王瑶在由开明书店1951年出版的《中国新文学史稿》中，第二章"觉醒了的歌唱"是对1919—1927年的新诗发展的

---

① 王哲甫：《中国新文学运动史》，北平杰成印书局1933年初版，第64页。
② 同上书，第100—101页。

叙述。该章的第一句就说,胡适的《尝试集》出版于 1920 年,是中国的第一部新诗集。之后,他从白话新诗对古体诗进行断裂与反动之不易的角度,认为新诗在最初的尝试阶段是具有一定"战斗意义的"。王瑶的叙述今天看来持论公允,颇富学理性,并且符合新诗史的实际。稍后的丁易 1955 年出版的《中国现代文学》,由于是一部采用政治分析、阶级斗争观点来展开叙述,具有极"左"色彩的突出左翼文学的新文学史;因此,在丁易的叙述中,胡适和蒋介石、汪精卫、吴稚晖、戴季陶一道,是反动派的"大小走狗"。丁氏在早期新诗的叙述中,未提及胡适新诗尝试的努力,只提及了胡适的《人力车夫》一诗,说胡适"是坐在车上来同情车夫的"。张毕来 1954 年出版的《新文学史纲》第一卷与丁易的文学史在叙述的角度及风格上有很大的相似性。张氏的教材中充斥着对胡适的大批判,从思想到创作、再到他的文学研究,完全是上纲上线,今天看来是毫无学理性可言的。对胡适新诗尝试的意义的评价主要集中在第一章的第四节"五四新文学阵营中右翼的作品的特点"中,其认为胡适的尝试是"进化",只是文字而不是内容的革新:

> 大体说来,五四时期胡适的作品可分为三种类型。一种是把旧文学中的带些个性解放要求的诗词改装一下,名之曰"白话"诗词。这些"白话"诗词,不但思想感情不是新的,连表现方法也几乎完全没有新的因素。例如他的白话词"生查子"……只消把朱淑贞的"生查子"拿来比较一下,便可明白胡适的白话词的上述特点……当时胡适的"文学革命"的主张是要进行"文字革命"……
>
> 如果回看一下中国文学的发展史,我们便知道这完全不是什么革命,这是"进化"。
>
> 这种"进化"在唐诗宋词和元曲的递变过程中就一直发生着。在这条路上,黄遵宪早走在胡适的前头去了。体现在胡适这阕白话词中的"文字革命",一方面证明这个所谓革命只是由来已久的"进化",另一方面说明胡适的文学革命的本质及其发展的必然结果:不谈内容革新,只谈文字革新,结果是,改革了的形式保存着没有改革的内容。①

---

① 张毕来:《新文学史纲》第一卷,人民文学出版社 1985 年版,第 83—84 页。

上述对胡适新诗尝试的评价存在着明显的断章取义及以点盖面的苛求与偏见。其实，胡适在《〈尝试集〉自序》中就曾经谈到"新文学必须要有新思想做里子"：

> 我们也知道单有白话未必就能造出新文学；我们也知道新文学必须要有新思想做里子。但是我们认定文学革命须有先后的程序：先要做到文字体裁的大解放，方才可以用来做新思想新精神的运输品。①

刘绶松在其主编的《中国新文学史初稿》中，认为胡适的尝试只是一种改良：

> 因此，胡适关于新诗的"尝试"，主要是诗体改良方面的尝试。他的《尝试集》虽然是最早出版的一个新诗集，在我国新诗发展的萌芽时期，对于打破旧诗的格律束缚，提倡用白话写诗等方面，有过较大影响；但是，在内容上多是宣扬个性主义和个人自由的思想，而且还存在着很浓厚的属于没落阶级的腐旧的意境和情调……②

唐弢在1979年出版的《中国现代文学史》中也认为胡适"在新诗领域内所进行的活动，除文学形式上的'改良'而外，思想可取者是并不多的"③。

到了唐弢1984年出版的《中国现代文学史简编》中，对《尝试集》的评价改为"《尝试集》中诗篇的思想内容并不引人注目，语言形式的革新在文学革命初期产生比较大的影响"④。总之，文学史前后的叙述差别巨大，胡适及《尝试集》的"积极意义"开始被提及：

---

① 胡适：《〈尝试集〉自序》，见欧阳哲生编《胡适文集》第9卷，北京大学出版社1998年版，第82页。
② 刘绶松：《中国新文学史初稿》上卷，人民文学出版社1979年版，第58页。
③ 唐弢主编：《中国现代文学史》第一册，人民文学出版社1979年版，第198页。
④ 唐弢：《中国现代文学史简编》，人民文学出版社1984年版，第159页。

> 这些诗开始打破了旧诗格律的束缚，语言形式上有了较大的革新，不仅全用白话，而且句不限长短，声不拘平仄，音节比较自然……《尝试集》中的诗歌，即物感兴的居多……都寄寓了作者的情怀。作者那时参加了以《新青年》为旗帜的新文化运动，思想上具有要求冲破封建束缚，争取自由民主的积极因素。《尝试集》里有些诗篇抒发了这种思想情绪。①

"新时期"出版的新文学史在前后版本中对胡适评价的变化，在黄修己的《中国现代文学简史》（1984）及其《中国现代文学发展史》（1988）中，也有明显的表现，这在本文之前的章节中已有论述，这里不再展开。

新文学史对胡适及其新诗尝试的评价直到1985年之后，在新时期以来的文学史教材才逐渐去除极"左"思潮的影响，逐渐还原文学史、新诗史的原来面目，胡适也因此才得以"平反"，并被给予实事求是、学理化的评价。这不光是胡适一个人的命运，徐志摩等被划为"右翼"或"反动"的作家和诗人们命运大多如此。至于极"左"思潮对文学史叙述的所造成的此种影响——尤其是对胡适、徐志摩等人评价的影响——新时期教材的编写者对此曾经也有深刻的反思。对于这一点，本书在接下来的"徐志摩文学史地位评价的变迁"的论述中将会涉及。

第四节　新诗教材中徐志摩文学史地位评价的变迁

对徐志摩的新诗及其代表作《再别康桥》在各个不同历史时期的评价的变化，在前面的章节中已经梳理过。但是从宏观的角度对徐志摩在新诗史上地位的评价，以及在新诗发展的关键期个人价值的判断，在各个不同历史时期的新诗教材中的叙述也不一样。这其中也依然有着政治、文化、教育等诸种因素的介入，某种程度上也是权力对知识的控制或制约。下面从民国时期的新诗教材开始梳理。在朱自清的新文学授课讲义《新文学研究纲要》中，只有对徐志摩诗歌艺术特色的分析，未有其宏观文学史地位的评价。沈从文1930年上半年在中国公学及同年9月在武汉大

---

① 唐弢：《中国现代文学史简编》，人民文学出版社1984年版，第158页。

学的授课讲义《新文学研究——新诗之发展》的后半部分，主要包括六篇诗人创作专论，其中就有一篇《论徐志摩的诗》。在文中，沈从文从1923年新文学革命告一段落，对新文学的争论暂告停歇的背景下来谈论新诗的发展。沈从文认为，当时在北方按照胡适提出的诗歌主张和理念来创作的主要有刘半农、俞平伯和康白情等人。而从事散文体诗歌创作和翻译的主要有周作人。另外，当时从事诗歌创作的还有"小诗"的作者冰心，以及朱自清、徐玉诺、郭沫若等人。接下来沈从文认为，曾经一度由胡适的《尝试集》所引起的对白话诗的论争和质疑，在其后的新诗创作中已经没有再出现。不过，这跟徐志摩富有创造性的文本创作有极大的关系，他在使新诗获得广泛认同并获得合法性方面作出了自己的贡献。同时，沈从文还认为徐志摩在民国十五年成立的诗会、创办的《诗刊》使新诗"由忽视中转到它应有的位置上去，为人所尊重"[1]，也起到了巨大的作用。当时，在诗会与《诗刊》周围聚集的诗人很多，除了闻一多、朱湘等人，还包括饶子离、刘梦苇、于赓虞及蹇先艾、朱大枬等人。另外在这个诗人群体中，徐志摩的创作仍然是独树一帜的——"诗会中作者作品，是以各样不同姿态表现的，与《志摩的诗》完全相似，在当时并无一个人"[2]。最后，沈从文将徐志摩与当时新出现的诗人邵洵美的相似性作了一个比较，认为邵洵美的诗歌也表现了"一个近代人对爱欲微带夸张神情的颂歌"[3]，以及一种"最近代的颓废"[4]。然后，突出了徐志摩的诗歌独特的艺术价值："然而那充实一首诗外观的肌肉，使诗带着诱人的芬芳的辞藻，使诗生着翅膀，从容飞入每一个读者心中去的韵律，邵洵美所做到的，去《翡冷翠的一夜》集中的完全，距离是很远很远的"[5]。

当然，徐志摩的新诗写作以及对"三美"理论的实践，在民国时期的新诗教材中也是毁誉交加的。例如，废名的讲义《谈新诗》中共16个专题，连鲁迅的新诗都作为专题来讨论，但就是回避专题谈论徐志摩的诗

---

[1] 沈从文：《论徐志摩的诗》，《沈从文全集》第16卷，北岳文艺出版社2002年版，第107页。

[2] 同上。

[3] 同上。

[4] 同上。

[5] 同上书，第108页。

歌创作。不仅如此，废名在讲义中还多处对徐氏大加挞伐。当然，废名在讲义中也作出了自己的解释。废名认为新诗要内容大于形式："我们的新诗首先要看我们的新诗的内容，形式问题还在其次……新诗要别于旧诗而能成立，一定要这个内容是诗的，其文字则要是散文的。"① 由此也可以看出，废名对徐志摩新诗无好感的原因了，徐志摩和闻一多的"三美"就是一种诗歌外在形式的追求，这和废名对新诗的观点与主张有很大的差异。

讲义中废名在讨论其他新诗人和新诗集的过程中，进一步阐发自己对徐志摩及"新月派"的看法。例如，他在解读刘半农的《扬鞭集》时谈到："我在抄选《扬鞭集》的时候，不禁起一种感想，我总觉得徐志摩那一派的人是虚张声势，在白话新诗发展的路上，他们走的是一条岔路，却因为他们自己大吹大擂，弄得像煞有介事似的"②，这里的"岔路"应该就是指"新月派"对新诗形式的重视，另外他们诗歌中的内容也不是废名所喜欢的。不仅如此，废名还认为新月派的"负面作用"还成了新诗发展的一个大障碍，因为他们阻碍了其他诗歌样式的发展与兴旺，结果使整个新诗的发展走上了一条歧路、冤枉路，最终可能成为一条走不通的死路：

> 初期白话诗家的兴致似乎也受了打击了，这不能不说是一件寂寞的事。因而阻碍了别方面的生机，新月派的诗人，其勤勉虽然可钦，其缺乏反省精神，也只好说是功过相抵，他们少数人的岔路几乎成为整个新诗的一条冤枉路，——终于还是此路不通行，故我说是冤枉路。③

《扬鞭集》中究竟哪些内容触发了废名上述的议论？废名认为刘半农的新诗其实基本是胡适主张的那一路，有着关注社会尤其是底层社会的视角，其次他的早期新诗虽然显得"幼稚"，但是较之徐志摩的诗可

---

① 冯文炳：《谈新诗》，人民文学出版社1984年版，第231—232页。
② 同上书，第77页。
③ 同上书，第78页。

能显得"真实"和"结实",也更为纯朴和内敛,用废名的原话则是"刘半农的诗原来乃只是蕴积的,是收敛的,而不是发泄的,这正是他的感情深厚之故"。这也再次表明废名的主张,"内容"对新诗是首要的。

废名讲义的专题九、十在讨论诗集《草儿》《湖畔》时再次表达了他反对"新月派"新诗格律化的形式主义的主张,再次强调了新诗要重视内容及其"散文化":

> 后来新月一派诗人当道,大闹其格律勾当,乃是新诗的曲折,不明新诗性质之故,我们也就可以说他们对于新诗已经不知不觉的失掉了一个"诚"字,陷于"做诗"的氛围之中,回转头来再看《草儿》与《湖畔》里的诗乃不能不有所感慨了……新诗要发展下去,首先将靠诗的内容,再靠诗人自己如切如磋如琢如磨写出各合乎诗的文章,这个文章可以吸收许多长处,不妨从古人诗文里取得,不妨从引车卖浆之徒口里取得,又不妨欧化,只要合起来的诗,拆开一句来看仍是自由自在的一句散文。总之白话新诗写得愈进步,应该也就是白话散文愈进步,康白情与"湖畔"四个少年诗人正是在这条路上开步走了。①

讲义在第十四讲讨论徐志摩的学生卞之琳的《十年诗草》时,废名认为没有专题讲述徐志摩的诗并没有遗憾,因为卞之琳继承了徐志摩的诗歌风格:

> 在我的讲新诗里头虽然没有讲徐志摩,并没有损失,卞之琳的文体完全发展了徐志摩的文体,这个文体是真新鲜真有力量了,那么天下为公,还有什么不足的地方呢?徐志摩的新诗可以不讲,徐志摩的文体则决不可埋没,也决不能埋没,所以有卞之琳之诗了。②

---

① 冯文炳:《谈新诗》,人民文学出版社1984年版,第126页。
② 同上书,第166页。

废名还将卞之琳的诗歌文本与徐志摩的进行风格上的比较，对前者大加赞誉，同时指出前者的诗歌更为内敛、节制，这一点有胜过徐志摩之处。他所举的例子是卞之琳《淘气》一诗的第三节，"我这八阵图好不好？你笑笑，可有点不妙，我知道你还有花样——"，废名认为"这首诗很像徐志摩的，尤其是诗的题目同第三章，不过徐志摩不能写得这样有节制，他总不免有撒野的地方"①。

苏雪林 1932 年在武汉大学开设的"新文学研究"课程的讲义"中国二三十年代作家"，经整理后在台湾出版，名为《二三十年代作家与作品》（台北广东出版社 1979 年初版）。1983 年 10 月改回原讲义名《中国二三十年代作家》再版（台北纯文学出版社）。讲义的第一编谈论的是新诗，其中关于徐志摩的专题《徐志摩的诗》是一篇长文，分为两个部分："徐志摩诗的形式"和"徐志摩诗的精神"。苏雪林在文中对徐志摩的宏观评价是"徐志摩奠定了新诗的基础"，并且通过将其与一代词宗李煜的文学史地位的比拟，来加以说明其新诗史地位：

> 词的成熟期是两宋，五代不过是权舆期，五代许多词人都受时间淘汰而至于消灭或不大为人注意，而李后主却巍然特出，足与周黄苏辛争耀。王国维说："词至后主，眼界遂大，感慨遂深，遂变伶人之词为士大夫之词。"李后主为词的划分时代的界限，徐志摩是新诗的奠基石，他在新诗界像后主在词界一样占着重要的地位，一样的不朽！②

苏雪林的讲义从 20 世纪 20 年代新诗创作的现状开始谈起，指出徐志摩脱颖而出之前，北方唯一的诗人是冰心，南方则是郭沫若。但是民国十一、十二年徐志摩从英国留学回来，发表了《康桥再会吧》《哀曼殊斐尔》等诗之后，"其雄奇的气势，奢侈的想象，曼妙的情调，华丽的辞

---

① 冯文炳：《谈新诗》，人民文学出版社 1984 年版，第 181 页。
② 沈辉编：《苏雪林文集》第 3 卷，安徽文艺出版社 1996 年版，第 141—142 页。

藻，都以一种崭新的姿态出现"①。有人心生嫉妒，有人暗中欢喜"我们的真诗人出现了，我们渴望的艺术诞生了"②。在讲义的前半部分"徐志摩诗的形式"中，将徐氏与郭沫若相比较，认为郭氏"集中十分之九为自由诗，他对于新诗体制实无贡献"③，而"徐志摩知道诗没有声律便失去了诗的原素，所以他的试笔《哀曼殊斐尔》便是有韵的"④。不仅如此，他的诗"变化极多且速""据他朋友陈西滢为他做的体制统计，有散文诗、自由诗、无韵体诗、骈句韵体、章韵体等。诗刊派的诗有'方块诗'之诮，他人为之，不免稍受拘束，而徐氏独能于此严格规律之中，自由表现其天才，这一点也是他人所不及的"⑤。同时，苏雪林与废名关于新诗的观点有所分歧，前者认为废名所支持的胡适的"真正好诗在乎白描"的提法有问题，认为徐氏新诗注重"辞藻的繁富"是有道理的，因为新诗也是"美文之一种，安慰心灵的功用以外，官能的刺激，特别视觉、听觉的刺激，更不可少"。同时，古今中外的诗论中皆有此种观点，"西洋某文学家说诗不过是'颜色'和'声音'组成的，这话虽偏，不能说它完全无理"⑥。苏雪林还列举了中国古代文论中刘勰和袁枚等人所持的相似观点。除此之外，她还通过与同一时期诗人的比较，认为"气势的雄厚""音节的变化""国语文学的创作"等方面都为他人所不及。正是这些个性化的特色为新诗发展作出了自身的贡献，并凸显了个人之价值。因此，苏雪林这样评价：

> 一种伟大文学决不是短时期里所能成熟，新诗的黄金时代也许在五十年一百年后，现在不过是江河的"滥觞"罢了。然而这个滥觞也值得我们珍爱，因为其中有我们可爱的天才徐志摩。⑦

---

① 沈辉编：《苏雪林文集》第3卷，安徽文艺出版社1996年版,，第128页。
② 同上书，第141—142页。
③ 同上书，第129页。
④ 同上。
⑤ 同上。
⑥ 同上书，130页。
⑦ 同上书，第141页。

王哲甫在讲义《中国新文学运动史》的第五章、第六章对徐志摩的新诗创作的价值作出了评判,认为"徐志摩是我国新诗坛上最努力的一位作家。他的洒脱的天才,他的美丽的辞藻,很受读者的赞赏与钦佩……徐氏不但在新诗创作上特别努力,他提倡新诗的功劳也不在小,在民国十四年(1935)主编《晨报副刊》,曾联合同志刊行《诗镌》,当时投稿者如刘梦苇、朱湘、于赓虞、闻一多、王希仁、蹇先艾等,都很受徐氏的鼓励,故有很好的成效。他并提倡翻译外国诗……均经徐氏翻译得有声有色,不失原诗的好处"①。在新文学发展第二期,在很多老诗人都搁笔或改行之际,王哲甫对徐志摩在诗坛的"引领"的意义这样评价:

> 这一次新诗运动的首领,当然是诗哲除志摩,徐氏在文坛出地位既很优越,他又与新派诗人相接近,故能"登高一呼,万众响应"……此次参加的诗人……或在讨论方面,都各有相当的贡献,真可谓轰轰烈烈盛极一时了。②

民国之后,1949 年以来新诗教材对徐志摩的新诗史地位的评价,大致经历了"十七年"、新时期之初以及"1980 年代中期以来"这样三个阶段。民国时期对徐氏新诗史价值与地位的判断基本上是理性的、合乎学理的。1949 年以来,因为政治的原因,对其的评价则经历了一个被遮蔽、歪曲、扭曲,并最终又重回类似民国时期的学理化与合乎理性的评判这样一个循环的过程。这种文学史现象,不仅仅是徐志摩、胡适等所谓的资产阶级、"右翼""反革命"作家、诗人如此,甚至一些政治身份较为中性的作家亦是如此。而新文学史的编纂者对此种现象亦有许多的反思。当然,这种反思和认识也经历了一个循序渐进并逐步深化的过程,这正是文学史叙述中逐渐"去政治化"的结果。例如,由田仲济、孙昌熙主编的《中国现代文学史》(山东人民出版社 1979 年版)的"后记"《写在后面》中对此就有深刻的反思。这在新时期所谓的"思想解放"——即意识形态的松绑——刚刚开始的阶段,实属难得,尽管反思的框架仍延续使

---

① 王哲甫:《中国新文学运动史》,北平杰成印书局 1933 年版,第 107—109 页。
② 同上书,第 182—183 页。

用了"新民主主义"等政治理论。

该"后记"中提到的问题首先包括以当下的政治标准来叙述文学史，给作家划分阶级成分，按政治标准进行站队，导致新文学史偏重于左翼文学、左翼作家的叙述，其他作家则被忽视或排除在文学史之外：本来是新民主主义革命时期的文学史渐渐写为社会主义文学史了，这主要表现在排斥了许多非革命作家于文学史之外，如徐志摩、沈从文、庐隐、凌叔华、绿绮、李金发等。①

其次，有些文学史"将萌芽的东西写为主体的东西"：例如五四时期，所有文学作家，可说还是新民主主义者，无论从《呐喊》《彷徨》或《女神》中是无法找到马克思主义思想的。可是越后期出版的越一定要说它们的可贵处是具有了无产阶级思想，而对它们所具有的代表五四的彻底地反帝反封建的精神竟略而不谈了。②

最后，是有意歪曲或扭曲文学史和新诗史的史实：

例如五四白话文的倡导，有的版本不再提陈独秀、胡适的名字，或者虽然提及但又否定他们的作用。又如第一本白话诗的出版，本来是1920年出版的《尝试集》，较后出的各种文学史都一致说《女神》是现代文学史中第一本新诗集。③

该"后记"中还提到了一个有关新诗史的问题，即有些诗人由于政治的原因删改自己的作品，却不加以任何的说明。这在极"左"时期的文学史编纂过程中，不排除编写者和诗人的"合谋"。这无疑会对新诗史的叙述、诗人的评价造成扭曲：应该说作家是有权修改自己的作品的，但修改后不加说明，或把新中国成立后修改的作品作为五四时期的作品以示读者，则很难反映特定历史时期作家的本来思想面貌，例如五四时期《匪徒颂》中第二节是这样的：

  倡导社会改造的狂生，瘐而不死的罗素呀！
  倡导优生学的怪论，从言惑众的哥尔栋呀！

---

① 田仲济、孙昌熙主编：《中国现代文学史》，山东人民出版社1979年版，第541页。
② 同上。
③ 同上书，第541—542页。

亘古的大盗，实行"波尔显维克"的列宁呀！
西北南东去来今，
一切社会革命底匪徒们呀！
万岁！万岁！万岁！

以后版本中同样这一节是这样写的：

鼓动阶级斗争的谬论，饿不死的马克思呀！
不能克绍其裘，甘心附逆的恩格斯呀！
亘古的大盗，实行"布尔什维克"的列宁呀！
西北南东去来今，
一切社会革命的匪徒们呀！
万岁！万岁！万岁！①

"后记"中指出了对于这种新诗史史实的"谬误"，编纂者应该负起责任：

这诗的末后，仍写"1919年末作"。并没有什么时候修改或其他字样，因此，现代文学史中千篇一律地说《匪徒颂》证明作者在"五四"时期已热情地歌颂了无产阶级革命的导师。自然，对这点文学史编写者也不能辞其粗疏的责任。②

---

① 田仲济、孙昌熙主编：《中国现代文学史》，山东人民出版社1979年版，第542页。
② 同上。

第五章 新诗教育对经典诗人及经典文本的塑造

本章主要研究新诗教育对新诗史上经典诗人和经典文本的形成所起的作用。经典这一概念来自于拉丁文 classicus，意为"第一流的"。经典一词在《现代汉语词典》中有三个义项：（1）指传统的具有权威性的著作；（2）泛指各宗教宣扬教义的根本性著作；（3）著作具有权威性的。[①]《苏联百科大词典》中认为经典指"公认的、堪称楷模的优秀文学和艺术作品，对本国和世界文化具有永恒的价值"[②]。结合上述定义可以看出，经典作家或文本在具有一定权威性的同时，也起到一种楷模或典范的作用。在当下的西方文论中，也有针对"经典"问题的探讨和研究。例如，哈罗德·布罗姆在《西方正典》中认为"一切强有力的文学原创性都具有经典性"[③]。尽管西方的"憎恨学派"一直竭力否认文学的原创性，但是"莎士比亚仍然是我们所知的最有原创性的作家"[④]。因此，具有经典意义的"莎士比亚的卓越是憎恨学派最终无法逾越的巨石"[⑤]。当下不少西方学者还认为，经典应该具有美学上的权威性以及创造力，这里的创造力应该也包含有"原创性"（originality）的成分在内。综上所述，经典作家创作出的经典文本应该具有权威性、典范性和原创性。那么，对经典文本中的原创性所体现出来的独特的审美价值是如何判断的？是由谁来作出判断

[①] 中国社科院语言所词典编辑室主编：《现代汉语词典》，商务印书馆2002年增补版，第663页。

[②] 普罗霍罗夫总编：《苏联百科词典》，中国大百科全书出版社1986年版，第625页。

[③] ［美］哈罗德·布罗姆：《西方正典》，江宁康译，译林出版社2005年版，第18页。

[④] 同上。

[⑤] 同上。

的？对于这个问题在西方学术界也存在着争议。维护经典者认为，经典是按照严格的艺术标准遴选出来的；反对经典者则认为"经典的构成中总有意识形态的因素"，认为"创造经典（或使一部经典不朽）本身就是一种意识形态的行为"①。憎恨学派更是直截了当地指出"所谓的审美价值也出自阶级斗争"②。而哈罗德·布罗姆认为"能成为经典的必定是社会关系复杂斗争中的幸存者，但这些社会关系无关乎阶级斗争。审美价值产生于文本之间的冲突：实际发生在读者身上，在语言之中，在课堂之上，在社会论争之中"③。可以看出，布罗姆反对"阶级斗争决定经典"的观点。确实，例如迦达默的关于经典特征的论断——经典可以超越时代及其趣味之变迁——无形中就支持了布罗姆的观点。因为"没有任何一种权威可以超越时代，强迫不同社会环境里的不同读者去阅读和接受某一部或某些经典"④。但是在中国近百年的新诗发展史及新诗教育史上，相关的情况却要复杂得多。

　　中国新诗的出现发生于中国社会由古典向现代转型的阶段。文学现代性的产生所要求的知识系统、价值系统、意识形态系统也都在发生着由传统向现代的转型，当然这种转变以及决定这种转变的因素是多元的、复杂的。在百年新诗的创作和阐释中，就存在着如何处理"革命与审美""民族化与现代化""大众化与精英化"等之间关系的问题。⑤ 另外，在20世纪八九十年代以前，也确实存在着意识形态的影响过于强势的阶段，在这种情形下，"经典之为经典，并不是因为经典本身存在任何内在的价值，而是因为某些作品代表了文化的主流思想，得到了社会上掌握权力的少数人的赞同"⑥，甚至"可以通过政治手段和意识形态的改变，推翻原来的

---

① ［美］哈罗德·布罗姆：《西方正典》，江宁康译，译林出版社2005年版，第16页。
② 同上。
③ 同上书，第27页。
④ 张隆溪：《经典在阐释学上的意义》，《中西文化研究十论》，复旦大学出版社2005年版，第190—191页。
⑤ 相关的分析和阐释见黄曼君的《中国现代文学经典的诞生与延传》一文，载《中国现当代文学史与论：黄曼君自选集》，华中师范大学出版社2009年版，第14—28页。
⑥ 张隆溪：《经典在阐释学上的意义》，见《中西文化研究十论》，复旦大学出版社2005年版，第189页。

经典，重新建立合乎某一团体利益的新的传统和新的经典"①。此后，新诗经典又一度处于重新建构的阶段。而新诗教育自始至终都参与到了这个在受到多重复杂、多变的因素影响之下的，建构与重构经典的进程之中。这不仅包括大学新诗史对经典诗人与文本的重新确定与阐释，也包括对中学新诗教育必须排斥意识形态等非文学因素的介入，而将经典性作为新诗篇目的首要标准的建议。例如，毛翰就曾指出"现行中学语文教材的新诗选目非常不理想……首先所选诗作必须具有经典型，而不是史料性，更不是反面教材……必须审慎的加以甄别，去除伪劣，存真存善存美"②。毛翰建议当时使用的语文教材中只保留两首：艾青的《大堰河，我的保姆》和舒婷《致橡树》。随后他还按照自己的标准推荐了17首新诗，建议作为语文教材的新诗选目，它们是：

  刘大白《旧梦之群（三十六）》、何其芳《花环——放在一个小坟上》
  穆旦《森林之魅——祭胡康河上的白骨》、绿原《诗人》、流沙河《草木篇》曾卓《我遥望》、余光中《乡愁》、黄雍廉《唐人街》、周涛《野马群》
  傅天琳《梦话》、顾城《我总觉得》、许德民《紫色的海星星》
  杨然《中秋月》、许鲁《早安，朋友》、洛兵《晚钟》
  丁可《农民老魏》、陆俏梅《南方唱给北方的情歌》。③

接下来，本章就以艾青、穆旦为例，研究新诗教育对经典诗人的塑造；以余光中的《乡愁》、舒婷的《致橡树》为例，研究新诗教育对经典文本的塑造。

---

① 张隆溪：《经典在阐释学上的意义》，《中西文化研究十论》，复旦大学出版社2005年版，第189页。
② 毛翰：《中学语文教材新诗推荐篇目》，《星星诗刊》1999年第10期。
③ 同上。

第一节　新诗教育与艾青"恒久的典范"地位的确立

艾青由诗人到著名诗人，及至最终成为经典诗人，这个过程是从他的成名作、代表作《大堰河——我的保姆》的发表以及被接受开始的。这首艾青写于国民党监狱中的诗，据说写成之后，"狱中一个被判了死刑的人用上海话念了起来，念着念着便哭了"①。艾青托人（李又然）将该诗稿带出监狱，最初投稿于《现代》杂志，但被编辑杜衡以"待编"为名压下，暂时未能发表。后再转投《春光》杂志，却被编辑交口称赞，于该杂志 1934 年第 1 卷第 3 期刊出。这首诗发表后，"在读者中引起强烈反响，纷纷写信给《春光》杂志称赞这篇好作品"②。不久之后，这首诗流传到了日本。据说"在中国左翼作家联盟东京分盟的刊物《诗歌》杂志举办的朗诵会上，一个留学生边读边哭，使听众大为动情。该诗后被译成日文"③。1936 年 11 月，艾青从自己 1932—1936 年创作的新诗中挑选了 9 首，由上海群众杂志公司结集出版，名为《大堰河》。由此，艾青的诗歌创作进一步引起了评论界的关注。

从 1937 年开始，最早对艾青诗歌作出专业评论的是茅盾和胡风。茅盾在《论初期的白话诗》一文中认为，初期的白话诗大多为"印象的，旁观的，同情的，所以缺乏深入的表现与热烈的情绪"④，但在将刘半农的《学徒苦》与艾青的《大堰河——我的保姆》进行比较之后，茅盾认为自己更喜欢艾青的诗：

新近我读了青年诗人艾青的《大堰河——我的保姆》，这是一首长诗，用沉郁的笔调描写了乳娘兼女佣（大堰河）的生活痛苦，这

---

① 周红兴：《艾青的跋涉》，文化艺术出版社 1988 年版，第 68—69 页。
② 同上。
③ 同上。
④ 茅盾：《论初期的白话诗》，载《茅盾全集·第 21 卷·中国文论四集》，人民文学出版社 1984 年版，第 238 页。

在体制上使我联想到《学徒苦》。可是两诗比较，我不能不喜欢《大堰河》。这问题当然不在两诗人才力之高下，而在两人不同的生活经验，等等。①

茅盾在文章中认为该诗的风格是"沉郁"的。"沉郁"此后也成为对艾青诗歌风格的总括之一，获得广泛认同，并延续至今。胡风1937年2月在《文学》杂志第8卷第2期发表的《吹芦笛的诗人》一文，对诗集《大堰河》中的文本逐一作出分析评论，并对艾青诗歌作出较高的评价：

> 我想写一点介绍，不仅因为他唱出了他自己所交往的，但依然是我们所能够感受的一角人生，也因为他底的歌唱总是通过他自己底脉脉流动的情愫，他底言语不过于枯瘦也不过于喧哗，更没有纸花纸叶式的繁饰，平易地然而是气息鲜活地唱出了被现实生活所波动的他底情愫，唱出了被他底情愫所温暖的现实生活底几幅面影。②

此后直至1949年，相继对《大堰河》以及艾青诗歌整体的创作作出评论、阐释的，主要还有杜衡的《读〈大堰河〉》、雪苇《关于艾青的诗》、端木蕻良《诗的战斗历程》、冯雪峰《论两个诗人及诗的精神与形式》、吕荧《人的花朵——艾青与田间合论》、闻一多《艾青和田间》以及劳辛的三篇文章《歌唱光明的诗篇》《评艾青的〈反法西斯〉》《艾青论》等。从1937年及至整个40年代，艾青诗歌的影响逐渐扩大，其诗歌典范的作用也逐渐显现。例如，"七月诗派"的形成和发展，不仅受到胡风及其文艺理论的影响，艾青的诗歌创作对其影响也非常显著。绿原在为诗集《白色花》所作的序言中就曾说"本集的作者们……始终欣然承认，他们大多数人是在艾青的影响下成长起来的"③。这样，艾青的诗歌经过普通读者的接受以及专业评论家、诗人们不断的阐释，及其在新诗创作上

---

① 茅盾：《论初期的白话诗》，《茅盾全集·第21卷·中国文论四集》，人民文学出版社1984年版，第238页。

② 胡风：《吹芦笛的诗人》，《胡风评论集（上）》，人民文学出版社1984年版，第416—417页。

③ 张如法编：《绿原研究资料》，河南大学出版社1991年版，第52页。

所起到的典范的作用，其经典诗人的身份开始逐步确立起来。当然，"作家的经典地位不是凭空获得的，而是在'大多数人长久不断的赞赏中'逐渐形成的"[①]。而要想获得"大多数人长久不断的赞赏"，如本章开头所述，其文本必须具有原创性，另外还要具备艺术上的独特性，并且对新诗史的发展要作出贡献，而这些艾青都不缺少。因为其诗歌艺术的独特性与原创性，主要体现在富有修饰词的繁复的句式的使用；对具体形象进行绘画美特征的细节性刻画；以及饱含忧郁的诗歌情绪。而他对新诗史的贡献，首先体现在其使自由体新诗的发展，在当时达到了相当的高度，从而使白话新诗真正地实现了散文化，并向现代彻底转型。其次，其新诗写作的创造性，使胡适提倡的白话诗在由徐志摩等人为其奠基并获取了合法性之后，在新诗的又一个嬗变期，起到了承前启后的作用，从而成为连接五四新诗与"新时期"的"新诗潮"的重要诗人、关键性诗人。他对新诗的发展、延续起到的作用是不可或缺的。但是，在中国新诗史的发展中，又必须考虑到意识形态因素的影响。艾青从走上诗坛，到创作的影响逐渐扩大，其走向经典化的过程中，也经历了现代中国的意识形态系统话语体系转换的过程。在救亡暂时压倒了启蒙之后，如何处理革命与审美，大众化与精英化之间的对立？艾青20世纪40年代的写作，在毛泽东《讲话》发表前后，也在进行由审美向革命、由精英化向大众化的调整与转换。在这种调整过程中，艾青在革命与审美之间竭力保持一种平衡，而不至于一边倒。另外，再加上其诗歌艺术方面创造性的天才，在受到政治的压抑时，也并未完全隐失。这一切决定了艾青的诗歌在很长一段时间内为主流所接受，从而未被现当代文学史和现当代文学教育驱逐，或者遮蔽。对此种文学史现象，黄曼君在《中国现代文学经典的诞生与延传》中有系统的学理化的分析：

  审美在不断膨胀的"革命话语"制约下，越来越成为一种"潜话语"，但在这样的"潜话语"下，30年代前后有沈从文，40年代有张爱玲、钱钟书这样的经典作家，坚持文学的独立审美品格，超越现实人生，深入到生命的审美形态中。但是这一类经典在政治意识形态占主导地位的情况下，长期得不到承认……艾青的作品，则属于在

[①] 陈文忠：《走出接受史的困境》，《陕西师范大学学报》2011年第4期。

革命与审美的张力下比较执中的一类经典:则属于在革命与审美的张力下比较执中的一类经典:一方面有着倾向革命的进步倾向,因而被冠以"民主主义"的称号;另一方面又不是为某一特定政治团体和思想主义而创作,一定程度上保持着艺术的独立性,表现出较高的审美价值。因此其命运要风顺得多。①

正是由于这种"审美"与"革命"之间的某种平衡,使艾青似乎尚未经历"光荣的周期"的循环,就成了新诗史上持续的"典范"。当然,1949年之后,大中小学的新诗(史)教育,对其经典诗人地位的建构也起到了不可忽视的作用。大学的新诗教育者、研究者对其文本的艺术特征与审美价值,及其对于新诗史的意义,不断地进行阐释、修正;大学这种研究、阐释以及对其诗歌典范性的肯定,自然又会影响到下游的中小学的新诗教育。而无论是从"审美"还是"政治"的角度考量,艾青的诗歌文本被转换成中小学生学习的"知识"都没有问题。这样,再加上教师的讲解、学生的阅读以及考试和书写等现代教育手段的介入,艾青经典诗人的地位也就日益稳固。以下从"十七年"大学新诗史的教育开始梳理,研究其对艾青"经典化"的塑造过程中,艾青的"经典序列的形成史"。

王瑶编写的文学史教材《中国新文学史稿》上册1951年就交由开明书店出版,1954年又由新生活出版社重印。史稿的下册1953年8月由新文艺出版社出版。教材中对艾青新诗的阐释应该算"十七年"新诗教材中最早的。艾青在教材中被纳入"左联十年"的文学"前夜的歌"中,作为新诗"新的开始"而出场。编者重点介绍了诗集《大堰河》中的《大堰河——我的保姆》一诗,认为其刻画了旧中国一个勤劳善良的农村妇女的形象,描画了穷困悲惨的旧中国的农村,同时也表明诗人对地主家庭的叛逆以及回到农民中去的愿望。这个主题上的阐释应该算是中性和平正的。对艺术的分析则是"以朴素的语言,重叠回旋的节奏,表现出诗人饱满的热情"。另外,也承认艾青对新诗的形式有所创造,并且指出西

---

① 黄曼君:《中国现代文学经典的诞生与延传》,《中国现当代文学史与论:黄曼君自选集》,华中师范大学出版社2009年版,第22页。

方象征主义对其产生了影响,但是其创作并没有染上不健康的因素。王瑶的教材在"抗战时期的新诗写作"的叙述中,认为艾青在为祖国而歌的众多诗人中,他是主流,此时"艾青的芦笛变成了号角"。教材对艾青此时的艺术总括是"散文化"、忧郁的诗绪。但是,"这种忧郁与一些作家颓废性的忧郁又有所不同"。在教材的第十七章"人民翻身的歌唱"中,介绍了诗集《雪里钻》中的叙事诗,主要为"叙述敌后抗日根据地英勇故事"的《雪里钻》,还包括歌颂苏联卫国战争的女英雄的《索亚》。另外,还简述了艾青政治抒情诗集《欢呼集》中的《人民的狂欢节》《人民的城》《欢呼》《献给斯大林》等。其阐释基本是学理性的。

1955年丁易的《中国现代文学史略》则开始从"阶级出身论"来阐释艾青的诗歌的主题与艺术,认为地主阶级出身以及资本主义国家的教育对其诗歌产生了负面的影响。因此,"反抗气息不够壮健",忧郁伤感的诗情也与此有关:

> 作者的出身经历和他的诗篇是多少有些关系的。由于他在农村里长大,受了农民的抚养,所以他虽然是地主阶级出身,但对于受着苦难的农民却有着真挚的热的。不过他究竟是一个地主阶级出身的知识分子,又在资本主义国家受过几年教育,多少受了一些象征派印象派资产阶级文艺思想的影响,因而,他面对他所热爱的人受着的苦难,虽然感到愤怒,但却浓厚地染上了一层忧郁和伤感,而缺乏一股壮健的粗犷的反抗气息,他只是"用迟滞的眼睛看着这国土的没有边际的凄惨的生命","用呆钝的耳朵听着这国土的没有止息的痛苦的呻吟"。①

接下来丁易还认为艾青没有学会用阶级分析来看待问题是一个缺陷:"虽然他还没有明确地从阶级关系上去观察分析一切问题,但这一热爱祖国的崇高意念,却成为他的作品的生命源泉。"② 另外,他认为艾青诗情的忧郁,作为"个人的忧郁的感情阴影,潜伏在作者心灵的深处,不知

---

① 丁易:《中国现代文学史略》,作家出版社1955年版,第350页。
② 同上书,第351页。

不觉就会流露出来"①。结果导致"《北方》描绘的只是无力的、悲哀的、北方与人民"②。丁易还认为作者叙事诗中塑造的人物经常带有小知识分子的气质,而不是农民的。最后,教材的编者认为诗人到了延安之后,"在政治抒情诗的写作中,一种比较健康的人民的情感逐渐成长起来,过去的那种个人的忧郁伤感的情调是被清洗干净了。作者的诗篇的艺术造诣及其所已达到的成绩,对于中国青年诗人是曾经起过较大的积极影响和作用的,因而他的诗篇在中国现代诗歌发展史上也就有其一定的意义"③。

在经典作家、文本的形成和阐释的过程中所产生的变化,包括诗人经典地位的变动,我们称之为"经典序列的形成史"。就王瑶与丁易在教材中对艾青的阐释而言,二者就有较大的不同。证明意识形态话语在诗人"经典化"过程中的影响在不断地变动。

再来看1957年出版的刘绶松的《中国新文学史初稿》。刘绶松在教材中对艾青的阐释反而没有丁易的"左倾",基本没有采用政治和阶级分析的方法,而且尚能看出王瑶的"史稿"对其影响比较显著。刘氏在教材的上卷中对艾青的诗歌主题和艺术作出分析之后,认为"艾青的诗集《大堰河》的出现,是这一时期值得珍视的新的收获"。教材在下卷中认为艾青政治抒情诗风格更为明朗健康:

> 艾青本时期的诗歌,同上一时期比较,其进展是非常显著的:第一,在本时期(特别是来到解放区以后),作者的生活幅员扩大了,与人民的联系更加巩固了,因此,他所歌唱的东方是更为深广而丰富了;在诗集《大堰河》某些诗中出现的"流浪者"的感情已经消退,代替它的是诗人在现实生活中所感受到的人民的苦难、战斗和胜利的信心,是工人阶级的更坚实更壮阔的胸怀。第二,诗的风格是更为明朗而健康了。如果说,艾青的上一时期的诗歌是存在着某种程度的晦涩和过度欧化的毛病,那么,这种缺点在本时期就逐渐地得到克服,而一种明朗的平易近人的艺术风格是在慢慢地形成了。这里,我们可

---

① 丁易:《中国现代文学史略》,作家出版社1955年版,第350页。
② 同上书,第352页。
③ 同上书,第353页。

以很明白地看出一个作家的生活锻炼与思想情感的改变对于他的创作风格有着怎样重大的影响。①

从这三部教材对艾青诗歌的阐释可以看出，王瑶的文学史与后两部不同，它基本未过多地采用阶级出身和政治分析来作为阐释的视角。而后两部还透露出它们的一种未完全言明的观点，即艾青到延安之后的政治抒情诗在艺术上洗去了忧郁的色彩、诗歌更为简洁、明快，是艺术上的一种进步，这也是阐释上的一种变化。在"十七年"时期中的1957年，艾青被划为"右派"，而且被认为是"丁玲、陈企霞反党小集团"的成员之一。1957年9月4日的《人民日报》发表批判艾青的文章，标题很长：《丁玲的伙伴李又然的老友江丰的手足吴祖光的知心艾青长期奔走于反动集团之间》。这样，此后直至"文化大革命"编写的新文学史教材中，存在两种情况：一种是对艾青及其新诗写作开始大批判，上纲上线；还有一种就是让艾青从教材中彻底消失——在抗战时期的"代表诗人"的叙述中，只剩下了臧克家和田间。我们来看1962年中国人民大学中文系文学史教研室编的教材，标注有"校内使用"的《中国现代文学史讲义（初稿）》。对艾青的阐释在教材的下册，是在"艾青的民主主义诗歌及其个人主义意识"这一标题和框架之下展开的。其内容其实是对艾青的大批判，其"论点"及语言风格完全带有时代性特征。所用的观点为"阶级出身论""思想转变不彻底"等。摘录要点如下：

> 艾青在党所领导的民主革命阶段，主要是抗战爆发前后的期间里，曾经是一个有影响的诗人。他的第一部诗集《大堰河》出版于1936年，显示了他的诗歌的特色，也潜伏着创作的暗流……在他早期的诗歌中，诅咒黑暗，追求光明的思想感情还是与时代脉搏相呼应的。
>
> 但是，艾青是一个资产阶级民主主义的诗人。他的阶级出身和生活教养，造成了他的狂妄自负的资产阶级个人主义。西欧世纪末的颓废诗风也给他很大的影响。艾青虽然对当时中国的黑暗现实怀有不

---

① 刘绶松：《中国新文学史初稿》下卷，作家出版社1957年版，第90页。

满,但是他没有背叛自己的阶级,而是带着一种个人主义要求来追求革命和光明,他用资产阶级的眼光来观察、衡量一切。因此他是不可能真正了解和同情劳动人民的。①

再看教材中,对艾青未脱离自己的阶级、革命不彻底以及写作受资产阶级影响等作批判时,所采用的论据和进行的"论证",这在当时的文学史写作中具有一定的代表性:

> 在《大堰河——我的保姆》一诗中,尽管用了大量的辞藻来赞美、同情那个劳动妇女,但是感情却不坚实。这首诗没有写出处于奴隶地位的劳动妇女和地主之间阶级的对立,反而抹杀了她的阶级意识。她对地主家庭驯服、感戴,甚至"在梦里"天真的幻想:"她吃着她的乳儿的婚酒,坐在辉煌的结彩的堂上,而她的娇美的媳妇亲切的叫她'婆婆'"。
> 在"马赛""巴黎"等诗里,工业无产阶级旧形象映在他的眼里成了酒徒、流浪汉,他们"摇摇摆摆地"走着,"不止的狂笑",拿着"红葡萄酒的空了的瓶子"。在这两首诗里,他也写出了一些资本主义都市生活的淫嚣、糜烂,但他的诅咒却苍白无力,倒是不时流露出依恋的情调。②

教材还举了闻一多评论艾青的话来论述"艾青在诗中,他的自我形象一直凌驾在自我之上,在人民之上",以及"艾青到延安后感情上格格不入,创作质量、数量大不如前":

> 在"太阳"一诗中,他描写"太阳滚向我们";在"向太阳"中,艾青又以一个自命不凡的人自视,他听到:太阳对我说,"向我来/从今天/你应该快乐些呵……"闻一多对艾青的批评很对:"艾青

---

① 中国人民大学中文系文学史教研室编:《中国现代文学史讲义(初稿)》,第429—430页。
② 同上。

说'太阳滚向我们',为什么我们不滚向太阳呢?"……艾青到延安后,在革命阵营里感到格格不入。此后他的创作,无论质量数量,比起以前来都大大跌落。①

在这个大批判的最后,教材的编者要求艾青"要彻底改造思想、彻底革命,才能创作出适应时代的作品":

> 艾青的创作道路,再一次地印证了毛泽东同志关于文艺工作者要到工农兵的火热斗争中进行彻底思想改造的英明指示的无比正确性。一个作家只有彻底革命,作一个共产主义者,才能够在迅速发展的时代中,唱出最强音来。②

新文学史对艾青创作的阐释以及意识形态发生的变化,也影响到"十七年"中学新诗教育中对艾青新诗的教学。在人教版1950年、1951年版的《初中语文课本》选入了艾青的《给我以火》,人教社1956年、1957年版的《初级中学课本文学》中选入了《黎明的通知》,人教社1957年版的《高级中学课本文学》中选入了《黎明的通知》和《春》。但是自艾青被划为"右派"之后,他的文本就从中学的教材中消失了,一直到"文化大革命"结束后,才再次入选。在1957年版《高级中学课本文学》的"教学大纲"中,还规定了《黎明的通知》《春》的具体教学、阐释的要求:

二二 黎明的通知 艾青(二课时)
艾青的简单介绍。
这首诗的写作时代。
黎明象征光明幸福的新社会。作者号召人民以欢快心情迎接新社会。诗人对光明幸福的新社会的热爱和对新社会就要到来的信念。

---

① 中国人民大学中文系文学史教研室编:《中国现代文学史讲义(初稿)》,第431—432页。
② 同上。

准备欢迎黎明的种种景象的描写。

而在当时初中三年级课外阅读参考书目中,则推荐了人民文学出版社的《艾青诗选》。当时的"教学大纲"对《春》的具体教学、阐释要求如下:

春　艾青

这首诗的写作年代和有关的历史年代的简单介绍。

作品揭露国民党反动派屠杀革命青年的罪恶,指出革命烈士的伟大先驱作用和革命的胜利前途。

"春"的象征意义。

"十七年"中学语文教材中选入艾青的《给我以火》《黎明的通知》《春》三首,还是表现出编者的选择意图以及对"经典"确认的标准——这三首诗注重抒写的是"革命"以及对"革命"胜利的憧憬和信念。

在新时期之初的新文学史教材中,还存在着用阶级、政治分析的方法来阐释艾青的创作。但是有些文学史家则开始竭力修正"极左"思潮的负面影响,恢复艾青经典诗人的地位。从唐弢、严家炎主编,1980年出版的《中国现代文学史》第三册中对艾青的评价就可以看出来。例如,对此前有些文学史中批评艾青在"巴黎""马赛"等诗中表现出"对资本主义都市生活的依恋",该教材认为"《马赛》《巴黎》等诗,虽也略带依恋,更主要的却是充满了对资本主义文明的揭露和诅咒"[①]。同时,对以往教材中对艾青"革命"不够彻底,阶级身份暧昧不明,诗歌留存有浓厚的忧郁情绪,到延安后"诗歌数量质量跌落"的指责,甚至包括对闻一多对艾青的"为什么不滚向太阳"的诘问(闻一多所言的"太阳"后来被用来指革命领袖,或者就是毛泽东),也一一的进行修复和"正名":

1. 证明艾青与地主阶级"发自内心的决裂":

《大堰河》诗集中所表现的对于农村劳动人民的热爱,发自内心的亲近他们的要求,以及对于剥削阶级的憎恶和决裂,对于资本主义

[①] 唐弢、严家炎主编:《中国现代文学史》第三册,人民文学出版社1983年版,第63页。

社会的怀疑和批判，等等，正可以说是作者过往生活和感情的总结，也是诗人新的生活、思想和创作道路的起点。①

2. 证明艾青抗战后，诗歌中对以往忧郁情绪的克服：

……抗战爆发了。作者"拂去往日的忧郁"，迎着"明朗的天空"，开始了新的生活和创作的道路。② ……作者抗战开始后写的诗歌，更富现实意义，更多抒写人民群众，诗歌的形象更鲜明、丰富，语言也更朴素、健康和清新。过去流露的忧郁的情绪，已日益带上愤恨甚或悲壮的色彩，而对于光明和革命的追求，则愈趋明确，坚定。③

3. 对抗战及到延安后，"感情上格格不入，诗歌数量质量大大跌落"的辩护：

正如不少从国统区来到革命根据地的文艺工作者那样，他们虽然努力地反映新的生活，却由于一段时间内思想感情上的距离，甚至格格不入，他的作品往往在艺术上比较薄弱；艾青这时的诗作，也曾出现这样的情况。只是随着作者在延安生活的深入和思想的提高，这种情况才有了变化。爱的热烈如果反映出观察的深刻和理解的透彻，它们就能使政治信念化为高昂的形象的诗情。④

4. 为闻一多的"艾青说'太阳滚向我们'，为什么不是我们滚向太阳呢？"辩护，并以对《向太阳》的具体分析，证明艾青"出现了这种思想感情的良好转化"。并且，"越到最后，作者越渴慕和靠近太阳"：

闻一多在谈到诗人们的"知识分子气"时，曾说："艾青说'太

---

① 唐弢、严家炎主编：《中国现代文学史》第三册，人民文学出版社1983年版，第63页。
② 同上书，第64页。
③ 同上书，第65页。
④ 同上书，第72页。

阳滚向我们'，为什么不是我们滚向太阳呢？"应该说，《向太阳》中是已经出现了这种思想感情的良好转化的。特别是作者在向往一些民主革命的领袖和理想的同时，更歌颂了社会主义革命的导师列宁和《国际歌》等，这里标志着作者思想感情的趋向。①

……最后的两段转向作者自己的内心感受，太阳驱散了他的寂寞、彷徨和哀愁，召回了他的童年，在"热力的鼓舞"下，他"感到了从未有过的宽怀与热爱"，他奔驰着，向着太阳。长诗诗情联绵，却又层次分明地反映了作者心情的发展，越到最后，作者越渴慕和靠近太阳。②

最后，教材对艾青诗歌在文学史上的"典范性"的意义作出了总结与高度评价："艾青的诗，标志着'五四'以后自由体诗发展的一个重要阶段，又给以后的新诗创作带来了很大影响。"③

新时期以来，"上游"的文学史教材中对艾青的"平反"，也影响到了中学语文教材对艾青的"选择"，对"经典"的重新确认。按照1980年、1988年、1992年陆续修订的中学语文"教学大纲"的规定，中学教材一直选入了艾青的新诗，依次为：《黎明的通知》《给乌兰诺娃》《大堰河——我的保姆》《礁石》等。其中，《大堰河——我的保姆》入选频率最高。对艾青的新诗创作的阐释和研究，在当下的新文学史教材中，已经"拨乱反正"，重回正常的轨道，并且更加侧重于其语言、文体等艺术的层面。例如，对其诗歌繁复句式、色彩感与画面感等特征及其渊源的揭示。在此基础上，学界对艾青的研究也越来越深入，甚至"走向了世界"。而对其诗歌意义的阐发，更是发掘出"体现了东西方文化道德观念""基督教义中的某种精华"，如"博爱、人道、献身"以及东方的"匡世救民""圣经意象"和"希腊神话意象"等。而对艾青与文艺思潮的关系，也揭示出艾青确实与戴望舒一样，曾受到象征主义影响，但是"归国后，在严峻的现实中又都先后走向现实主义。这与创造社成员们的

---

① 唐弢、严家炎主编：《中国现代文学史》第三册，人民文学出版社1983年版，第67页。
② 同上。
③ 同上书，第79页。

艺术道路十分相似，但艾青们仍然或多或少地保持着象征艺术的影响，不像创造社的转变那样彻底"①。

　　学界对艾青研究的重视，以及因此所产生的研究成果再次影响到了大中小学的新诗教育。这些成果一般会被写入文学史、新诗史教材，并且继续横向地影响到"大学语文"的教学，在纵向上也影响到了中小学的新诗教学。在"新世纪"以来的新诗史以及与文学史所配套的"作品选"中，在"大学语文"教材中，艾青诗歌入选的频率很高。据粗略统计，"大学语文"中入选的经典篇目基本固定为：《大堰河——我的保姆》《雪落在中国的土地上》《我爱这土地》等。而"新世纪"以来的中小学语文教材中，艾青则更是必选的经典作家，其文本除了上述的三首外，还加入了《绿》《我的思念是圆的》《北方》等。这也说明艾青具有代表性的经典文本——或者说经典文本序列和谱系——在新的价值体系、知识体系以及意识形态体系之下，被按照新的标准，重新确定。

　　从1949年到"新时期"，及至"新世纪"，艾青经典诗人的身份与意义日趋受到重视。因为这涉及"新诗向何处去？"这个严肃的问题。而这"不仅是中国，也是当前世界上一个普遍关心、尚待讨论的问题。随着这一问题的逐渐解决和明了，艾青诗歌的地位、意义和价值，才会越来越深刻清楚的显示出来"②。

　　综上所述，艾青在1949年之后，经历了一个由经典诗人到被歪曲、否定再到重新修正、恢复，并且不断地"被阐释"，直至被重新确定为"典范"的过程。也即他在新诗史上经历了一个短暂的"光荣的周期"后，再次被塑造成了一种"恒久的典范"。而在这个过程中，新诗教育所起的建构作用是不言而喻的。因为文学教材中的新诗教育有着当下最大的受众群体，新诗教育再借助现代教育体系所具有的"权力"——当然这其中的权力往往受到意识形态的制约——将对经典诗人的确认、阐释转化为"知识"，这个学习和接受知识的过程强有力地参与到诗人"经典化"的建构之中，尽管"经典"经常要经历建构、消解、再重构的过程。

---

①《艾青研究》，见温儒敏等著《中国现当代文学学科概要》，北京大学出版社2005年版，第367—374页。

② 同上书，第374页。

第二节 穆旦的"被发现"及其"经典诗人"身份的塑造

穆旦在新时期以来被塑造为经典诗人的过程,与艾青重新被经典化的历程并不相同。艾青是在抗战之前就秉持着革命的理念并追随革命,其新诗写作也一直有意无意地与他所追随的意识形态系统中的话语体系的转换相适应。另外,再加上其诗歌具有一定的原创性与独特的审美价值,以及意识形态系统对其诗歌阐释中"革命性""权威性""典范性"的维护,这些都保证了艾青1957年被划为"右派"之前,在大陆一直是著名诗人、经典诗人。尽管这也导致了1949—1957年对艾青诗歌的阐释更侧重于其"革命"主题的阐释,而将其诗歌艺术性的阐释置于相对次要的位置。穆旦的情况则不同,他在1949年之前并未成为著名诗人,其诗歌写作在40年代也只是在一定范围内引起了关注,当时对其诗歌进行阐释评价的主要包括其西南联大的同学王佐良以及后来被称为"九叶诗人"的唐湜、袁可嘉、陈敬容等人[①]。穆旦新时期以来能够被塑造为经典诗人,是多种因素决定的。首先,新时期以来,学术界和文化界开始了对现代文学史上曾经一度被忽视和遮蔽的非左翼作家的发掘,导致了张爱玲、沈从文等人被重新发现。张爱玲等人的"被发掘"与夏志清、陈子善等人的大力推荐、阐释和"一致的称赞"有极大的关系。而穆旦的被发现,则和王佐良、杜运燮、谢冕等诗人、诗评家对其不遗余力的发掘、介绍和"塑造"有关。1979年2月27日,杜运燮在中国香港的《新晚报》发表《忆穆旦》一文。这应该是"文化大革命"结束后最早纪念和评价穆旦的文章,其中对穆旦诗歌的现代性特征及其诗歌对灵魂深处"丰富的痛苦"

---

① 1949年之前对穆旦的诗歌进行评论的文章主要有王佐良《一个中国新诗人》(载伦敦《生活与文学》杂志1949年6月号,题为《一个中国诗人》,后载上海《生活与文学》杂志1947年第2卷第2期)、周珏良《读穆旦的诗》(载天津《益世报·文学周刊》1947年7月12日)、唐湜《穆旦论》(载上海《中国新诗》1948年8、9月号)。其他论及穆旦新诗写作的还有袁可嘉《新诗现代化》(载天津《大公报·星期文艺》1947年3月30号)《诗的新方向》(载《新路周刊》1948年第1卷第18期),陈敬容《真诚的声音》(用笔名墨予,载上海《诗创造》1948年第12期)、唐湜《诗的新生代》(载上海《诗创造》1948年第8期)。引自温儒敏等编《中国现当代文学学科概要》,北京大学出版社2005年版,第374—375页。

的表达方式作出了分析，该分析后来也经常为新诗教材所引用。

穆旦是个深思的人。他特别意识到自己是一个现代人，具有现代知识分子的特有的思想和感情，对许多新问题进行思索。他想得深，对生活开掘得深，对灵魂深处的痛苦和欢欣进行细致剖析，但又竭力把内容压缩在尽可能少的字里行间，以获得强烈的效果。

1980年6月10日，香港《新晚报》刊出了穆旦生前（1975年）寄给杜运燮的《苍蝇》一诗。同年，《诗刊》在第2期以"穆旦遗作选"为总标题，刊出了穆旦的《春》《演出》等遗作。1981年由袁可嘉作序的《九叶集》由江苏人民出版社出版。"九叶诗人"作为中国现代派诗人的代表开始受到重视，而穆旦就是其中的"一叶"。以此为开端，穆旦开始进入大众尤其是诗歌研究界的视野。20世纪80年代前期，公刘、唐祈、骆寒超、蓝棣之等人陆续发文对穆旦等九叶诗人的创作做出评论。1986年《穆旦诗选》由人民文学出版社出版，这是穆旦1949年后在大陆出版的第一部诗集。在该诗集的"后记"中，杜运燮对穆旦的生平、创作历程以及创作特色作出了详细的介绍和细致的分析，并且引用了艾青在《中国新诗六十年》（《文艺研究》1980年第5期）一文中对"九叶诗人"在1940年代的新诗写作的简介和总结，以进一步证明穆旦等中国现代派诗人在新诗史上的地位及其合法性。1987年穆旦的评论与纪念文集《一个民族已经起来——怀念诗人翻译家穆旦》出版（江苏人民出版社）。集子的前一部分为王佐良、杜运燮、袁可嘉等人对穆旦诗歌所作的评论，后一部分为"穆旦小传"及穆旦妻子、子女、兄妹、同学、好友等人的回忆性文章。这些回忆性文章及书中的作者小传，与穆旦诗歌写作中"生活的写实"部分形成对照，参与了对其人格精神的塑造和建构，成为穆旦作为经典诗人所需要具备的人格精神和人格境界的一部分。而这个人格塑造的内容大致又可以分为"英雄史"与"受难史"两部分。其中"英雄史"主要包括穆旦随清华大学的南迁，不远万里跋涉至云南昆明；以及其西南联大毕业后放弃了留校任教的机会，而远赴缅甸参加中国远征军的对日作战，并九死一生的传奇式经历。另外，还有1949年之后穆旦和妻子放弃了留在美国生活的机会，在遇到阻拦的情况下仍然设法回到中国大陆的经历。当然，这部"英雄史"还包括许多英雄式的细节。例如，穆旦在远赴昆明过程中的艰辛以及背诵完一本英文字典；其在离开美国回大陆之前的艰苦度日与朴素的生活；其回国前临时改学俄语的坚毅、执着与用心良苦，等等。当然，这些记述其人生经历与人格风范的"英雄史"与穆旦后来几十年的"受难史"又无形中形成一种对照与张力，更加衬托出穆旦悲剧式英雄的特征，并赋予其最后二十年的人生历程以浓厚的悲情色彩。至此，穆旦作为一位受难的英雄诗人的形象也基本塑造完成，而1997年的另外一部关于穆旦的纪念文集《丰富和丰富的痛苦》出版，只是对其受难英雄形象的进一步巩固与完善。

其次，穆旦诗歌要成为经典，还需要经过不断的阐释和"一致的好评"这个阶段。这个任务则是由王佐良、谢冕等诗歌评论家以及杜运燮、袁可嘉、郑敏等九叶诗人来共同完成的。他们对穆旦诗歌深入、独到的专业性阐释与"发现"——对其思想性与艺术性的肯定，对其现代派诗歌"探险"的认同，对其新诗史价值的定位——为穆旦成为经典诗人又向前迈进了重要的一步。因为正如哈罗德·布鲁姆所言，"只有审美的力量才能透入经典，而这力量又主要是一种混合力：娴熟的形象语言、原创性、认识能力、知识以及丰富的词汇"[①]。而谢冕等人的文章正好具有这种穿透经典的品格和力量，例如，谢冕的《一颗星亮在天边——纪念诗人穆旦》一文就从穆旦的创作史、中国新诗发展史的角度，并结合穆旦创作的语境，对其新诗创作做出了细致而又到位的分析。1994年10月，《20世纪中国文学大师文库·诗歌卷》出版（海南出版社），穆旦被排在20世纪十二位诗歌"大师"之首，其后按照排序依次是北岛、冯至、徐志摩、戴望舒、艾青、闻一多、郭沫若、纪弦、舒婷、海子、何其芳十一位"大师"。编者自陈这是"以文本排定大师座次的首次尝试"。该"文库"还列出了编者对大师的遴选标准是"语言上的独特创造""文体上的卓越建树""表现上的杰出成就"和"形而上意味的独特建构"。在"文库"的前言"纯洁诗歌"中，又特自指出穆旦新诗曾经的被忽视和遮蔽，是新诗史的巨大遗憾和"中国的悲哀"：

> 穆旦并不广为人知——这正是中国的悲哀。穆旦呈现了开创与总结的集合，他以西方现代诗学为参照，吸收现代生活语汇，建构了独

---

① ［美］哈罗德·布鲁姆著：《西方正典》，江宁康译，译林出版社2005年版，第20页。

立的意象符号系统，为20世纪中国现代诗学带来了革命性震荡。穆旦潜入现代人类灵与肉的搏斗的内部，他诗的力度、深度与强度抵达了灵与肉的搏斗的内部，他诗的力度、深度与强度抵达了空前的水准，构成中国现代知识分子的一部心灵史。①

"诗歌卷"对穆旦在"带电的肉体与搏斗的灵魂"为题的短评中所作的表述，无疑更是带有一种夸张的情绪：

> 穆旦是中国现代诗最遥远的探险者、最杰出的实验者与最有力的推动者……穆旦摒弃腐朽的语汇，擦抹因年久失修而僵化的语汇，吸收现代生活中鲜活的语汇，建构了一个独特的诗语意象符号系统——这是一个大诗人成熟的标志。并且，穆旦拥有高度的语言敏感与智慧，像兰波一样，他精通语言炼金术。当我们赞美他的《春》《诗八首》或《五月》等一系列杰作时，所面对的不仅仅是中国现代诗，而是整个世界现代诗。②

上述"大师文库·诗歌卷"中这种给作家重新"排座次"，"重评"现当代文学史的情况，在90年代的文学批评的语境中我们经常可以看到。但是不可否认，它对穆旦最终被塑造为经典诗人却起到了巨大的推动作用。此后的1996年，《穆旦诗全集》由中国文学出版社出版，1997年穆旦纪念文集《丰富和丰富的痛苦》由北京师范大学出版社出版。至此，由于穆旦诗歌的"典范性"已经确立，他的新诗创作被写入新诗史，其新诗文本被选入文学教材，最终彻底完成经典诗人的身份塑造及其经典文本的不间断的流传，自然已经时机成熟并且顺理成章了。

在1984年唐弢的《中国现代文学史简编》中，已经有关于穆旦等九位现代诗人，即所谓的"九叶诗人"的较大篇幅的叙述和介绍。并且，教材中也提及了穆旦的《赞美》一诗，认为"穆旦的《赞美》，在40年代初就热情地期望和赞美祖国从屈辱中'起来'"。在钱理群等人主编的

---

① 张同道编：《20世纪中国文学大师文库·诗歌卷》，海南出版社1994年版，第3页。
② 同上。

第五章　新诗教育对经典诗人及经典文本的塑造　　189

《中国现代文学三十年》的 1998 年的修订版中，开始在第二十六章以半个专题"以穆旦为代表的中国新诗派"来对穆旦的新诗创作进行重点阐释。教材认为中国新诗派诗人中最能体现其"反叛性"与"异质性"的代表诗人是穆旦。教材对穆旦诗歌文本的特征进行了大篇幅的分析，有些分析较为到位，抓住了穆旦诗歌艺术特质的核心部分，例如：

　　……诗人所采用的与传统抒情相异的"几近于抽象的、隐喻似的抒情"方式。这是一种主体意识的自由伸展、运动，大量采用内心直白，或者是抽象而直接地理智化叙述，或者是将肉体感与形而上的玄思相结合，诗中任意出现对立两极间的跳跃、猛进、突转，造成一种陌生与生涩的奇峻、冷峭、惊异的美：这正是他叛逆的思想与诗情相一致的。①

教材对于穆旦在新诗史上的地位与价值作出了很高的评价：

　　……他确实走到了"现代汉语写作的最前沿"。这样，穆旦不仅在诗的思维、诗的艺术现代化，而且在诗的语言的现代化方面，都迈出了在现代新诗史上具有决定意义的一步。从而成为"中国诗歌现代化"历程中的一个带有标志性的诗人。他的诗……成为对早期白话诗的一个隔代的历史的呼应；另一方面却同样显示出鲜明和强烈的民族性……于是，在穆旦诗的冷峭里，更有着"新诗中不多见的沉雄之美"。②

1998 年在洪子诚所著的《中国当代文学史》中，也同样表现出对穆旦的重视。教材在第十五章用专节"穆旦最后的诗"来叙述穆旦 1975 年和 1976 年的新诗创作。教材中分析和阐释的篇幅不长，但是却平实并且到位：

---

①　钱理群等：《中国现代文学三十年》，北京大学出版社 1998 年版，第 587 页。
②　同上书，第 587—588 页。

在停止写诗多年以后，穆旦在 1975—1976 年间，有了一次诗的火花的迸射，一共写了近三十首诗……这些诗可以看作是他生命晚期的对人生之路的回顾……它们当然不再是 40 年代的紧张和尖锐，而是冷静而朴素，但其实也是痛苦的。仍是对"自我"的解剖，但不再是 50 年代的那种否弃"自己"的忏悔……这些诗是"苍老"的，有着回顾往事时的甚至"残酷"彻悟。但情感思绪，又仍然有着对人生信仰的坚守，对于温情、友谊、青春的亲切守护……然而，他明白，对于"永远的流亡者"来说，"美"会很快"从自然，又从心里逃出"，安恬、宁静的秋日是瞬间的短暂。①

1999 年在陈思和所著的《中国当代文学史教程》中，首先叙述了 1957 年前后，穆旦在诗歌写作中如何表达了他在时代面前矛盾的心情与创作心态：

作家既想使自己作品回荡着时代的主旋律，又要努力在时代的大合唱中发出个人的声音，两者之间的对峙，往往导致了知识分子的内心矛盾……他在 1957 年的《葬歌》中就表达了个人面对时代的复杂感受……带着这种矛盾与惶惑，诗人自然与当时的争鸣运动有一定的距离，《九十九家争鸣记》就是从这一立场出发，对"百家争鸣"中的矛盾现象加以揭示和批评的讽刺诗……②

其后，教材将穆旦在"文化大革命"时期的新诗写作归为"潜在写作"。教材还以《停电之后》为例，对穆旦在"文化大革命"时期的心态、人格精神及意义进行了阐释：

……与上述诗人相比，诗人穆旦的诗艺更为深沉，他在"文化大革命"后期自己生命的最后阶段，创作了几十首杰作，其中的一首《停电之后》中歌颂的那支在风中摇曳不定，但是仍然顽强地抵

---

① 洪子诚：《中国当代文学史》，北京大学出版社 1999 年版，第 211—212 页。
② 陈思和：《中国当代文学史教程》，复旦大学出版社 1999 年版，第 96 页。

挡着黑暗与许多阵风，把室内照得通明的小小的蜡烛，可以说是在动乱中仍然坚持自己的文化传统与精神立场的知识分子人格的写照，正是由于这些人及其出色的写作，新文化传统才得以在黑暗时代存亡绝续、不绝如缕。①

教材还认为，"穆旦去世前给我们留下的几十首诗，现在看来，无疑属于'文化大革命'中的潜在写作中最优秀的诗歌之列。这些诗歌仍然保留了他的繁复的诗艺，在层层转折中表达着对个人身世的慨叹、对时代的乌托邦理想的审视与反讽，基调是冷峻甚至无奈的"②。最后，教材以穆旦的诗剧《神的变形》为例，通过分析，认为处于"文化大革命"逆境中的诗人穆旦仍然保留了浓重的现代意识。并将曾经的"七月诗派"和"中国新诗派"在当下的命运进行比较，对穆旦在"文化大革命"时期最后的新诗写作作出了对照性的总结：

"七月"派与"中国新诗派"诗人在40年代分别被批评家称为"现代的堂吉诃德与哈姆雷特"，通过以上解读，我们可以发现在"文化大革命"中，他们仍然保留了自己的独特的气质：一个是愤怒的反抗，一个是犹疑的智慧，只是在这时"堂吉诃德"已经饱经挫折，其理想主义已经不无辛酸，而"哈姆雷特"以他的智慧更加发现了时代的可悲与苦楚。③

经过20世纪80年代文学史的发掘及其文学史地位的奠定，即使在"新世纪"的当代诗歌史教材中，穆旦也是必须要被写进文学史，占有一席之位。不仅如此，"当代文学史"中一般还要对穆旦40年代的新诗创作进行回溯与评价。可见其经典诗人的地位已经确立，其诗歌的权威性、典范性已经毋庸置疑。例如，在程光炜所编的教材《中国当代新诗史》在第二章"老诗人的不同命运"中，首先简单回顾了穆旦40年代的创作

---

① 陈思和：《中国当代文学史教程》，复旦大学出版社1999年版，第170页。
② 同上书，第180页。
③ 同上书，第182页。

历程，并且引用了钱理群等人的观点认为他是"中国新诗派"中成就最高的诗人，是中国新诗史上中国现代主义诗歌的"集大成者"。然后，才转入对穆旦当代诗歌写作的叙述与评价。但是他更多地是从穆旦的当代写作与意识形态之间的冲突以及其当时无所适从的创作心态来展开：

> 他愿意牺牲自己的艺术情趣，去适应、迁就工农兵的民间文化水准，但却往往是"事与愿违"……他是那种比较纯粹的诗人，坚信"只有理想使生活兴致勃勃"，却没想到，单纯的爱国热情和严肃的生活态度，如果不能完全融入解放后的现实轨道，诗的翅膀就无法张开。他的文化教养、秉性，不可能使他像有的诗人那样，来个180度的大转弯，直接地为政治路线和中心工作而歌唱。鉴于这种情况，他比从国统区来的诗人还有着双倍的创作困境。①

穆旦的诗歌在高校与文学史相配套的"作品选"中，是必选的诗人，入选文本的数量很大，当然，这种选目本身具有史料的性质。但在以选入"经典文本"为主的21世纪以来的《大学语文》教材中，穆旦的作品几乎也是必选的，其中入选频率最高的三首诗则基本固定为：《春》《赞美》和《诗八首》，说明这三首诗经典文本的地位也已经确立。1999年，在当时中学新诗选目的大辩论中，毛翰就认为穆旦的《森林之魅——祭胡康河上的白骨》应该作为17首必选作品之一。

当下"人教版""苏教版"中学语文教材中入选频率最高的为《赞美》和《春》。

第三节　新诗教育对余光中《乡愁》"经典文本"身份的塑造

余光中《乡愁》一诗的出现，以及新时期以来能够进入中国大陆的各级文学教材，经过在新诗教育中持续的介绍、阐释和不间断的传播，并最终得以成为经典文本，这是由多种因素决定的。

---

① 程光炜：《中国当代诗歌史》，中国人民大学出版社2003年版，第34—35页。

第五章 新诗教育对经典诗人及经典文本的塑造

首先，是中国现代史上的政治原因造成了地域的阻隔，让迁台的大陆民众产生了怀乡的情绪，因而出现了"乡愁"诗的写作。谢冕就认为1949—1976年的新诗写作"是以五十年代此岸大规模的欢乐颂以及彼岸刻骨铭心的怀乡吟为序曲的"①。在1945—1949年国共两党的军事决战中，国民党最终落败并逃往台湾，此前的中华民国政权也因此在大陆覆亡。民国时期的一部分知识分子在1949年前后跟随落败的国民党政权前往台湾地区，这其中也包括诗人余光中。由此，随着台湾海峡两岸国共两党政权持续的对峙，甚至很长时间一度处于严重的敌对状态之中，隔断了迁台民众与曾经的大陆故乡之间的往来。这样，迁台民众包括许多知识分子对于曾经长期生活的大陆故乡，产生了一种怀乡的情绪，即所谓的"乡愁"。而余光中创作于1972年的《乡愁》一诗，就产生于这样的背景之下，表达了游子"怀乡"的情愫。台湾地区表达"乡愁"的诗歌文本众多，构成了当代台湾早期诗歌史的重要内容之一，而另外一个内容则是所谓的"反共"。

其次，80年代以来，随着台湾海峡两岸国共两党政权的敌对状态的缓和及意识形态的进一步宽松，大陆的新文学史教材开始将台湾地区的现当代文学写入新文学史，并且有些教材还设立港澳台文学专章对其进行介绍。这就为余光中在大陆文学史中占有一席之位，以及文本《乡愁》在大陆被介绍、阐释、赞扬并最终成为经典创造了条件。

最后，由于《乡愁》中最后两句"现在啊/乡愁是一湾浅浅的海峡，我在这头/大陆在那头"，对"两岸统一"这一政治主题的升华，与大陆1949年之后的意识形态中一直存在的"统一台湾"这一政治目标的一致和吻合，无疑为余光中的文本《乡愁》进入大陆的各级文学教材获得了"合法性"。也正是在这种语境之下，不仅仅是余光中的文本，其他诗人的"乡愁"文本例如郑愁予的《错误》、痖弦的《红玉米》等也被高频率地选入大陆的文学教材之中。而余光中本人也意识到了这一点，并且继续有意地去强化这一点，以紧贴时代文化与政治规范。2007年6月16日，时年84岁的诗人余光中"续写"《乡愁》，在原诗的基础上加上4

---

① 谢冕：《序言》，见《中国新文学大系·诗卷（1949—1976）》，上海文艺出版社1997年版，第27页。

句,成为全诗的第 5 节(这一新版《乡愁》已经出现在大陆众多的文学教材中):

> 未来啊/乡愁是一道长长的桥梁/我来这头/你去那头

1997 年在邹荻帆和谢冕主编的《中国新文学大系·诗集(1949—1976)》中,收入了余光中的《乡愁》《乡愁四韵》等共八首诗。这在某种程度上是对余光中的诗歌创作及其"乡愁诗"的体认。不仅如此,在该诗集的"序言"中,谢冕用了较大的篇幅对余光中的"乡愁诗"创作进行了高度的评价和细致、精辟的阐释,在某种程度上树立起了其诗歌的权威性:

> 表达离乱后的乡愁最充分的是余光中……他的很多作品都与故国的思怀有关。也许是远隔造成了思念的真切,余光中的这些怀乡诗集中表达了那些在本世纪最大的民族离散中漂流的苦情。他的诗中没有海峡另一边同行的那种欢快和满足感,而是一缕又一缕无以排解的"乡愁"的缠绕。[①]

并且认同了其诗歌中所蕴含的文化意蕴及审美价值,"序言"甚至对其在那一时期的新诗史上独特的"补偿"和"校正"作用作出了总结:

> ……一曲曲充满苦恋乡土的歌吟,无不把母亲、童年和长江、黄河、广阔的中原大地联系在一起。从思念亲人而追及思念故国,特别是通过与丰盈的文化传统相结合的辽阔无边的秋思,与海峡此岸那种满怀希望与欢愉的春天的歌唱形成鲜明的反差。在余光中的诗中,痛苦和悲怀生发自故乡和母亲的追忆,但却升华为对于完整的文化中国的拥抱。因为历史的裂痕造成的隔离,这种拥抱只是在梦中或想象中进行,故充溢在诗行内外的哀愁是无以排解的……他把当日中国诗歌

[①] 谢冕:《序言》,见邹荻帆、谢冕主编《中国新文学大系·诗集(1949—1976)》,上海文艺出版社 1997 年版,第 21 页。

从倾向于意识形态转向了历史和文化。从而表现出历史的厚重感，特别是对那种显得飘浮的欢悦的补偿和校正。这是另一部分诗人对新诗的大贡献。①

此后的1998年，由当时的国家教委高教司所编《中国当代文学史教学大纲》的第三编的"台湾文学的脉络"一节中，规定了余光中的"怀乡"诗歌为教学的重点内容。尽管该"大纲"在"前言"中说大纲为指导性的，"各校可以根据自己的实际情况使用"；但是"大纲"中仍然提供了具体的关于余光中"怀乡诗"在教学中可做参考的阐释方向与解读的视角：

> ……其思想艺术价值较高的诗作是怀乡诗。他的乡愁包括因空间阻隔而产生的地域乡愁和因时间流逝而产生的文化乡愁。怀乡诗常与祖国大陆河山和5000年文化传统联系在一起。前期多言黄河，后期多在儒道之体验上间接表现民族感情。其诗作具有"霸气""才气"与"才力"。"霸气"指其诗能随心所欲，降服和表达一切事物；"才气"指其诗想象力丰富，意象鲜明，比喻新颖，富于创造，不落俗套；"才力"指其学识丰富，修养颇深，能将古典诗文随意转化为现代诗句而不留斧凿之痕。诗作讲究结构，工于发端，巧于结尾，前呼后应，照应紧密。②

这个教学大纲由15所著名高校和研究院共同参与编写，参与的大多为当时从事当代文学史研究的专家与知名学者。与此大纲相配套的《中国当代文学史》"九五"规划教材也已经于1999年出版。这说明余光中及其《乡愁》诗已经在大陆的文学史及高校的文学史教材中获得了合法的地位。在90年代后期至当下的文学史教材的"港台文学"中，都有余光中《乡愁》的介绍、阐释与评价。

---

① 谢冕：《序言》，见邹荻帆、谢冕主编《中国新文学大系·诗集（1949—1976）》，上海文艺出版社1997年版，第22页。

② 国家教委高教司编：《中国当代文学史教学大纲》，高等教育出版社1998年版，第106页。

例如，在 1998 年於可训所著的《中国当代文学概论》认为《乡愁》是余光中返归传统之作，"传诵极广"：

> 余光中的诗歌创作经历过"既反传统于先，又反西化于后"的蜕变，最后不但复归于传统，而且也促使传统向现代发生创造性的转化。与此同时，他的诗风也由"灿烂之极"复归于"平淡"，在这期间写下了许多平易自然的诗作，他的传诵极广的《乡愁》就是一个突出的代表。①

再如王庆生主编的《中国当代文学史》中，引录《乡愁》的全文，并结合余光中近些年来在大陆多个场合对该诗的"创作谈"，来进一步介绍和阐释该诗：

> 1998 年，余光中在台湾中山大学举行的学术会议上评论大陆学者论他的乡愁诗时说："乡愁诗是时代的产物。所谓'国家不幸诗家幸'，我过去所以会写出许许多多情感饱和的乡愁诗来，是因为战争动乱、国家分裂，骨肉离散，令人心痛如焚。"诗人 2000 年 10 月在华中师范大学谈到这首诗时也说："我 1949 年去台湾，到 1971 年写这首诗时，已经离开大陆 20 多年了，当时海峡两岸不能正常交流，心中郁闷，所以写下了这首诗。诗中的母亲、新娘都是我个人生活中的真实的纪念。""乡愁是一个微妙的东西……它既是一个文化的范畴，也是一个历史的范畴，不能仅从地域意义上来理解。对于我来说，年轻时写乡愁，浪漫的成分较浓厚，现在写乡愁就更注意写实。"作者的阐释，使我们对乡愁诗有了深层的理解和把握。余光中的爱情诗多姿多彩，在他的诗中仅次于乡愁诗的地位。②

在新时期以来的《大学语文》教材中，由于文选式教材拥有的自由度，在 80 年代晚期就有教材选入了《乡愁》。例如杨秀主编的《大学语

---

① 於可训著：《中国当代文学概论》，武汉大学出版社 1998 年版，第 306 页。
② 王庆生主编：《中国当代文学史》，高等教育出版社 2003 年版，第 645 页。

文读本》(东北师范大学出版社 1988 年版)。在 21 世纪以来的大学语文中，《乡愁》的入选率很高。例如丁帆、王步高主编的多个版本的《大学语文》中多次选入了该诗。下面就以该教材的 2008 年版本为例，考察其如何对该诗进行解读与赏析。教材首先指出"《乡愁》把一个抽象的很难作出描绘，却被大量描绘所覆盖的主题作出了新的诠释"①，然后"赏析"抓住了该诗写作上的核心特色，即意象的使用：

> 选用了"邮票""船票""坟墓""海峡"四个生活中常见的物象，赋予其丰富的内涵，使原本不相干的四个物象，在乡愁这一特定情感的维系之下，反复咏叹。②

然后，具体分析诗歌的主题如何从对"母亲""妻子"的乡愁升华到对大陆的"乡愁"，在更进一步深化到对历史和文化的乡愁，分析得细致、合理和到位：

> ……诗的前三句思念的都是女性，到最后一句想到祖国大陆这样"大母亲"，于是意境和思路便豁然开朗，就有了"乡愁是一湾浅浅的海峡"一句……乡愁的对象，由具体的"乡"，到抽象的民族的"乡"，从地域之乡，到历史之乡和文化之乡。使"乡愁"逐渐沉淀出丰富的内涵和表现力。③

在 1999 年的中学语文选目大辩论中，毛翰所建议的 17 首新诗中就包括余光中的《乡愁》。在当下的中学语文教材中，2009 年江苏教育出版社的"苏教版"《语文》九年级（上册），以及 2004 人民教育出版社的"人教版"《语文》九年级（下册），都选入了《乡愁》。其中"人教版"是这样来安排教学中的"研讨与练习"的：一、背诵这首诗，思考"乡愁"的含义。二、《乡愁》一诗中，诗人抓住"邮票""船票""坟墓"

---

① 王步高主编：《大学语文》，南京大学出版社 2008 年版，第 510 页。
② 同上。
③ 同上。

和"海峡"这四种物象表达内心感情。说说诗人所抒写的"乡愁"是怎样随着时间的推移而一步步加深、升华的。三、阅读席慕蓉的《乡愁》一诗,说说它与课文在表达上各有什么特点。①

总之,余光中的《乡愁》由于与意识形态具有一定契合性,得以进入大陆各级新诗教材,再通过新诗教育中不断的阐释并与书写、考试等现代教育手段相结合,保证其得以不间断的流传,其经典文本的身份也得以确立并持续得以巩固。

第四节 新诗教育与舒婷《致橡树》"经典文本"地位的确立

舒婷创作于1977年的《致橡树》一诗最早发表于民间刊物《今天》。1979年4月,《致橡树》在《诗刊》第4期"爱情诗"栏目刊出,成为舒婷在正式的刊物上发表的第一篇诗歌作品。紧接着,随着《这也是一切》《祖国啊,我亲爱的祖国》等文的相继发表,舒婷及其诗作更是引起了诗界的注目。自此,《致橡树》开始了它的接受历程,经过不断的介绍、阐释、评价并获得了接受者——甚至包括曾经反对"朦胧诗"的艾青、柯岩——的肯定或称赞。不久,它被写入中国当代文学史、中国当代新诗史及相对应的高校教材,并且很快入选"大学语文"及中学语文教材,在新诗教育中进行其当代诗歌"经典文本"身份的塑造。

最早对舒婷的诗歌进行阐释的是刘登翰发表于《诗探索》1980年第1期的文章《从寻找自己开始——舒婷和她的诗》。他在该文中认为舒婷"在我们百花纷呈的诗坛里,这朵小花的形态和色彩是独异的"②,文章还重点分析了《致橡树》一诗,认为这个文本透露出的不仅是爱情的观念,"也是对人际关系准则的追求",更是其对艺术表达上要具有"独立性"的一种宣言:

---

① 《语文》九年级下册,人民教育出版社2004年版,第5页。
② 刘登翰:《从寻找自己开始——舒婷和她的诗》,见朱寨主编《中国新文艺大系(1976—1982)·理论二集》,中国文联出版公司1986年版,第665页。

在许多爱情和婚姻都遭到污染的十年动乱之后,这种独立的,平等的,相互尊重和支持的爱情的观念和追求,是不同凡响的,但是,这首诗更广阔的寓意还在于作者透过橡树和木棉这两个饱含着主观感情的客体形象,表达了她对人与人之间关系准则的一种认识和追求;人也必须是各自独立又相互联系,彼此尊重又相互支持的。同样,也可以把这当作作者对艺术的一种理解:任何一个有作为的文学家,艺术家,都必须独立地表现出他"自己":他的思考,他的个性,他的独创。首先是作为一株独立的树——哪怕是一棵很小的树,然后才有可能进入文学艺术之林,为之增添风采。舒婷,在我看来还有和她同辈的许多年轻而有为的歌手,都是从这个认识开始进入创作的。①

在当年关于"朦胧诗"的大论争中,"朦胧诗"受到的批评、指责也不少。例如,艾青当时在他的《从"朦胧诗"谈起》一文中就反感有人"吹捧"朦胧诗,反对将"朦胧"作为诗歌写作的准则和美学标准,但是他在该文中对舒婷却是加以肯定的,他说:"她的《在潮湿的小站上》《车过园坂村》《无题》《相会》都是情诗,写得朦胧,出于羞涩……全诗都是明白易懂的。这样的朦胧诗,人们还是可以接受的②。"再如,柯岩当年对"朦胧诗"也是大加指责,因为她认为诗歌写作要从党的"十二大"的"两个文明"建设出发,反对谢冕、孙绍振、徐敬亚三人在"三个崛起"的文章中对"朦胧诗"的支持和"错误"引导,甚至认为"有的年轻人……是别有用意,借朦胧诗,隐晦了自己的政治情绪,发泄不满和敌意"③。但是柯岩对《致橡树》也是加以肯定的,她说被"'崛起'论者树为标兵的舒婷……最初也是写了许多好诗的。舒婷的《致橡树》……不但艺术上很有特色,思想也很健康、昂扬,受到了青年的普遍赞扬。我们不该支持吗?支持有什么错吗?"④ 因此,在当时的朦胧诗

---

① 刘登翰:《从寻找自己开始——舒婷和她的诗》,见朱寨主编《中国新文艺大系(1976—1982)·理论二集》,中国文联出版公司1986年版,第663页。
② 艾青:《从"朦胧诗"谈起》,原载《文汇报》1981年5月12日。转引自姚家华编《朦胧诗论争集》,学苑出版社1989年版,第158—159页。
③ 柯岩:《关于诗的对话——在西南师范学院的讲话》,《诗刊》1983年第12期。
④ 同上。

写作潮流中,舒婷及其《致橡树》在获得合法性和认同度方面还是具有一定优势的,也为其较快地进入文学史和各级新诗教材创造了条件。

最早将"朦胧诗"和舒婷写入文学史的是《新时期文学六年(1976.10—1982.9)》一书。该书在"诗歌"部分——尤其是该部分的第四节"诗歌论争及其对创作的影响"中——多次谈及和评价《致橡树》。该书的作者认为《致橡树》"以情造景,感情炽烈,形象鲜明,具有浓重的哲理色彩"①,同时"《致橡树》中塑造的具有坚强不屈个性的形象……表现了自我对社会生活的独特感受"②。另外,"舒婷之所以引人注目,主要地不在于她是'朦胧诗人'的代表",而是《致橡树》等文本"不仅不'朦胧',而且比较真实明晰地展示了一代青年从迷惘到沉思的沸腾心灵的历程。这大体上反映了这一代人的真实生活的轨迹"③。

在洪子诚、刘登翰合著的《中国当代新诗史》(人民文学出版社 1993 年版)中,对舒婷作了大篇幅细致的分析与阐释,其中也包括针对《致橡树》的专论:

> 在《致橡树》中,提出了一种爱情理想的宣言,其实也是对建立在人格独立基础上的人际关系的向往。"我如果爱你,/绝不像攀援的凌霄花,/借你的高枝炫耀自己,/我如果爱你,/绝不学痴情的鸟儿,/为绿荫重复单调的歌曲……"一连串的假设和随后的否定,表现了对隶属、依附的轻蔑。这种社会理想和人格准则,与现实生活之间存在的难以消弥的距离,加强了舒婷诗中的忧伤情绪,也使她在习见的生活现象和惯常的审美趣味中,敏感地发现无视人的尊严的传统心理"积淀"。④

在 1998 年国家教委颁布的《中国当代文学史教学大纲》中,"朦胧诗"已经被确定为教学内容,但是具体只有舒婷及其《致橡树》等诗作

---

① 中国社科院文学研究所当代文学研究室编:《新时期文学六年(1976.10—1982.9)》,中国社会科学出版社 1985 年版,第 104 页。
② 同上书,第 126 页。
③ 同上书,第 118 页。
④ 洪子诚、刘登翰著:《中国当代新诗史》,人民文学出版社 1993 年版,第 418 页。

被明确规定作为"朦胧诗人"及其文本的代表,"大纲"中关于舒婷的具体内容如下:

> 舒婷生平与创作概况。
>
> 　　以表现自我的内在情感而引起诗坛和读者的注意,以独特的情感体验抒写对祖国、土地、爱情与友谊的依恋。略带忧伤和哀婉的咏叹形成她鲜明的抒情个性,坚韧不倦的追求又为她柔美的诗风中增添了哲理的力度。复杂的情感交织和真率的内心剖白一反直白的诗风而被视为"朦胧",这一特点……也表现在赞美爱情的篇什中,如《致橡树》《神女峰》等。其语言精巧、典雅而流畅,一波三折的假设、让步、转折句式贴切地传达出委婉的情感。①

　　在上述的"大纲"中,对北岛、顾城等人及其文本与特征只字未提。这也说明舒婷及其《致橡树》等"与政治无关"或"无害"的几个主要文本,即使从当时官方的"正统"角度来看,也具有绝对的"合法性"。这也为《致橡树》从其诞生直至当下,在各级新诗史教材中占有一席之地创造了条件。

　　从 80 年代以来,高校的中国当代文学史教材中,就已经有对《致橡树》的介绍及其主题和审美价值阐释,这在对促进文本的传播、树立文本的权威性方面起到了巨大的作用。据笔者搜集到的文学史教材来看,早在 1985 年公仲主编、丁玲作序的《中国当代文学史新编》(江西教育出版社)中,在新时期文学的第三章"诗歌"的第四节"一批青年诗人的诗"中就有对朦胧诗以及舒婷详细的介绍和分析,并且认为《致橡树》在当时受到了好评。同在 1985 年,由"二十二院校编写组"编写的《中国当代文学史》(福建人民出版社)中,在"新时期"文学的第三章第五节"青年诗作者的诗"中,也有对舒婷及《致橡树》的介绍和阐释。陈其光 1992 年主编的《中国当代文学史》(广东高等教育出版社)的第三编"社会主义新时期的文学"中的第三章的第四节为"舒婷及其《致橡

---

① 国家教委高教司编:《中国当代文学史教学大纲》,高等教育出版社 1998 年版,第 83 页。

树》"（该教材朦胧诗人中专节叙述的仅有舒婷一人）。教材中对《致橡树》作出了较高的评价和极力地赞扬：

> 《致橡树》是一首爱情诗，但表现的不只是诗人的爱情观念，它蕴含着深广的思想内容。诗人鄙视为个人功利而"攀援"高枝的世俗……这首爱情诗之所以美，不仅仅在于它超越了庸俗的爱情观念，还在于它蕴含着深广的思想内容："其中反映了人格价值观念的觉醒，表现了知识女性的自觉与自强，也透过恋爱观再现了民族文化心理的现代化趋势。"……《致橡树》在艺术表现上，主要是运用比喻、象征的手法，对爱情心理的具象作了深层次的刻画，求得一种不同凡响的审美效果。①

在陈思和所著的《中国当代文学史教程》（复旦大学出版社1999年版）中，有专节"朦胧诗的新的美学追求——《双桅船》与《致橡树》"论述《致橡树》。在教材中，著者认为"《致橡树》是一首爱情的宣言，同时也是对自我独立人格的确认"②，在文本细读式的分析之后，对文本的时代意义做出了考察：

> 这样一种对情爱关系中个性与自我的维护，是在反叛传统伦理和道德理性的同时确认自己新的理想与追求；在"文化大革命"刚过去的时候，这种看来很抒情的个性表达其实也是正在萌发中的"现代反抗意识"的显现。历史的苦难遭遇使这一代年轻诗人无法再轻易认同来自他人的"理想"和"道德"，他们的自我意识生成于个人的体验和思考中，当一切都从个体生存中剥离之后，他们惟有依恃自我的独立意志，才能走向精神的新生。③

同样是在1999年，洪子诚的《中国当代文学史》中，认为舒婷"在

---

① 陈其光主编：《中国当代文学史》，广东高等教育出版社1992年版，第498—499页。
② 陈思和：《中国当代文学史教程》，复旦大学出版社1999年版，第268页。
③ 同上书，第269页。

另外一些诗中，又坚决地追求个体（尤其是女性）的人生价值和生命的独立性。用一系列的比喻来强调这一意旨的《致橡树》，常被看作是她的最重要作品之一。从这样的视角和体验出发，她因此从习见的现象和惯常的审美趣味中，敏感地揭示漠视人的尊严的心理因素"[①]。在21世纪以来的当代文学史教材中，《致橡树》的权威性更是毋庸置疑。再如，在程光炜2003年所著的"新诗教材"《中国当代诗歌史》中，他认为《致橡树》的主题也是"直接表达了对人的平等观念的新的理解"[②]。相对于专业的文学史教材来说，"大学语文"在文本选择上所具有的自由度相对较大，新出的优秀诗歌文本往往很快就能进入教材。因此，早在80年代的"大学语文"教材中《致橡树》已经频率很高地入选多个版本的教材[③]。例如，在1984年湖南师大等五院校主编的《大学语文》（湖南人民出版社）版中就已经较早地选入了该文本。在21世纪以来的数量众多的"大学语文"教材中，据粗略统计，《致橡树》入选的频率极高。而教材中对文本的阐释则主要与文学史和新诗史中的阐释大致相同。

在下游的中学语文教材中，《致橡树》也作为"经典文本"被选入其中。例如，2003年"人教版"的全日制高中语文教科书，《语文》（必修）第一册。在该教材的第一单元"中国当代诗三首"中一起入选的还有郑愁予《错误》和海子《面朝大海，春暖花开》。教材对《致橡树》的"练习"是这样设计的：

> 朗诵《致橡树》，回答下列问题：
> 1. 这首诗表达了新时代怎样的爱情观？2. 你最喜欢这首诗的哪些诗句，为什么？3. 这首诗讲究节奏和韵律，读起来朗朗上口，有音乐性。试结合有关诗句作一点具体分析。

---

① 洪子诚：《中国当代文学史》，北京大学出版社1999年版，第298页。
② 程光炜：《中国当代诗歌史》，中国人民大学出版社2003年版，第264页。
③ 例如，周振甫主编《大学语文——中国现当代文学作品选》（高等教育出版社1989年版）；四十所高等院校联合编写《大学语文》，西南师范大学出版社1988年版；杨秀主编《大学语文读本》，东北师范大学出版社1988年版；北京林业大学主编《大学语文》，中国林业出版社1986年版等。

随着《致橡树》在各级文学教材中被解读、赞扬,并在文学教育学中与考试、书写、"练习"等现代教育手段相结合,被转化成一种"知识",再经过不断的教育实践,以及数量众多的文学教育的受众的不间断的传播,其经典文本的身份最终得以确立与不断地巩固。

当然,必须要指出的是,《致橡树》在发表了 30 多年之后,其文学评价及其新诗史上地位的变化并不大,同时作为一个经典文本的身份还一直不断地得以巩固,并一直受到新诗教材的青睐,还有一个不可忽视的原因。那就是,在舒婷等第一代朦胧诗人之后,"后新诗潮"的诗人们向舒婷等人发起了挑战,希望对其进行否定和超越。

在艺术表现上,新诗潮的最大贡献在于引进意象表现等现代手法,造成了诗意的朦胧,从而在新诗的艺术领域展开了一场美学变革。而后来的挑战再一次瞄准了这一要害。他们向意象造成的罗列和雕琢,以及艺术的贵族倾向发难。非常醒目地提出口语写作的主张。[①]

于是,在于坚、韩东等人的发难之后,"以此为发端,开始了一个使诗歌脱离公众关怀而回到纯粹个人的时代"[②]。但是在与所谓的"后新诗潮"相伴而来的诗歌写作多元化的时代,却也是诗歌危机到来的时代,谢冕对此有透彻的分析:

> 个体的自由,语言的口语化,结构的松散,内容的切近日常生活,摒弃了可憎的豪言壮语,从此再也不确认权威,诗歌再度成为人人均可把握的文体,这对于禁锢已久的诗歌而言不啻是一个福音。但在这挣脱一切束缚的过程中,诗歌的庄严寄托以及诗意的缺失却是无可挽回的遗憾。当诗变成人人都可为所欲为的时候,诗歌的危机也就不可避免地到来。[③]
>
> ……
>
> 失去约束的诗歌,可能会带给诗人以极大的创作自由。但过度的

[①] 谢冕:《序言》,见《中国新文学大系·诗卷(1976—2000)》,上海文艺出版社 2009 年版,第 24 页。
[②] 同上。
[③] 同上书,第 25 页。

自由对诗的伤害可能是致命的。当诗失去了节律和韵致，当诗不再以精美的构思和优美的旋律打动人的时候，人们要问：诗还存在吗？这是由来已久的问话，它是中国人心头的"结"，时间愈久，结就愈紧。①

也正是新诗的危机时代的徘徊不去，也无形中使舒婷的《致橡树》这样的诗歌文本所具有的美学价值一直很难被超越，这也是《致橡树》在新诗教材中暂时还未能被取代，而继续维持其经典地位的重要原因之一。

第五节　梁小斌诗歌的地位与新诗教育之关系

在新时期以来的新诗教育中，新诗文本要想被选入大、中、小学的教材，需要具有一定的权威性、典范性及原创性，要能得到读者的交口称赞。同时，文本的主题和风格也要与时代的政治文化规范相符合。梁小斌的《雪白的墙》是对"文化大革命"进行反思的文本，其中对"文化大革命"的控诉和反思，和新时期之初"伤痕文学"及"反思文学"的主题一样，与当时的政治文化规范是相吻合的。抑或可以说，这个主题在当时是被允许和受欢迎的。另外，梁小斌文本中儿童视角的采用和顾城又并不相同，具有自身的独特性和原创性。顾城曾经把自己和梁小斌做了一番比较，他对梁小斌说："别人都说我们很像，像吗？天国比罐头要亮多了。不见得，罐头要比天国实在（不容易损坏）。"② 顾城曾经把梁小斌比喻为"罐头诗人"，意即梁小斌是自我封闭的。但是梁小斌的儿童视角的采用，其实是指向现实的，并不像顾城那样只沉浸在自己的内心和虚构的天国世界里。因此，今天回头去看，梁小斌的写作确实参与到了历史的宏大叙事之中，更多的关注时代与社会。顾城的诗歌相对而言则更多的关注和构筑自己的内心世界。再如，《中国，我的钥匙丢了》同样体现了梁小

---

① 谢冕：《序言》，见《中国新文学大系·诗卷（1976—2000）》，上海文艺出版社 2009 年版，第 25 页。

② 梁小斌：《地主研究》，文化艺术出版社 2001 年版，第 235 页。

斌对现实与政治的关注，尽管文本明显的带有象征和浪漫化的色彩。因此，梁小斌能够被新诗史选择，用他自己的话说，"这似乎符合了一个时代的命题"[①]。上述这些都为新诗史能够选择梁小斌奠定了基础。当然，老辈诗人以及文学杂志在新诗人"脱颖而出"并被人们接受的这个过程中所起的作用，也不可低估并必须要被提及。公刘曾经说"梁小斌基本上是由我推荐给中国诗坛的"[②]。确实，在公刘的推荐之下，梁小斌的《雪白的墙》和《中国，我的钥匙丢了》才得以在《诗刊》发表。同时，《雪白的墙》还获得了"1979—1980年中青年诗人优秀诗歌获奖作品"。同时获得这一奖项的还有舒婷的《祖国啊，我亲爱的祖国》。舒婷和梁小斌的这两个文本在主题与风格上都与当时的政治文化规范相符合，即对国家灾难的反思和对具有深重灾难的祖国一如既往的热爱。这样，从新诗史的角度考察，梁小斌就此和朦胧诗人们一道，甚至和艾青、公刘等"归来的诗人"一道，参与到"新时期"新诗史的建构之中，尽管这些诗人写作的主题和风格存在一定的差异，但也因此使其后的新诗史的发展显得更为丰富和多元。此后，梁小斌开始正式进入新诗史和新诗教育，开始被记录、介绍和阐释，也开始了其作为经典诗人和经典文本建构的过程。1985年由张炯、杨匡汉等人编写的《新时期文学六年（1976.10—1982.9）》（中国社会科学出版社）为一本及时反映当时文学新变的"当代文学史"，其中多处提及梁小斌的诗歌写作，对梁小斌的文学史意义进行了阐释与定位：

> 一九八〇年出现的梁小斌的《雪白的墙》和《中国，我的钥匙丢了》，在表象浓重的怅惘与悲伤中有一种强烈期待"晴空"和"艳阳"的内在热望。抒情主人公由衷的爱那洗刷了"写有很多粗暴的字"，而今"闪烁着迷人的光芒"的洁白的墙，顽强地"思考"和"寻找"在中国丢失了的"美好的一切"。诗以墙和钥匙为象征，相当典型地概括了一代人的思绪。[③]

---

① 梁小斌：《少女军鼓队》，中国文联出版公司1988年版，第137页。
② 同上书，第1页。
③ 张炯、杨匡汉：《新时期文学六年（1976.10—1982.9）》，中国社会科学出版社1985年版，第105—106页。

如果说这段文字还只是针对两个梁的具体文本进行简单的分析与阐释，公刘在为梁小斌1988年出版的个人诗集《少女军鼓队》所作的题为"让希望之星重新升起"的序言中全面分析了梁小斌的为人与为诗。公刘在承认其为诗坛推荐了梁小斌的同时，也指出梁小斌的代表诗作所引起的轰动"最根本的决定性因素终归是诗人本身的才华，是他那几首清亮似水而又甘美胜酒的新诗"①。公刘还对其诗歌特色作出了精彩独到的分析："梁小斌笔尖上的现代色彩，绝非'横向移植'的结果，倒是当代中国的现实为他提供了无限丰富的色素。换句话说，不是来自翻译的洋书，而是来自生活的土壤；不是来自仿效，而是来自颖悟；不是来自感官的快乐，而是来自心灵的痛苦"。②另外，公刘还指出梁小斌诗歌中的"怀疑精神"或可称为"批判精神"为其创作的优点和特质，但是有时候用得太滥，而且也缺少对诗人自身的反思。公刘的这些阐释是真正建立在"知人论世"的基础上，因此既贴切又到位。梁小斌被正式写入专门的新诗史则是在1993年洪子诚、刘登翰所著的《中国当代新诗史》中。该书中多处提及梁小斌的新诗写作，在着重分析了其上述两个代表性文本之外，还从主题与艺术两方面对梁小斌的诗歌写作作出了整体分析和总结："寻求受过窒息的心灵获得解放和自由，几乎是梁小斌所有诗都触及的主题……沉重的社会性情感和思考，以轻松自主的意象和叙述方式来传达，使他的诗区别于同时期另一些表现历史事变的作品。"从洪子诚、公刘等人的阐释中可以看出，梁小斌的诗歌文本具有独创性、典范性，也同时获得了自身的一种权威性，从而为其进入新诗教育并且进一步被经典化以及维持其经典地位作出了铺垫。

梁小斌的两个经典文本已经入选了大、中、小学的新诗教材。其实，20世纪80年代至今，在非教材的各种新诗选本中，梁小斌的《雪白的墙》和《中国，我的钥匙丢了》入选的频率已经极高，新诗界的这种肯定，自然也迅速并持续地影响到了新诗教育。在目前能够看到的1998年由国家教委高教司组织编写的《中国当代文学史教学大纲》（高等教育出

---

① 梁小斌：《少女军鼓队》，中国文联出版公司1988年版，第2页。
② 同上书，第4页。

版社）中，对具有代表性的朦胧诗人只列举了这样几个：舒婷、傅天琳、梁小斌、江河、杨炼。非常有意思的是，在该教学大纲中的这种并非可有可无的"纲要性"列举中，既没有顾城，也没有北岛。当然，这里政治文化规范对新诗教育的影响再次显露无遗：一是北岛在1998年该"大纲"编写之时早已去国外，另外其诗歌主题和对"文化大革命"的抨击也因为过于偏激而显得有些"不合时宜"。至于顾城，则也已于1993年在新西兰自杀，其和北岛的诗歌与舒婷、梁小斌的相比，后者则因为更多地采用了象征、隐喻等手法，使诗歌情绪显得更为含蓄、温婉、开朗和宽容。正如"大纲"中对舒婷的阐释：

> 以独特的情感体验抒写对祖国、土地、爱情与友谊的依恋。略带忧伤和哀婉的咏叹形成她鲜明的抒情个性，坚韧不倦的追求又为她柔美的诗风中增添了哲理的力度。①

在80年代以来的各个版本的"当代文学史"教材中，对梁小斌及其代表作都或有提及，或有细致的阐释。特别是21世纪以来，由于文学史经过了时间的积淀和淘洗，新诗文本的意义及文学史价值也都可以看得更为清晰了。例如，在王庆生主编的教材《中国当代文学史》（高等教育出版社2003年版）就综合了诸多的较为齐全的研究材料，突出了梁小斌两篇代表作的价值的同时，也对其新诗整体写作做出了细致的分析。该教材对梁小斌新诗中的儿童视角的采用是这样分析的："他一方面写走出窒息心灵的阴影而获得阳光和自由的天真烂漫的少年儿童，另一方面更以一种童稚单纯的眼光看待周围的一切，使丰富复杂的内容在纯净透明的意象中呈现出来。"② 而对于其诗歌创作的总体特征则为"他的诗善于以小见大，见微知著，从一粒沙中见出整个世界"③。在程光炜2003年编写出版的教材《中国当代诗歌史》（中国人民大学出版社）中，对梁小斌的介绍和阐释虽然与大多数的分析大同小异，但是对梁小斌在新诗史上的意义也做出

---

① 国家教委高教司编：《中国当代文学史教学大纲》，高等教育出版社1998年版，第83页。
② 王庆生：《中国当代文学史》，高等教育出版社2003年版，第417页。
③ 同上书，第517页。

了较为个性化的分析：

> 作者都是以单纯的爱与恨、希望与失望的情绪对比来组织诗篇的。它们给人以清新、健康和充满童心的印象，像一缕早晨的清风，为当时气氛沉重的诗坛带来一种虽略为苦涩、但不乏可爱、优美的感受。[1]

新诗进入教材以后，文本包括新诗史在某种程度上就成了"知识"，因为在现代教育体制中新诗教育往往和书写、考试等教学手段相结合，通过在教育中不断的诵读、阐释、传播，一方面使文本的合法性进一步确立，同时也树立了它的权威性。新诗从20世纪末至今，逐渐随着整个文学一道被边缘化，而新诗则更是成了边缘中的边缘。因此，新诗教育在维持经典文本的地位的过程中所起的作用不可忽视。在大学不仅中文专业的新诗史教学，"大学语文"课程对新诗的传播及经典的塑造和维护作用更是不可忽视。因为"大学语文"课程的开设是中学语文课程的延续，同时就高等教育的现状来看，由于"大学语文"课程在很多高校必须开设，教材中又往往选入一定数量的新诗经典，因此高校新诗教育的受众应该仅次于中小学。据笔者统计，在21世纪以来的大学语文教材中一直有不少版本选入了梁小斌的两个经典文本，这对于梁小斌经典诗人、经典文本地位的塑造和维持起到了重要作用。否则，对于梁小斌这样早就停止新诗写作的诗人来说，在高校的受众可能更是寥寥了。这些选择梁小斌文本的教材主要有刘莉主编的《大学语文》（航空工业出版社2007年版），崔际银主编的《大学语文》（南开大学出版社2007年版）以及方铭主编的《新编大学语文》（合肥工业大学出版社2006年版），等等。同时，新诗变成了"知识"被教学，在"大学语文"教材中也有着生动的注解。例如，在上述崔际银主编的教材中选入了《中国，我的钥匙丢了》一诗，在其后设计了两道"练习"，分别选择的是主题和艺术的角度：一、"钥匙"的象征意义是什么？为何要将其寻找？二、联系实际说明本诗的现实意义。与大学相比，中学新诗教育的受众更多。在"人教版"的高中《语

---

[1] 程光炜：《中国当代诗歌史》，中国人民大学出版社2003年版，第270—271页。

文》(选修)(中国现代诗歌散文欣赏)(2006年)中就选入了《雪白的墙》。在该文本的"导读"中,同样设计了两个问题:一、雪白的墙象征着什么?二、你能体会到诗人写作此诗时的内心感受吗?从上述设计的"问题"中可以看出,大学和中学高年级的新诗教育有一定的相似性,都是从主题和风格方面来教学梁小斌的文本,这符合新诗教育的基本要求。这里需要指出的是,有的"儿童诗选"中也选入了梁小斌的文本,这是对梁小斌文本中"儿童视角"的一种望文生义的理解,这些诗其实不适用于对儿童的新诗教育,因为梁小斌用的"儿童视角",不是真正的"儿童的视角",因此儿童对于其中象征手法的运用,理解起来会有一定的隔膜。

从新诗诞生以来,新诗教育中所选择的文本已经发生了很大的变化,因此经典处于变动之中。确实,经典可以建构,而且没有永恒的经典。同时,就梁小斌的"朦胧诗"写作而言,梁小斌本人已经从新诗史的角度对自身做出了一种反思甚至是自我否定。1984年,他在《诗人的崩溃》一文中提出"必须要怀疑美化自我的'朦胧诗'的存在价值和道德价值",2007年又在《我为〈中国,我的钥匙丢了〉忏悔》一文中对自己曾经为了迎合政治文化规范而不能"说真话"而忏悔:

> 原来,包括我在内,均是阐释政治生活的写手。所谓"写手",就是把人与人之间的亲情关系,揭露为阶级斗争关系,或者又依据新的时代要求,把它又还原为友爱关系,犹如那个糠菜窝头。因为它是文学的,它是以感人的面貌出现,它的基本模式是控诉。在我的诗歌那里,两种互相矛盾的声音,被乔装成为一个诗人的心路历程,蒙昧或者被迫,是掩护诗人过关的辩护词。①

梁小斌这种反观内心和对曾经写作的"忏悔"是真诚的,这也是从主题上对自身经典诗人和两个经典文本的否定。因此,新诗教育维持其经典地位的作用不可抹杀,当然这也要归功于"朦胧诗"的美学价值在目前难以被超越,这也是其中一个重要原因。诗评家谢冕对此有着精辟的阐

---

① 梁小斌:《我为〈中国,我的钥匙丢了〉忏悔》,《南方都市报》2007年2月8日。

释,这个阐释适应于"朦胧诗"写作潮流和当下新诗的"口语化写作",同样也适合于我们理解梁小斌等经典诗人为何还未被时代淘汰,还未被新诗潮所湮没:

> 新诗潮的最大贡献在于引进意象表现等现代手法,造成了诗意的朦胧,从而在新诗的艺术领域展开了一场美学变革。而后来的挑战再一次瞄准了这一要害。他们向意象造成的罗列和雕琢,以及艺术的贵族倾向发难……当诗变成人人都可为所欲为的时候,诗歌的危机也就不可避免地到来。①

如上所述,梁小斌能够进入新诗教育并得以维持其经典的地位,最重要的原因是与政治文化规范相符合,而政治文化规范的背后是一种潜在的权力话语。新诗从民国时期进入教材已经将近一个世纪,在这一个世纪中影响新诗教育的权力话语的变化可以分为三个阶段。一是民国时期。从现在所能收集到的民国时期的中小学语文课本来看,早在1923年,在黎锦晖、陆费逵编辑的《新小学教科书国语读本》(中华书局)中,就选入了李大钊的《山中落雨》及周作人的《乐观》。而在民国十一年傅东华、陈望道主编的中学课本《基本教科书国文》(上海商务印书馆)中,也已经选入了周作人的《两个扫雪的人》、沈尹默的《生机》、刘半农的《一个小农家的暮》和刘大白《渴杀苦》。这是胡适等现代教育的顶层设计者利用新文化运动赋予的话语权力,将白话为主的文学教育和现代教育体制相结合,使白话新诗在艺术并未成熟之际就进入教材,开始了其合法性的获取和经典化建构的阶段。再如,胡适在其《谈新诗》一文中提到的新诗作品,都入选了民国时期的新诗教材,这是话语权力的又一次集中体现。如果说当时中小学新诗教育主要进行文本的接受与阐释,民国大学中的新诗教育者朱自清、废名等人则已经开始了新诗史的梳理,从"史"的角度进行经典的建构。

1949—1966年这"十七年"之中,政治主导着新诗教育。中小学新

---

① 谢冕:《序言》,载《中国新文学大系·诗卷(1976—2000)》,上海文艺出版社2009年版,第24—25页。

诗教育中入选的主要为现代文学史上的左翼诗人和"革命诗人",右翼和"反动"诗人则完全被排除在外。对新诗史的阐释也主要在"左翼文学史"的框架之内展开,新诗史的内容也主要以政党革命史为主,突出政治而轻视美学。新时期以来,随着政治环境的变化和宽松,新诗教育中的话语权逐渐发生了转换,塑造经典的权力貌似开始了一场向文学的回归。尤其是在90年代,重排文学经典的"事件"经常发生,有时候甚至有走向娱乐化的嫌疑。例如,1994年10月《20世纪中国文学大师文库·诗歌卷》出版(海南出版社),其中穆旦被排在20世纪十二位诗歌"大师"之首,其次是北岛、冯至、徐志摩、戴望舒、艾青、闻一多、郭沫若、纪弦、舒婷、海子、何其芳这十一位"大师"。从穆旦在90年代迅速被经典化的过程也可以看出新诗经典化的话语权就掌握在今天的新诗界和诗评家的手里,这其中包括不少学院派的诗评家,他们于短期内就可以建构经典。至此,我们可以清晰地看出新诗教育话语权的变迁。另外,还需要指出的是当下新诗教育中由于话语权力集中在"上层"或者"上游",即新诗经典建构的权力集中在诗歌界和(学院派)诗评家的手里,其对中小学新诗教育也有负面影响,因为这种"下游"的新诗教育中文本的选择和阐释的标准完全来自"上游",例如穆旦被经典化之后就迅速入选了中小学课本,大学的新诗史和"大学语文"课程自不必说,但是中小学新诗接受者的实际情况往往被考虑的不足,"上游"和"下游"之间存在着一种隔膜,如上文所述的梁小斌的诗歌被选入"儿童诗选",就是一种望文生义式的误会。本书以梁小斌为例,从微观到宏观,对当下新诗教育的经典化及百年来话语权力的转换进行了初步分析,希望对当下的新诗教育能有所裨益。

结　　论

　　本书以教材和课堂教学为中心，对民国以来的新诗教育进行了研究。围绕这个研究，再结合新诗发展史和新诗教育史的实际，将问题抽象出来，其中主要包括两个方面：一、新诗教材中的选篇问题；二、教材如何对新诗的文本和新诗史进行阐释的问题。新诗教材中的选篇问题，主要针对民国以来中小学的新诗教材，以及新时期以来的"大学语文"教材而言的。中小学语文教材的选篇，从民国开始，就受到了意识形态的影响。例如，胡适等人早期的"尝试"之作，在新诗合法性都成问题的时候，借助教育部强令教材使用白话的机会，得以进入当时的中小学语文教材，并借助新诗教育表达自由、民主，反对封建专制等现代性理念，甚至是"革命"的理念，这都是新文化运动以来所形成的新的意识形态以及新出现的政治体制等所共同决定的，正如白话新诗的出现也同样是上述意识形态的变化所导致的。而就新诗写作本身而言，也与中国现代史的发展相伴随，是社会现实与个人生活的记录，是个人与时代情绪的表达，因此避免不了意识形态的留痕。1949年之后，大陆中小学教材中的新诗选篇，在一定程度上延续了"解放区"教材的相关特征，并且被进一步明确，要将文学教育纳入思想政治教育的框架中去。另外，由于中国现代史上政党政治的实际，以及左翼文学和右翼文学的划分和对立等，这些因素都融进了新诗选篇要考量的因素之中，而诗歌的美学元素以及新诗史的实际则往往被置于次要的位置。因此，在新时期之前大陆新诗教材的选篇中，左翼的诗歌文本以及一些阶级、革命意识突出，以及反映中国共产党革命史的文本是优先入选的对象，并逐渐被塑造为经典文本。新时期以来，随着新诗史面目的逐步恢复，一些在新诗史上影响较大的，但是曾经一度被视为支流、逆流，甚至"反动"的诗人，他们的文本也得以逐渐入选教材。

但是，在中小学语文教材中，这种变化却是相当缓慢的。尤其是 1991 年，在政府再次明文规定要重视将中小学语文教育和思想政治教育相结合的情况出现之后。1990 年代末至 21 世纪以来，这种情况有所改变。教材中逐渐将诗歌美学作为选篇的重要依据，同时新时期以来出现的年代较近的诗歌文本也开始入选，例如舒婷、海子、王家新等人的作品。不仅如此，像穆旦这样被诗歌界重新"发掘"，并被塑造为经典诗人的诗歌文本也迅速入选。这说明新诗的选篇也逐渐考虑到新诗史研究的前沿和新诗教育的实际。但是，选篇要完全避免意识形态的影响是很难做到的。例如，革命领袖的诗词以及反映政党革命史的诗歌文本，在一些中小学教材中也还有频频入选的情况存在。而在新诗期以来的"大学语文"教材中，因为教材的编写具有较大的自由度，其新诗选目的变化甚至要早于大陆文学史中对新诗史面目的恢复，和对"右翼"及"反动"诗人"平反"的速度，而且对新诗领域最新的研究成果也反应迅速，这是一个非常有意思的文学现象。民国以来，朱自清、沈从文、废名等人在他们的"新文学讲义"中就已经开始了对新诗发展史的叙述和建构。尽管他们的叙述中也包含着个人的倾向。例如，废名在新诗"讲义"《谈新诗》中明确指出，他很不喜欢徐志摩的诗歌风格以及徐氏对新诗格律化的实践，甚至对其大加挞伐。但是，民国时期对新诗史的叙述基本遵从了新诗史发展的实际，其中有很多创新性的见解，并且充满了理性和学理化。这些努力对新诗史的建构包括新诗合法性的获取，以及新诗在现代文学史上能够占有一席之地都有所贡献。1949 年之后至"文化大革命"结束，对新诗史的阐释突出了左翼诗人的诗歌创作，基本处于左翼文学史的叙述框架之内，包括对具体新诗文本的阐释亦是如此。而这些偏狭，在当时已经不可避免地影响到"下游"中小学的新诗教育。新时期以来，高校的新诗教材逐步调整了对新诗史的叙述，逐步恢复了新诗史的实际面目，高校的新诗教材的编写者和研究者们，同时还在进行着重塑经典，发掘经典的活动。例如，对胡适新诗"尝试"之功的认可，对徐志摩诗歌美学的认同等；再如对艾青经典诗人的重塑、对穆旦经典意义的"发现"，等等。而这些同样影响到了同一时期的中小学的新诗教育。

新诗选篇以及新诗史的阐释，要摒弃意识形态的影响，这在当下已经不构成大的问题。而本文通过新诗教材的梳理展现了这一往复、渐变的过程。另外，有些问题将来还值得进一步深入的探讨。其中包括历史研究的，如"解放区"的新诗教育与 1949 年之后"十七年"新诗教育的关系，哪些特征得到了继承与延续，二者是如何过渡的。当然，这需要大量的"解放区"新诗教材及教育方面资料的支撑才能完成；还有关于现状研究的，如对当下新诗教材使用的现状和存在的问题进行相关田野调查，调查的对象应该包括学生、教师、诗人、作家、诗歌研究者、文化研究者甚至普通民众，通过调查以进一步明确新诗教育中的新诗教材在当下还存在哪些问题。当然，这些进一步的研究都只能有待以后再去进行。

新诗教育中，还有两个问题值得关注与探讨。这两个问题的其中一个具有宏观性质，并且关系到新诗教育及其可持续性，那就是新诗发展面临困境这一问题。因为新诗只有在当下持续的发展，并且获得一定的成绩，维持其合法性，才能不会消亡。而也只有这样，优秀的新诗文本才能不断地进入各级学校的教材和课堂教学，新诗教育才能具有可持续性，并继续作为一种"当代文学"的教育，而不是像古诗词教育那样，成为一种"标本"式的教育——因为古诗词相对于仍然活在当下的新诗和新诗创作来说，某种程度上更具有一种标本性质，而且古代诗歌史的教学也主要是史料性质的。新时期以来，新诗在"朦胧诗"潮流之后，在诗歌美学上也产生了一种嬗变。这种嬗变在诗学思想和追求上表现为对"朦胧诗"潮流中的诗学观念的一种反动，其具体内容可以概括为强调诗歌语言的口语化，拒绝在诗歌写作中使用意象，反对崇高和优雅的诗歌精神，强调诗歌注重表现日常生活，追求诗歌写作的一种"日常生活化"。而在这种诗学思想的影响之下，后来逐渐形成了一种诗歌创作的潮流，其代表诗人如于坚、韩东等人，其代表性文本如于坚的《尚义街六号》、韩东的《有关大雁塔》等。其后果则是使诗歌的发展逐渐面临一种新的困境。例如，2006 年造成一定影响的"赵丽华诗歌事件"，2010 年针对诗人车延高的所谓"羊羔体诗歌事件"，以及网络上一度出现的所谓"咆哮体"诗歌，这些主要由网络引发的诗歌事件和"新诗文体"，除了针对当下新诗写作中存在的一种过于口语化的问题之外，当然也还有网络时代带给我们关于新诗写作的一些新的思考。不过，这些新问题其实也还算是老问题。例如，蓝棣之在《现代诗歌理论：渊源与走势》（清华大学出版社 2002 年版）中，就曾经总结了新诗发展历程中存在的几对基本矛盾，主要包括新诗写作中一直存在的"明白与朦胧""言志与说理""格律与自由""主体性与社会性"等问题。而当下新诗出现的问题还是基本可以归结为"明白与朦胧"以及"主体性与社会性"这两对矛盾的再次凸显。对此问题，谢冕在为《中国新文学大系·诗卷（1976—2000）》（上海文艺出版社 2009 年版）所作的《序言》中，对于新诗美学的这种转变，已经作出了梳理及深刻的分析：

> ……作为一个新的转型，后新诗潮为中国新诗提供了诸多新的可能，其与新诗潮对比，最重要在于如下这些迹象：即，从集体到个人，从外在到内心以及从贵族到平民。这些诗歌表现庸常的人生，从情调到语言都力主平民性和口语化。但是作为核心的变化，则是重新寻求生命的真谛。对于新诗而言，这同样是一次惊天巨变……但在这挣脱一切束缚的过程中，诗歌的庄严寄托以及诗意的缺失却是无可挽回的遗憾。当诗变成人人都可为所欲为的时候，诗歌的危机也就不可避免地到来。①

对于新诗创作危机的到来及其深层次的原因与表现，谢冕也作出了分析：

> 90 年代的市场经济使物质和享乐成为社会的主调。物质的丰盛与精神的贫乏构成了反差。急迅的节奏和匆忙的生活，挤走了仅剩的若干诗意，快餐文化和影视节目夺取了人们的剩余时间。人们渴望诗歌能够丰足他们的精神空间，但是诗人无为。同样情景，读者和批评家的愿望，又在自负而又自信的诗人那里构成了逆反。诗歌是在一味地"繁荣"着，而读者又是一如既往地在"等待"着和"失望"着。在 20 世纪和 21 世纪之交，诗歌在人们的期待中按照自己的逻辑，造出了无尽的诗歌事实，而读者的不满几乎与日俱增。②

---

① 谢冕：《序言》，见《中国新文学大系·诗卷（1976—2000）》，上海文艺出版社 2009 年版，第 24—25 页。
② 同上书，第 25 页。

确实，我们曾经一直吁求文学和诗歌的创作要"去政治化"，要摆脱意识形态的干预。但是，当诗歌终于疏离了政治，为政治和时代代言的诗歌不再是新诗创作的大潮之时，新诗也在受到市场大潮的冲击等因素的影响之下，远离社会的中心并走向了边缘。与此同时，新诗的"无为"以及公众的质疑与诟病，却又让我们为新诗的合法性再次心怀隐忧，因为这确实让我们有点始料未及。但是，新诗的语言能否由"明白"再次回到"朦胧"，新诗创作的向度与主题能否放弃"个人化"而重回"社会性"？即便如此，是否就能够解决新诗发展在当下所面临的问题，我们难以预测。正如谢冕所言，"当诗失去了节律和韵致，当诗不再以精美的构思和优美的旋律打动人的时候，人们要问：诗还存在吗？……在物欲横流，而人们又无暇顾及的今天，人们只能无奈地把问话留给遥远"[①]。但是有一点可以预料，新诗必须要摆脱自身创作和发展中面对的危机，维持自身的持续的合法性，维护自身的一种"当代文学"的地位，优秀和典范性的文本要不断地出现，从而使其成为新诗教育中的"源头活水"，新诗教育才能与古代诗词教育的性质相区别，近百年的新诗史的发展和新诗教育才能得以持续，新诗创作和新诗教育也才能互为促进、相辅相成。

新诗教育中还有一个微观性的问题也值得在此探讨，那就是"新诗作法"的问题在教学中一直未能受到应有的重视。民国时期，在面对新诗这一新起的文体，以及当时新诗教学专门教材的缺乏这一问题，孙俍工和胡怀琛二人自编出版了专门的新诗教材，分别为《新诗作法讲义》（商务印书馆1924年版）及《新诗概说》（商务印书馆1925年版）。前者的使用对象为当时的初中三年级学生，后者则是为当时中等教育中的"艺术师范"的短期班而编写。在孙俍工《新诗作法讲义》的第三章专门谈到了"作法"，内容包括为什么要教作法，即"作法的必要"；包括诗歌"语言的选择"，即如何做到诗歌"文字的精练"；以及诗歌创作中的修辞，例如"比喻"和"象征"的使用；还包括诗歌写作中如何注意音节的问题等。而在胡怀琛的《新诗概说》中也花了三个章节来谈新诗的作法，而整个讲义也只有八章。其中，第四章为"新诗怎样作法"，第五章

[①] 谢冕：《序言》，见《中国新文学大系·诗卷（1976—2000）》，上海文艺出版社2009年版，第25页。

为"关于作诗应该读的书",第六章为"和作诗有连带关系的科学"。在民国时期的中小学语文课程的课堂教学中,无论是在"国统区"还是"解放区",其中都有关于新诗作法的内容,这在当时被称为"仿做",并且一般针对的是高年级,例如"高小"。在朱翊新主编的《高小国语读本》(世界书局1937年版)的第二册第八课中,选了一首新诗《假使》,其中课堂教学中也安排有"仿造",即"仿造本诗的一首"。在"解放区"的东北政委会编审委员会所编的《高小国语》(东北书店1947年版)第三册第十七课中,选入了陶行知的《小先生歌》,而在"练习"的最后一题中,安排的就是"仿做一首新诗"。在1949年之后,大陆中小学的语文教育中,尽管选入了具有典范性的新诗文本作为教学的对象,但是却基本不教授新诗的作法。例如,在1963年的《全日制中学语文教学大纲(草案)》中,就对中学的作文教学作出了具体的规定,提出"初中阶段,要求能写记叙文、应用文和简单的说明文、议论文。高中阶段,要求能写比较复杂的记叙文、应用文和一般的说明文、议论文"[①]。可以看出,新诗的写作并不在"作文"训练的要求之列。这种情况一直延续到"新时期",在1978年的《全日制十年制学校中学语文教学大纲(试行草案)》中,对"作文"的要求仍然是能写作说明、记叙和议论性的文章。而在2000年的《九年制义务教育全日制初级中学语文教学大纲》的"写作"一项中,还是要求"能写记叙文、简单的说明文、简单的议论文和一般的应用文"。不难理解,在应试教育的大的背景之下,语文教育在围绕着大纲的同时,还要围绕着应试,在中学语文的"作文"一项中,看似显示出一定的自由度,例如经常会出现对考试中作文的文体不做要求的情况,但是一个硬性规定则是"诗歌文体"除外。也许是因为诗歌文体的写作如果出现在考试中,会存在得分以及优劣的评判上的困难,但是这也无形中会使新诗的写作或诗歌写作,在课堂教学中受到轻视和忽视,这也是不争的事实。同时,这也会使新诗写作的教学甚至是整个新诗的教学都受到不小的影响。让新诗写作的教学进入文学教育的课堂,应该可以进一步促进新诗的教育以及新诗的传播。而若能将此付诸实践,应该也是一种不错的尝试。

---

① 教学大纲中对"作文"的要求和规定,具体内容见何慧君主编《20世纪中国中小学课程标准·教学大纲汇编》,人民教育出版社2001年版。

参考文献

新诗教材类

一　民国以来中小学教科书：

1. 陈鹤琴：《分部互用儿童教科书儿童中部国语》，上海儿童书局1934年版。

2. 德俯、刘松涛等编，华北人民政府教育部教科书编审委员会修订：《新编高级小学国语读本》，华北联合出版社1948—1949年版。

3. 德俯、刘松涛等编，华北人民政府教育部审定：《国语课本》（初小），新华书店1948—1949年版。

4. 丁榖音、赵欲仁：《复兴国语教科书（高小）》，商务印书馆1933年版。

5. 东北政委会编审委员会：《高小国语》，光明书店1947年版。

6. 东北政委会编审委员会：《高小国语》，东北书店1947年版。

7. 东方明等编，晋绥边区行政公署教育处审定：《国语课本》（初小），晋绥边区新华书店1948年版。

8. 国立编译馆：《实验国语教科书》（高小），商务印书馆、中华书局、世界书局1936年版。

9. 胡怀琛：《新诗概说》，商务印书馆1925年版。

10. 胡怀琛：《新撰国文教科书》（初小），商务印书馆1925年版。

11. 胡贞慧：《新时代国语教科书》，商务印书馆1927年版。

12. 教育部编审会：《修正高小国语教科书》，新民印书馆有限公司1938年版。

13. 晋察冀边区行政委员会教育处审定：《国语课本》，新华书店晋察冀分店1946年版。

14. 黎锦晖、陆费逵：《新小学教科书国语读本》（高小），中华书局1923年版。

15. 林兰、陈伯吹：《小学北新文选》，北新书局1933年版。

16. 沈百英：《基本教科书国语》，商务印书馆1931年版。

17. 孙俍工：《新诗作法讲义》（供初中三年级使用），商务印书馆1924年版。

18. 王伯祥：《开明国文课本》，上海开明书店1932年版。

19. 王云五、沈百英、宗亮寰、丁毅音：《复兴国语课本》（高小），商务印书馆1935年版。

20. 魏冰心、朱翊新：《初级国语读本》（初小），世界书局1924年版。

21. 魏冰心等：《国语读本》，世界书局1934年版。

22. 吴鼎主编，国立编译馆：《高级小学国语》，上海国立中小学教科书七家联合供应处1946—1947年版。

23. 夏丏尊、叶绍钧：《国文百八课》，开明书店1935年版。

24. 中国教科书研究会：《大众教科书国语》，大众书局1934年版。

25. 朱文叔编，舒新城、陆费逵校：《初中国文读本》，中华书局1935年版。

"人教版"中学语文课本及教学大纲：

1. 《初中语文课本》，人民教育出版社1950、1951年版。

2. 《高中语文课本》，人民教育出版社1953、1954年版。

3. 《初级中学课本文学》，人民教育出版社1956、1957年版。

4. 《高级中学课本文学》，人民教育出版社1957年版。

5. 《初中语文》，人民教育出版社1958年版。

6. 《高中语文》，人民教育出版社1958年版。

7. 《初中语文》，人民教育出版社1963年版。

8. 《高中语文》，人民教育出版社1963年版。

9. 普通高中课程标准实验教科书《语文①》（必修），人民教育出版社2007年版。

10. 普通高中课程标准实验教科书《语文（选修）》（中国现代诗歌

散文欣赏），人民教育出版社 2006 年版。

11. 全日制高中语文教科书《语文（必修）》第一册，人民教育出版社 2003 年版。

12. 义务教育课程标准实验教科书《语文》七年级（上册），人民教育出版社 2004 年版。

13. 义务教育课程标准实验教科书《语文》，八年级（下册），人民教育出版社 2004 年版。

14. 义务教育课程标准实验教科书《语文》，九年级（上册），人民教育出版社 2004 年版。

15. 义务教育课程标准实验教科书《语文》（小学），人民教育出版社 2004 年版。

16. 1978 年《全日制十年制学校中学语文教学大纲》（试行草案）

17. 1980 年《全日制十年制学校中学语文教学大纲》（试行草案）

18. 1986 年《全日制中学语文教学大纲》

19. 1988 年《九年制义务教育全日制初级中学语文教学大纲》（初审稿）

20. 1990 年《全日制中学语文教学大纲》（修订本）

21. 2000 年《九年义务教育全日制初级中学语文教学大纲》

22. 2000 年《全日制普通高级中学语文教学大纲》（实验修订版）

"苏教版"义务教育课程标准中小学教科书：

1. 《语文》九年级（上册），江苏教育出版社 2009 年版。

2. 《语文》八年级（上册），江苏教育出版社 2009 年版。

3. 《语文》八年级（下册），江苏教育出版社 2009 年版。

4. 《语文》七年级（上册），江苏教育出版社 2009 年版。

5. 《语文》七年级（下册），江苏教育出版社 2009 年版。

6. 《语文》六年级（上、下册），江苏教育出版社 2009 年版。

7. 《语文》五年级（上、下册），江苏教育出版社 2008、2009 年版。

8. 《语文》三年级（上、下册），江苏教育出版社 2007 年版。

9. 《语文》二年级（上、下册），江苏教育出版社 2006 年版。

10. 《语文》一年级（上、下册），江苏教育出版社 2005 年版。

11. 《高中语文》（必修1），江苏教育出版社2006年版。

12. 《高中语文》（必修3），江苏教育出版社2006年版。

13. 《高中语文》（必修5），江苏教育出版社2006年版。

二　民国以来大学的"新文学史教材"及"教学大纲"：

1. 陈其光主编：《中国当代文学史》，广东高等教育出版社1992年版。

2. 陈思和：《中国当代文学史教程》，复旦大学出版社1999年版。

3. 程光炜：《中国当代诗歌史》，中国人民大学出版社2003年版。

4. 丁易：《中国现代文学史略》，作家出版社1955年版。

5. 废名：《谈新诗》，北平新民印书馆1944年印行。

6. 国家教委高教司编：《中国当代文学史教学大纲》，高等教育出版社1998年版。

7. 洪子诚：《中国当代文学史》，北京大学出版社1998年版。

8. 黄修己：《中国现代文学发展史》，中国青年出版社1988年版。

9. 黄修己：《中国现代文学简史》，中国青年出版社1984年版。

10. 九院校编写组：《中国现代文学史》，江苏人民出版社1979年版。

11. 老舍、李何林、王瑶等：《中国新文学史教学大纲初稿》，收入李何林《中国新文学史研究》，《新建设》杂志社1951年版。

12. 刘绶松：《中国现代文学史初稿》，人民文学出版社1979年版。

13. 钱理群等编：《中国现代文学三十年》，北京大学出版社1998年版。

14. 沈从文：《新文学研究——新诗发展》收入《沈从文全集》第16卷，北岳文艺出版社2002年版。

15. 苏雪林：《中国二三十年代作家》，纯文学出版社1983年版。

16. 唐弢：《中国现代文学史简编》，人民文学出版社1984年版。

17. 唐弢主编：《中国现代文学史》，人民文学出版社1979—1980年版。

18. 田仲济、孙昌熙主编：《中国现代文学史》，山东人民出版社1979年版。

19. 王庆生主编：《中国当代文学史》，高等教育出版社2003年版。

20. 王瑶：《中国新文学史稿》，上海文艺出版社1982年版。

21. 王哲甫：《中国新文学运动史》，北平杰成印书局 1933 年版。

22. 於可训：《中国当代文学概论》，武汉大学出版社 1998 年版。

23. 张毕来：《新文学史纲要》，人民文学出版社 1985 年版。

24. 中国人民大学中文系文学史教研室编：《中国现代文学史讲义初稿（内部使用）》，1962 年印行。

25. 中南七院校编：《中国现代文学史》，长江文艺出版社 1979 年版。

26. 朱德发主编：《中国现代文学史实用教程》，齐鲁书社 1999 年版。

27. 朱栋霖、朱晓进主编：《中国现代文学史 1917—2000》，北京大学出版社 2007 年版。

28. 朱自清：《中国新文学研究纲要》收入朱乔森主编《朱自清全集》第 8 卷，江苏教育出版社 1996 年版。

三　现当代文学作品选：

1. 洪子诚主编：《中国当代文学史作品选（修订版）》，北京大学出版社 2008 年版。

2. 刘勇主编：《中国现代文学作品选（下）》，北京师范大学出版社 2010 年版。

3. 王家平主编：《中国现代文学作品导读》，北京大学出版社 2005 年版。

4. 吴秀明主编：《中国现代文学作品选评》，浙江大学出版社 2005 年版。

5. 袁贵娥主编：《中国现代文学作品选编》，高等教育出版社 2011 年版。

四　"大学语文"课本：

1. 北京林业大学主编：《大学语文》，中国林业出版社 1986 年版。

2. 丁帆、朱晓进等主编：《大学语文》，外语教学与研究出版社 2005 年版。

3. 方铭主编：《新编大学语文》，合肥工业大学出版社 2006 年版。

4. 方铭主编：《大学语文》，贵州大学出版社 2008 年版。

5. 甘筱青主编：《大学语文读本》，复旦大学出版社 2009 年版。

6. 湖南师大等五院校主编：《大学语文》，湖南人民出版社 1984 年版。

7. 韩学信等主编：《大学语文》，山东教育出版社 1985 年版。

8. 韩光惠主编：《大学语文》，四川大学出版社 2009 年版。

9. 侯洪澜主编：《新编大学语文》，兰州大学出版社 2008 年版。

10. 黄高才主编：《大学语文》，西北农林大学出版社 2009 年版。

11. 贾剑秋主编：《大学语文》，四川大学出版社 2007 年版。

12. 蒋承勇主编：《大学语文简编》，上海交通大学出版社 2008 年版。

13. 刘莉主编：《大学语文》，航空工业出版社 2007 年版。

14. 林珊主编：《大学语文》（第二版），对外经贸大学出版社 2009 年版。

15. 孟昭泉主编：《大学语文》，电子科技大学出版社 2008 年版。

16. 四十所高等院校联合编写：《大学语文》，西南师范大学出版社 1988 年版。

17. 童庆炳主编：《新编大学语文》，北京邮电大学出版社 2009 年版。

18. 王步高、丁帆主编：《大学语文》，南京大学出版社 2003 年版。

19. 王步高主编：《大学语文》，南京大学出版社 2008 年版。

20. 王尚文主编：《大学语文》，浙江人民出版社 2008 年版。

21. 徐中玉主编：《大学语文》，华东师范出版社 1988 年版。

22. 徐中玉主编：《大学语文》（增订本），华东师范大学出版社 2001 年版。

23. 徐中玉主编：《大学语文》，华东师范大学出版社 2007 年版。

24. 杨秀主编：《大学语文读本》，东北师范大学出版社 1988 年版。

25. 朱东润主编：《大学语文通用读本》，复旦大学出版社 1985 年版。

26. 中山大学、华南师大"大学语文编写组"主编：《大学语文读本》，中山大学出版社 1985 年版。

27. 张之强主编：《大学语文》，北京师范大学出版社 1985 年版。

28. 张静主编：《新编大学语文》，文心出版社 1986 年版。

29. 周振甫主编：《大学语文——中国现当代文学作品选》，高等教育出版社 1989 年版。

30. 张际银主编：《大学语文》，南开大学出版社 2007 年版。

31. 张建主编：《大学语文》，武汉大学出版社 2007 年版。

32. 张鹏振等主编：《大学语文新编》，华中科技大学出版社 2007 年版。

教育史、教材研究类专著：

1. 董葆良等主编：《中国教育思想通史》，湖南教育出版社 1994 年版。

2. 黄修己：《中国新文学史编纂史》，北京大学出版社 2007 年版。

3. 李伯棠著：《小学语文教材简史》，山东教育出版社 1985 年版。

4. 李杏保、顾黄初：《中国现代语文教育史》，四川教育出版社 1997 年版。

5. 李国钧等编：《中国教育制度通史》，山东教育出版社 2000 年版。

6. 闫苹主编：《中国现代中学语文教材研究》，文心出版社 2007 年版。

7. 闫苹主编：《民国时期小学语文课文选粹》，语文出版社 2008 年版。

8. 闫苹主编：《民国时期语文教科书评介》，语文出版社 2008 年版。

9. 张隆华主编：《中国语文教育史纲》，湖南师范大学出版社 1991 年版。

10. 周予同：《中国现代教育史》，福建教育出版社 2007 年版。

理论专著、文本类：

1. 艾青：《诗论》，新生活出版社 1953 年版。

2. 艾青：《诗论》，人民文学出版社 1980 年版。

3. 艾青：《艾青论创作》，上海文艺出版社 1985 年版。

4. 艾青主编：《中国新文学大系·（诗集 1927—1937）》，上海文艺出版社 1985 年版。

5. 艾青：《艾青诗选》，四川文艺出版社 1986 年版。

6. 艾青：《艾青全集》，花山文艺出版社 1991 年版。

7. 曹元勇编：《蛇的诱惑·穆旦》，珠海出版社 1997 年版。

8. 邓小平：《邓小平文选 1975—1982》，人民出版社 1983 年版。

9. 杜运燮、袁可嘉、周与良主编：《一个民族已经起来——怀念诗人、翻译家穆旦》，江苏人民出版社 1987 年版。

10. 杜运燮等编：《丰富和丰富的痛苦——穆旦逝世 20 周年纪念文

集》，北京师范大学出版社 1997 年版。

11. 废名：《谈新诗》，人民文学出版社 1984 年版。
12. 顾城：《顾城文选》，北方文艺出版社 2005 年版。
13. 胡风：《胡风评论集》，人民文学出版社 1984 年版。
14. 胡适：《胡适的日记》，中华书局 1985 年版。
15. 洪子诚、刘登翰：《中国当代新诗史》，人民文学出版社 1993 年版。
16. 黄修己：《中国新文学史编纂史》，北京大学出版社 1995 年版。
17. 韩石山等编：《徐志摩评说八十年》，文化艺术出版社 2008 年版。
18. 黄曼君：《中国现当代文学史与论——黄曼君自选集》，华中师范大学出版社 2009 年版。
19. 柯灵：《柯灵文集》，文汇出版社 2001 年版。
20. 李何林：《中国新文学史研究》，《新建设》杂志社 1951 年版。
21. 骆寒超：《中国现代诗歌论》，江苏人民出版社 1984 年版。
22. 娄东仁、晓菲编：《艾青散文（上集）》，中国广播电视出版社 1994 年版。
23. 林漓主编：《徐志摩文集》，海天出版社 1998 年版。
24. 陆耀东：《徐志摩评传》，重庆出版社 2001 年版。
25. 蓝棣之：《现代诗歌理论——渊源与走势》，清华大学出版社 2002 年版。
26. 绿原：《绿原说诗》，人民文学出版社 2006 年版。
27. 茅盾：《茅盾全集·第 21 卷·中国文论四集》，人民文学出版社 1984 年版。
28. 穆旦：《穆旦诗选》，人民文学出版社 1986 年版。
29. 毛泽东：《毛泽东选集》第三卷，人民出版社 1990 年版。
30. 穆旦：《穆旦诗全集》，中国文学出版社 1996 年版。
31. 欧阳哲生编：《胡适文集》，北京大学出版社 1998 年版。
32. 荣格：《心理学与文学》，生活·读书·新知三联书店 1987 年版。
33. 沈辉编：《苏雪林文集》第 2 卷，安徽文艺出版社 1996 年版。
34. 沈辉编：《苏雪林文集》第 3 卷，安徽文艺出版社 1996 年版。
35. 舒婷：《露珠里的诗想》，浙江文艺出版社 1998 年版。

36. 宋原放主编：《中国出版史料第一卷（下册）》，山东教育出版社2001年版。

37. 沈从文：《沈从文全集》第16卷，北岳文艺出版社2002年版。

38. 舒婷：《心烟·秋天的情绪》，河北教育出版社2006年版。

39. 王瑶：《王瑶全集》第三卷，河北教育出版社2000年版。

40. 吴履平主编：《20世纪中国中小学课程标准教学大纲汇编》，人民教育出版社2001年版。

41. 王炳根：《少女万岁——诗人蔡其矫》，海峡文艺出版社2004年版。

42. 温儒敏等著：《中国现当代文学学科概要》，北京大学出版社2005年版。

43. 辛迪等：《九叶集——四十年代九人诗选》，江苏人民出版社1981年版。

44. 徐纶、韦夷主编：《延安文艺作品精编（理论·诗歌卷）》，浙江文艺出版社1992年版。

45. 谢冕主编：《徐志摩名作欣赏》，中国和平出版社1993年版。

46. 谢冕：《世纪留言》，中国广播电视出版社1997年版。

47. 谢冕主编：《中国新文学大系·诗卷（1949—1976）》，上海文艺出版社1997年版。

48. 谢冕主编：《中国新文学大系·诗卷（1976—2000）》，上海文艺出版社2009年版。

49. 徐志摩：《徐志摩自传》，江苏文艺出版社1997年版。

50. 姚家华编：《朦胧诗论争集》，学苑出版社1989年版。

51. 赵家璧主编：《中国新文学大系·诗集》，上海良友图书印刷公司1935年版。

52. 臧克家主编：《中国新文学大系·诗卷（1937—1949）》，上海文艺出版社1990年版。

53. 张放、陈红编：《朋友心中的徐志摩》，百花文艺出版社1999年版。

54. 臧克家：《臧克家全集（第十卷）》，时代文艺出版社2002年版。

55. 张隆溪：《二十世纪西方文论述评》，生活·读书·新知三联书店

1936年版。

56. 张隆溪《中西文化研究十论》，复旦大学出版社2005年版。

57. 赵遐秋等编：《徐志摩全集》，广西民族出版社1991年版。

58. 张如法编：《绿原研究资料》，河南大学出版社1991年版。

59. 张同道编：《20世纪中国文学大师文库·诗歌卷》，海南出版社1994年版。

60. 中国社会科学院文学研究所当代文学研究室编：《新时期文学六年（1976.10—1982.9）》，中国社会科学出版社1985年版。

61. 钟叔河主编：《周作人散文全集》，广西师范大学出版社2009年版。

62. 周红兴：《艾青的跋涉》，文化艺术出版社1988年版。

63. 朱立元主编：《当代西方文艺理论》，华东师范大学出版社1997年版。

64. 朱乔森编：《朱自清全集第八卷·学术论著编》，江苏教育出版社1993年版。

65. 朱寿桐：《中国现代社团文学史》，人民文学出版社2004年版。

66. 朱晓进等：《非文学的世纪——20世纪中国文学与政治文化关系史论》，南京师范大学出版社2004年版。

67. 朱寨主编：《中国新文艺大系（1976—1982）·理论二集》，中国文联出版公司1986年版。

68. 邹荻帆、谢冕主编：《中国新文学大系·诗集（1949—1976）》，上海文艺出版社1997年版。

69. ［美］华勒斯坦等著：《学科·知识·权力》，刘健芝等编译，生活·读书·新知三联书店1999年版。

70. ［美］哈罗德·布罗姆：《西方正典》，江宁康译，译林出版社2005年版。

期刊、报纸文献：

1. 艾青：《中国新诗六十年》，《文艺研究》1980年第5期。

2. 卞之琳：《徐志摩诗重读志感》，《诗刊》1979年第9期。

3. 陈从周：《记徐志摩》，《新文学史料》1981年第4期。

4. 陈建军：《写在〈废名讲诗〉出版之后》，《博览群书》2007 年第 12 期。

5. 陈文忠：《走出接受史的困境》，《陕西师范大学学报》2011 年第 4 期。

6. 胡先骕：《评尝试集》，《学衡》1922 年第 1、2 期。

7. 柯岩：《关于诗的对话——在西南师范学院的讲话》，《诗刊》1983 年第 12 期。

8. 刘登翰：《从寻找自己开始——舒婷和她的诗》，《诗探索》1980 年第 1 期。

9. 蓝棣之：《论新月派在新诗史上的地位》，《北京师范大学学报》1982 年第 2 期。

10. 陆耀东：《回眸五十年》，《东方论坛》2005 年第 4 期。

11. 毛翰：《陈年皇历看不得——再谈语文教科书的新诗篇目》，《星星诗刊》1999 年第 4 期。

12. 牛汉：《关注现实生活多出精品力作》，《山西日报》2007 年 11 月 20 日。

13. 孙绍振：《在历史机遇的中心和边缘——舒婷的诗和散文在当代文学史上的地位》，《当代作家评论》1988 年第 3 期。

14. 温儒敏：《当代评论与文学史研究的张力——重读朱自清的〈新文学研究纲要〉》，陈平原主编《现代中国》第一辑，湖北教育出版社 2001 年版。

15. 王彬彬：《知识分子与人力车夫——从一个角度看"五四"新文化阵营的分化》，《钟山》2003 年第 5 期。

16. 徐中玉、张英：《大学语文三十年》，《南方周末》2007 年 5 月 24 日。

17. 张传敏：《民国时期的大学新文学课程》，《新文学史料》2008 年第 2 期。

后 记

2010年，作为一名老学生，我重返南京大学，跟随我的老师王彬彬先生攻读博士学位。这三年是非常辛苦的，特别是博士论文的写作。做文学教育研究，主要是资料的收集，而我恰恰对史料很感兴趣。因为本人对历史很感兴趣，一是人性之好奇；二是所谓"历史能够照亮现实"。从2011年秋天开始，在收集史料的基础上，我开始写作初稿，几乎每天都要熬到凌晨三四点，因为夜晚的写作效率很高。因此正如作家路遥所说，"我的早晨是从中午开始的"。中午起床后，则又开始继续整理材料，写作初稿。这样，花了一年多的工夫，写出了论文的初稿。经过王老师审阅，提出了很多宝贵的修改意见。我也一再地修改初稿，希望尽我所能，做到最好。这样，既不辜负自己，也不辜负王老师，不辜负我的母校。读博这三年，也正值父亲一再病重，孩子尚年幼需要照顾，等等，真可谓心力交瘁。因此，到博士顺利毕业之际，我也百感交集，感慨良多。在我的博士论文出版之际，感谢王老师、我的家人还有我的母校南京大学。读博这三年，是一段我难忘的人生岁月，也是我学术训练的重要阶段。我将以此为起点，继续认真为人，认真为学。以此为记。